Lebe Für Mich

Lebe Für Mich

ERIN
New York Times Bestselling Author
MCCARTHY

Übersetzt ins Deutsche von Melina Oikonomou

Cover © 2014 by Sarah Hansen, Okay Creations
Interior Designed and Formatted by

E.M. TIPPETTS BOOK DESIGNS

emtippettsbookdesigns.com

prolog

„RAUS", PRESSTE MEINE GROSSMUTTER HERVOR und griff keuchend nach ihrem Wasserglas. „Ich kann es nicht ertragen, dich anzusehen. Manchmal glaube ich, du wurdest geboren, um mich zu bestrafen."

Ich antwortete nicht, selbst als der Schmerz mir mein Herz verengte und die Missachtung in mir brannte. Niemals könnte ich mich an ihren Hass gewöhnen, konnte niemals verstehen, was ich getan hatte, um ihn zu verdienen. Und ein Teil von mir würde sich immer nach der Anerkennung sehnen, die sie mir niemals geben würde. Aber ich hatte schon vor langer Zeit gelernt, dass Proteste oder Versuche, sie zu besänftigen, sie nur wütender machten, auch wenn ich ihr deutlich sagen wollte, was ich von ihrem Verhalten mir gegenüber hielt.

Also verschwand ich Richtung Küche, um ihr aus den Augen zu gehen.

„Nein, ich meine nicht, dass du aus dem Raum gehen sollst. Ich meine, verschwinde aus meinem Haus. Endgültig."

Mit dem Rücken zu ihr blieb ich stehen. Interessant. Das konnte sie nicht meinen. Doch wenn ich eines wusste, dann dass sie niemals eine Drohung aussprach, die sie nicht auch umsetzen würde. Ich wartete in höchster Alarmbereitschaft. Die Zeit mit meiner Großmutter verbrachte ich meist wie hinter einem Schleier. Ich konnte mich um sie kümmern, das Haus sauber halten, kochen, alles während ich mit meinen Gedanken weit entfernt war. Ihre Beschimpfungen, ihre bissigen Bemerkungen, ihre Forderungen waren Weißrauschen, ein emotionaler Deckenventilator, den ich ignorierten konnte, wenn er immer wieder um mich schwirrte.

„Pack dein Zeug. *Jetzt.*"

Der Ventilator hatte sich plötzlich abgeschaltet.

Diese Worte rissen mich aus meinem gewöhnlichen Zustand unbeirrter Ignoranz, Gleichgültigkeit. Ich drehte mich langsam um, musterte sie, versuchte abzuschätzen, wie ernst sie es meinte. Ihr Gesicht war rot und sie wirkte wütend. Ich war mir nicht sicher, was ihr den Rest gegeben hatte, aber sie schleuderte die Worte definitiv nicht umher, nur um mich zu verletzen. Sie meinte es so.

„Ist das, was du willst?", fragte ich. „Wenn ich nicht mehr hier bin, wird sich niemand um dich kümmern." Das war keine höhnische Bemerkung. Es war die Wahrheit.

„Ich hätte dich im Waisenhaus lassen sollen. Ich schwöre, es ist deine Schuld, dass ich krank bin. Wer weiß, möglicherweise vergiftest du mich."

Das reichte als Anstoß, die nächsten Worte auszusprechen,

bevor ich mich stoppen konnte. „Wenn ich dich vergiften wollte, wärst du bereits tot", sagte ich lediglich. Verdammt, ich hätte sie schon x-mal umbringen können, seit ich für ihre Ernährung und medizinische Behandlung zuständig war.

Manchmal konnte ich, entgegen dem, was für das Überleben am klügsten war, meinen Mund nicht halten.

In reiner Wut warf sie ihren Plastikbecher nach mir, aber durch ihr Emphysem hatte sie nicht genügend Kraft und er verfehlte mich knapp, Wasser spritzte über uns beide. „In deinem Herzen war schon immer das Böse, Tiffany. Das kommt, weil deine Mutter ihre Beine für diesen drittklassigen Mann von dort unten gespreizt hat.

Dort unten bedeutete alles, was südlich von uns in Maine lag. Mein Vater war aus New York City gewesen. Nicht, dass ich ihn jemals getroffen hatte. Aber ich hatte nichts als Beleidigungen gegen ihn gehört, sowohl rassistische als auch andere. Darüber, wie das Leben meiner Mutter von ihm und ihrem gemeinsamen Drogenkonsum zerstört worden war und somit auch das meiner Großmutter. Weil ich geboren wurde. Ziemliche Ironie, wenn man bedenkt, dass keine der Frauen das volle Sorgerecht für mich sehr lang behalten hatte.

Innerhalb von achtzehn Jahren hatte ich in dreizehn Häusern gelebt, einschließlich einer kurzen Zeit mit meiner Mutter als Baby und zweimal mit meiner Großmutter für ein paar Jahre, nachdem meine Mutter gestorben war. Dieses letzte Mal war ich größtenteils ihre behelfsmäßige Krankenpflegerin gewesen. Als sie jetzt in ihrem Zorn darum kämpfte aufzustehen und ihr massiges Gewicht sie daran hinderte, auch nur ein wenig aus der durchhängenden Couch herauszukommen, streckte ich automatisch meine Arme aus, um ihr zu helfen.

Sie schlug mich. „Fass mich nicht an. Du hast dreißig Minuten, von hier zu verschwinden oder ich rufe die Cops."

Ich gebe zu, dass ich ein seltsames Gefühl der Erleichterung verspürte, als ich meine Hand zurückzog. Es war scheiße zu wissen, dass deine eigene Familie sich einen Teufel um dich schert, aber das war nichts Neues. Und indem ich rausgeschmissen wurde, konnte ich endlich frei sein. Frei von ihr. Frei von der Hoffnung, dass sie sich jemals für mich interessieren würde, aber nichtsdestotrotz frei.

Die Fähigkeit, sich zu bewegen und zu sprechen, ohne Angst vor Kritik, würde es wert sein, alleine zu sein.

Ein wirkliches Leben zu führen, nicht nur eines in meinem Kopf.

Und dieses Mal kam ich nicht zurück.

Es dauerte nur fünfzehn Minuten, mein Leben in einem Seesack und einem Rucksack zu verstauen, und dann zog ich einen Mantel an und setzte einen Hut auf. Und während dieser ganzen Zeit verfluchte sie mich von ihrem geblümten Sofa-Thron aus. Vier Jahre lang hatte sie von diesem Sofa aus über mich geherrscht, mit einer fleischigen Faust und einem sadistischen Bedürfnis, mich für die Fehler meiner Mutter zu bestrafen.

„Gott hasst selbstsüchtige Schlampen."

Ich sah sie starr an, fragte mich, wieso sie die Lächerlichkeit dessen, was sie sagte, nicht sehen konnte. Ich war nie eine Schlampe gewesen und ich hatte auch keine Gelegenheit gehabt, besonders selbstsüchtig zu sein. Ich verließ dieses Haus nie. „Tut er das?", fragte ich in einem Akt des Trotzes, dem ich nicht widerstehen konnte. „Ich frage mich, was Gott von Heuchlern hält."

Sie schnappte nach Luft, ihr Mund fiel auf, um mir eine vernichtende Erwiderung an den Kopf zu werfen.

Ich wartete nicht, um es zu hören.

Nachdem meine Würde alles war, was ich wirklich besaß, hielt ich meinen Kopf gerade und verschwand.

Die Eingangstür mit dem Fliegengitter schlug mit einem Knall hinter mir zu und ich drehte mich um und blickte zurück auf das Haus, das niemals ein Zuhause gewesen war. Es war heruntergekommen, da Omis Finanzen schon bessere Tage gesehen hatten. Der Winter war wie gewöhnlich zu früh dran und es war windig und kalt draußen. Nasskalt. Die Farbe blätterte von den Dachschindeln und das Haus schien einfach durchzuhalten, wie Oma es tat, trotzig, geschwächt, auf dieser Insel vor der Küste gefangen, nur nicht nachgeben.

Ich wollte weinen, aber meine Augen waren trocken. Ich war schon zu oft von irgendwo weggegangen, um noch viel zu spüren. Es war nicht das erste Mal, dass ich nicht wusste, wohin ich als Nächstes gehen würde, aber es war das einzige Mal, dass ich diese Zukunft tatsächlich kontrollierte.

Ein Teil von mir wollte, dass Oma ans Fenster kam, um mich weggehen zu sehen.

Tat sie nicht.

Ich ging fort, die Auffahrt hinunter.

kapitel eins

„DAS IST ALSO DEIN ZIMMER“, sagte Hattie, während sie den Knauf drehte und eine Tür aufdrückte.

Ich spähte neugierig und mit feuchten Handflächen um die ältere Frau herum, mein Herz schlug unnatürlich schnell. Als ich ein helles, fröhliches Zimmer mit einer sonnengelben Bettdecke sah, war ich sprachlos. Zum ersten Mal, seit meine Großmutter mich zwei Wochen zuvor hochkant rausgeworfen hatte, fühlte ich tatsächlich, wie sich mir die Kehle verengte und meine Sicht verschwamm, während ich um Selbstbeherrschung rang.

„Es ist sehr schön“, flüsterte ich endlich, weil sie mich beobachtete und beunruhigt aussah, und da begann ein Lächeln auf ihr freundliches Gesicht zu gleiten. „Zu schön.“

Zu schön für mich. Ich hatte nie mein eigenes Zimmer gehabt.

Sie lachte, es war ein freundliches, warmes Lachen. „Unsinn! Wenn du ganz alleine in diesem großen alten Haus leben wirst, wenn Mr. Gold nicht hier ist, solltest du ein anständiges Zimmer bekommen. Nicht, dass es hier schlechte Zimmer gibt." Sie führte mich hinein und zog die weichen weißen Vorhänge zurück, was eine Reihe von Fenstertüren enthüllte. „Aber im Erdgeschoss zu wohnen ist nett, weil du diese private Terrasse hast."

Ich fühlte mich tatsächlich, als würde ich krank werden, es war eine merkwürdige Art von panischer Aufregung, die mich überwältigte und Übelkeit auslöste. Das konnte nicht wahr sein. Oder falls es wahr war, würde es sofort verschwinden. Ich kämpfte gegen den Drang an, mich tatsächlich selbst zu kneifen, stellte meine Reisetasche auf den dunklen Echtholzparkettboden neben das Bett und folgte ihr, gespannt auf den Ausblick. Das Meer! Hinter dieser Küste war die Insel, auf der ich aufgewachsen war, Vinalhaven. Der Anblick linderte meine Panik, konnte ich doch von hier aus immer noch mein Zuhause sehen.

Trotzdem würde ich das erste Mal in meinem Leben alleine sein. Ganz und gar alleine, auf die bestmögliche Art.

Durch eine Empfehlung von meinem Highschool-Lehrer hatte ich einen Job als Hauswart für irgendeinen reichen Typen bekommen, der das Haus nur selten selbst bewohnte.

Bester. Job. Aller. Zeiten.

Als ich mich erst einmal an die Ruhe gewöhnt hatte, dachte ich, dass das war wie Schokolade, eine heiße Dusche und ein Lottogewinn, bei dem der Scheck von einem super heißen Typen überreicht wurde, zusammen.

Ich freute mich auf eine friedliche Zeit, ohne Pflegegeschwister, die Chaos verursachten, mich an der Nase herumzuführen versuchten oder meine Hilfe beim Anziehen benötigten.

Kein Geschrei. Keine zweifelhaften Witze auf meine Kosten. Keine Großmutter, die den ganzen Tag Pflegeleistungen einforderte, manches notwendige Arbeiten, manches einfach nur aus Boshaftigkeit.

Falls alles hier so war wie dieser Raum und diese sorgfältig gepflegte Terrasse, würde das das Paradies sein. Wie Urlaub von mir selbst.

„Es ist wunderschön", murmelte ich, als wir hinaus auf die Terrasse traten, und ich atmete die salzige, brackige Luft des Ozeans ein. „Möchten Sie diesen Job wirklich aufgeben?"

Sie lachte erneut und es erstaunte mich, wie leicht sie lachte, wie oft sie lächelte. „Ja. Absolut. Ich will Zeit mit meinen Enkeln verbringen. Außerdem konnte ich die Stille nicht ertragen, wenn ich alleine in diesem großen Haus war. Ich schwöre, ich habe die Landschaftsgärtner jede Woche den ganzen Sommer lang zu Tode gequasselt." Sie sah mich besorgt an. „Bist du dir sicher, dass du das tun willst? Es ist ein einsames Dasein. Mr. Gold ist nur ein- oder zweimal im Jahr hier, bestenfalls."

Perfekt. Meiner Meinung nach war es umso besser, je weniger er hier war. Da ich von Natur aus neugierig war, hatte ich eine schnelle Online-Recherche über ihn angestellt und herausgefunden, dass er über zwei Millionen Dollar in bar für diese Immobilie bezahlt hatte und dass er Musikproduzent in New York City war. Das Plattenlabel hatte ihm aufgrund der Menge an Hits, die er produziert hatte, den Spitznamen Gold Daddy verpasst. Ich stellte mir einen übermäßig gebräunten Kerl in den Sechzigern vor, der sogar nachts drinnen Sonnenbrillen trug. Niemand, mit dem ich abhängen wollte.

Die Einsamkeit würde eine willkommene Abwechslung zur üblichen konstanten Schikane sein. „Das ist für mich okay. Aber wieso hat er ein Haus, das er nie nutzt?“ Ich fragte, weil es mir verrückt erschien. Als Hattie mich durch das Haus geführt hatte, hatte ich bemerkt, dass die eleganten Wohn- und Esszimmermöbel mit Laken bedeckt waren, um den Staub abzuhalten, und das ganze Haus fühlte sich sehr ruhig an, leer. Gut gepflegt, aber nicht gut geliebt.

„Er mag es nicht mehr, hier herzukommen. Nicht, seit …“ Sie schüttelte ihren Kopf. „Nun, kümmere dich nicht darum. Er ist einfach beschäftigt in New York.“

Sie wollte also die Geheimnisse des Chefs nicht teilen. Ich konnte das verstehen, aber da sie nicht länger für ihn arbeitete, war ich überrascht. Es bedeutete, dass Hattie wirklich ein so guter Mensch war, wie sie zu sein schien. Allerdings erhöhte es meine Neugier auf Mr. Gold.

„Und du bist dir sicher, dass du das Haus sauber halten kannst? Es ist wirklich nur das Abstauben und Kehren und dich um die Küche und dein Badezimmer zu kümmern.“

Ich berührte den Strauch in dem Topf neben der Tür, um zu sehen, ob er echt war. Er war so perfekt, dass er künstlich wirkte. Aber er war echt.

Genau wie dieses Haus. Wie dieser Job.

Das Haus war riesig, das größte Haus, in dem ich jemals gewesen war, aber ich glaubte nicht, dass es etwas war, um das ich mich nicht kümmern konnte, schließlich lebte niemand darin und die meisten Zimmer waren verschlossen. Bei meiner Oma hatte ich sauber gemacht und zusätzlich für sie gekocht und war ihr Handlanger gewesen. Ich war zum Einkaufen gegangen, hatte die Rechnungen bezahlt. Auf ein leeres Haus ohne jegliches Durcheinander aufzupassen würde einfach werden, so wie auch die Einsamkeit. Ich machte mir eher Sorgen, etwas zu beschädigen. Als wir durch die Villa gegangen waren, war ich von ihrer Pracht überwältigt gewesen, und als ich an einen Beistelltisch im Foyer stieß, hätte ich beinahe einen Herzinfarkt erlitten. Ich hatte die elektronischen Geräte im großen Familienzimmer mit Aufregung und Schrecken beäugt. Ich wollte alles erforschen, aber ich hatte Angst, etwas zu berühren.

Zumindest in Gegenwart von Hattie. Ich plante, in jeder dunklen Ecke zu stöbern, wenn sie erst einmal weg war, um mich von der Stille, der massiven Einrichtung, den blinkenden Lichtern der technischen Geräte, die an jeder Ecke vorzufinden waren, weniger eingeschüchtert zu fühlen.

Diese Terrasse fühlte sich trotz ihrer eleganten, in grüne Töpfe gepflanzten Sträucher gemütlich und zurückhaltend an, der Ausblick war absolut unglaublich. Ich konnte mir vorstellen, wie ich dort saß und mich wohlfühlte. Nicht als würde ich dem Haus angehören, aber als könnte ich in Frieden zu Besuch kommen.

„Ich komme einfach nicht damit klar, wie jung du aussiehst", sagte Hattie. „Ich werde mir Sorgen machen, wenn du hier alleine bist. Gott sei Dank gibt es die Sicherheitssysteme."

Es war schwer, nicht empfindlich zu reagieren, wenn Leute mein Aussehen erwähnten. Ich war etwas zu klein geraten, gelinde gesagt, und ich hatte große braune Augen, zu groß für mein Gesicht. Meiner Meinung nach jedenfalls. Mit sechzehn hatte ich es aufgegeben zu denken, dass mich irgendeine Art von Spätentwickler-Wachstumsschub ereilen würde. Ich sah jung aus und ich hasste es. „Ich bin achtzehn", sagte ich und hörte die Verteidigung in meiner Stimme.

„Für mich ist achtzehn noch das Säuglingsalter", sagte sie kichernd. „Schätzchen, ich habe BHs, die sind älter als du."

Das war eine Vorstellung, die ich, beim Anblick von Hatties wogender Brust, nicht gebraucht hätte. Aber sie war wirklich nett zu mir und ich fühlte mich schuldig, dass ich mich ein wenig patzig angehört hatte. Sie hatte es nicht als Beleidigung gemeint. Also schenkte ich ihr ein Lächeln. „Ich bin wahrscheinlich auch kleiner als Ihre BHs. Ich habe darauf gewartet, in die Höhe zu schießen, aber es ist nie passiert. Ich bin eine Taschenausgabe."

„Du hast einen Vorteil, weißt du. Jeder muss dich umarmen und sich um dich kümmern wollen."

Darüber musste ich beinahe lachen, aber sie war so herzlich, dass ich dem Drang widerstand. Niemand hatte sich je um mich gekümmert, und trotzdem war ich hier. Ich hatte überlebt, unversehrt. Größtenteils normal. Plötzlich wurde die Panik durch Aufregung ersetzt. Ich stand auf eigenen Füßen. Ich hatte eine Zukunft. Eine wirkliche. Ohne Miete und Beeinträchtigung konnte ich meine Gehaltsschecks sparen, um aufs Community College zu gehen und einen Abschluss in Krankenpflege zu machen, wie ich immer wollte. Das Leben, von dem ich dachte, dass es unendlich dahinsiechen würde mit der Aufgabe, jeden Tag meine Großmutter zu pflegen, das alles war jetzt plötzlich völlig verändert und dieser Gedanke ließ mich eine vorsichtige Vorfreude spüren.

Als Hattie sich streckte und mich umarmte, erschrak ich, aber ich sträubte mich nicht. Tatsächlich ließ ich mich in die Umarmung sinken, sog ihren blumigen Duft ein. Obwohl es draußen so frostig war, war ihre Berührung warm und tröstlich.

„Wenn du etwas brauchst, hast du meine Handynummer. Und außerdem bin ich für weitere drei Wochen nur die Straße hinunter, bevor ich nach Florida gehe."

„Danke", sagte ich und schloss kurz meine Augen, fragte mich, wie es kam, dass manche Menschen genug Glück hatten, von einer Frau wie Hattie geboren zu werden, und andere nicht.

Wie ich.

Irgendwo hatte ich einen Vater, der vielleicht, vielleicht aber auch nicht wusste, dass ich existierte, und eine Mutter, die gestorben war, ohne mich in den drei Jahren zuvor auch nur einmal gesehen zu haben. Und Hattie zog einige Tausend Meilen weiter, nur um bei ihrer Familie zu sein.

Es gab eine ganze Menge von Anweisungen, Ratschlägen und Anliegen in letzter Minute und dann ging Hattie.

Ich war allein.

In einem Haus von der Größe meiner High School.

Nachdem ich meine wenigen Klamotten in mein neues Zimmer geräumt hatte, wanderte ich in der Mini-Villa umher, um herauszufinden, wie ich die berührungsempfindlichen Lichter einschaltete und sprang erschrocken zurück, als ich mich dem Kühlschrank näherte, um Wasser zu holen, und mir eine körperlose Stimme das Wetter ansagte. Zweiundvierzig Grad Fahrenheit, teilweise bewölkt. In dem Badezimmer im Flur, das für mich vorgesehen war, fand ich eine Dusche mit sechs Duschköpfen und einen Whirlpool. Und es gab High-Speed-Internet. Ich konnte auf meinen Tumblr-Account klicken und alles in weniger als einer Sekunde sehen. Herrlich. Im Haus meiner Großmutter hatte ich mir ein Sandwich zubereiten können, während ich darauf wartete, dass die Seiten sich aufbauten.

Um fünf ließ ich mich mit einer Limo in der einen Hand, einem Donut in der anderen auf das überfüllte Sofa plumpsen und begann zu grinsen. Hattie hatte mir gesagt, dass ich essen sollte, was ich wollte. Es gab eine Wiederauffüllungsliste, die als Grundlage für den wöchentlichen Einkauf aus dem Haushaltsbudget diente. Vielleicht hatte ich meine Fahrfähigkeiten etwas hochgespielt. Denn ich hatte keine. Ich besaß nicht einmal einen Führerschein, also würde ich nicht den Truck nehmen, der in Mr. Golds Garage für den Hauswart bereitstand. Ich würde einfach mit meinem Fahrrad fahren, wie ich es immer getan hatte, und niemand würde es herausfinden.

Das Haus musste stets für ein unerwartetes Erscheinen Mr. Golds bereit sein. Er war eine Naschkatze, deshalb mussten jederzeit frische Schokoladen-Eclairs vorgehalten werden, bereit, in seinem Mund zu landen.

Ich mochte den reichen Typen bereits. Sein nie genutztes Haus riss mich vom Hocker und sein Kühlschrank war das Nirwana. Ich fragte mich, was passierte, wenn er dreihundertsechzig Tage im Jahr nicht auftauchte. Wer aß die Eclairs … die Kanadischen Gänse im Garten? Verrückt. Reiche Menschen waren volle Pulle verrückt. Aber vergiss die Gänse, ich aß jetzt die Donuts. Alleine.

Doch als die Stunden langsam vergingen, fühlte es sich immer fremder an, alleine zu sein. Was so großartig erschienen war, die Freiheit, laut mit mir selbst zu sprechen, nur um meine Stimme zu hören, und auf dieser fetten vornehmen Einrichtung herumzurollen und wahllos Bisse von verschiedenem Junk-Food zu nehmen, ging in eine unermessliche Stille und

Magenbeschwerden über. Ich drehte den Fernseher laut auf, weil mich die außerordentliche Stille aus der Fassung brachte.

Ich konnte mein Atmen fühlen und hören.

Ich schwöre, ich konnte sogar den Staub auf die Möbel fallen hören. Bei Einbruch der Dunkelheit hatte ich jedes Licht in Reichweite angemacht und trotz der kalten Temperaturen draußen drei Deckenventilatoren eingeschaltet. Der Kühlschrank sagte, es waren jetzt neununddreißig Grad. Im Wohnzimmer im hinteren Teil des Hauses kampierend, spähte ich durch das Glas der Fenster in die Dunkelheit, mein Spiegelbild und alles um mich herum war klar skizziert. Es gab keine Jalousien, keine Vorhänge. Ich fühlte mich völlig ungeschützt.

Eine Elritze in einem Goldfischglas.

Selbst mit zusammengekniffenen Augen konnte ich in der Dunkelheit nicht über die mehrstufige Terrasse hinaus in den Garten und den Ozean dahinter sehen. Wäre jemand dort draußen gewesen, hätte ich es nicht erfahren. Trotzdem hätte derjenige mich ziemlich deutlich gesehen.

Vorher, als die Sonne geschienen hatte, hatte ich nur daran gedacht, wie toll es war, in völlig glückseliger Einsamkeit in Socken über die Holzfußböden zu schlittern.

Jetzt, in der Dunkelheit eines stürmischen Maine-Nachteinbruchs, fühlte sich Richfield zu groß, zu leer, zu ungeschützt an. Immer noch.

Jap, das Haus hatte einen Namen. Wer tat so etwas?

Typen mit dem Nachnamen Gold.

Mr. Gold von Richfield Hall. War das Ironie oder was?

Ein Mann, der so reich war, dass er ein Haus besitzen konnte, in dem er nie wohnte, einfach so.

Mein Handy umklammernd, entschied ich, die meisten Lichter auszuschalten, sodass ich von außen nicht so gut zu erkennen war. Da ich ein Tanktop trug, das ich besaß, seit ich vierzehn war, und das zu klein war und somit bewies, dass ich trotz meiner Ängste, dass das Gegenteil eintreffen würde, tatsächlich gewachsen war, zog ich es zum zehnten Mal innerhalb einer Stunde nach unten, wanderte durch das Wohnzimmer und knipste ein halbes Dutzend der Lampen aus, die ich während der Euphorie über meine neuentdeckte Unabhängigkeit eingeschaltet hatte. Es gab niemanden, der mich anbrüllte, wenn ich Strom verschwendete. Aber jetzt konnte ich nur daran denken, dass Hattie recht hatte – es war ein großes Haus.

Ich hatte fälschlicherweise angenommen, dass nur alte Häuser knarzende Geräusche machen würden. Richfield stand erst seit fünf Jahren, aber der Wind schlug mit einem unheilvollen, gepressten Geräusch gegen die Fenster und in unregelmäßigen Abständen schienen die Böden zu knallen und zu ächzen.

Cat schrieb mir und ich war dankbar für die Störung. Nachdem Großmutter mich rausgeschmissen hatte, hatte ich bei meiner ehemaligen Pflegeschwester und besten Freundin gewohnt. Einzigen Freundin, ehrlich gesagt. Von Pflegeplatz zu Pflegeplatz zu springen, war keine gute Basis für anhaltende Freundschaften. Cat und ihr Freund Heath hatten mich in ihrem Haus in Vinalhaven aufgenommen, aber ich hatte gewusst, dass ich nicht lange würde bleiben können. Ich musste einen Weg finden, mich selbst zu ernähren und deren Liebesbeziehung brauchte mich nicht in der Nähe. Sie schmachteten sich ihm Grunde ununterbrochen an und ich hatte so oft mit den Augen gerollt, dass ich mich beinahe selbst überschlagen hätte. Ich freute mich für sie. Ich musste nur einfach nicht konstant in der Form ihres beiläufigen Grapschens sehen, wie sehr sie ineinander verliebt waren.

Aber trotz des Glücks, diesen Job zu bekommen, war ich froh zu wissen, dass sie beide noch immer in der Nähe waren, und glücklich, dass Cat mir dumme YouTube-Videos von Katzen schickte, die Treppen hinunterfielen. Ich saß lächelnd auf der Couch in dem größtenteils dunklen Raum und schaute mir an, wie eine Katze auf meinem Bildschirm beim Anblick eines Hundes das grässlichste Kreischen aller Zeiten machte. Der Hund bellte zurück.

Und bellte weiter, als das Video stoppte.

Ich setzte mich auf, mein Herz pochte. Dort draußen bellte ein Hund.

Nicht gut. Denn wem gehörte er? Und wieso bellte er?

Ich schätzte, dass ich entweder hier sitzen und warten konnte, bis er aufhörte, oder dass der Eindringling, den der unbekannte Hund anbellte, in die Villa einbrach, die leer sein sollte. Oder ich konnte aufstehen und nachsehen, was den Lärm verursachte. Praktisch denkend, schob ich mein billiges Handy in die Hosentasche und schlich in den Flur. Ich plante, zu dem Schrank zu gehen, der die Jagdgewehre des Besitzers beherbergte. Hattie hatte ihn mir gezeigt. Sie waren nicht geladen, aber ich wusste, wie man schießt. Ich konnte notfalls wenigstens damit drohen. Ich erwog, die Cops anzurufen, und blieb im Flur stehen und lauschte aufmerksam.

Nichts. Kein Bellen.

Ich verwarf den Gedanken, die Cops zu rufen. Etliche Jahre im Pflegesystem hatten mich gelehrt, dass es großartige

Polizisten gab. Es gab aber auch jene, die gelangweilt und verbittert waren, die sich nichts aus einem Teenager-Mädchen machten und die genervt reagieren würden, wenn ich sie beim Fernsehen unterbräche und sie draußen eine Menge Nichts untersuchen ließe. Ich war auf dem Weg zum Waffenschrank, als plötzlich ohne jegliche Vorwarnung die Haustür aufschwang und ich erstarrte, panisch überlegte, in welche Richtung ich abhauen sollte.

„Gott, es ist verdammt kalt dort draußen für Oktober", sagte der Mann, der eintrat, vermutlich zu dem Hund, der neben ihm ins Haus lief. Im Schatten stampfte der Mann seine Füße an der Fußmatte ab und hielt plötzlich inne, als er mich sah. „Wer zur Hölle bist du?"

kapitel zwei

ICH FÜHLTE MICH GEFANGEN UNTER seinem forschenden Blick, konnte mich nirgends verstecken. Nirgendwo hinlaufen. Er war mit dem Schlüssel ins Haus gelangt, also war er wohl kein Einbrecher. Ich schluckte hart. „Ich bin Tiffany." Aus dem mulmigen Gefühl heraus, dass dies zweifellos der Besitzer von Richfield war, fügte ich ein „Sir" hinzu. Ich hatte keine Ahnung, wie man mit einem reichen Kerl sprach, aber wahrscheinlich sollte ich respektvoll sein. Ich wünschte, ich hätte die Box mit den Donuts nicht in Geringschätzung für sein teures Eigentum nachlässig auf dem Couchtisch gelassen.

„Und woher kommst du, Tiffany?" Er hörte sich nur ein bisschen neugierig an, sonst nichts. Er hatte eine tiefe, ruhige Stimme, männlich.

„Vinalhaven." Der schwarze Hund rannte zu mir herüber, schnüffelte an meinem Bein und ich bückte mich, um sein seidenes Fell zu streicheln, schätzte, dass er ein Labrador war. „Hey, Kumpel", murmelte ich.

„Wo ist das?", fragte der Mann, während er seinen Mantel ablegte und ihn auf den Beistelltisch warf.

„Es ist die Insel gegenüber."

„Diese schroff aussehende Insel? Wo etwa zwölf Menschen leben?"

Ich nickte, während ich meine Hände verlegen in meinen Taschen vergrub.

„Ah", sagte er. „Das erklärt es."

Erklärte was? Doch dann bewegte er sich ins Licht des Wohnzimmers und ich verlor die Fähigkeit zu sprechen. Meine Frage verkümmerte und starb auf meinen Lippen. Wenn das Mr. Gold war - und ich musste annehmen, dass er es war -, dann war er nicht fünfundsechzig, gebotoxt oder wie ein protziges Arschloch gekleidet.

Er war eher um die Dreißig. Sexy. Trug teuer, aber schlicht aussehende Jeans, ein kariertes Hemd und eine Tasche in der Hand. Eine Übernachtungstasche. Er hatte kräftige Gesichtszüge und einen markanten Kiefer. Das Haar hatte eine verwegene Länge, die Farbe reichte von dunkelbraun über karamell bis sand. Doch sah es nicht so aus, als wären sie in einem Friseursalon gemacht worden. Er hatte entweder einen fürchterlichen Friseur oder es war die natürliche Arbeit der Sommersonne, die jetzt herauswuchs.

Ich stand da, die Schultern hochgezogen, die Arme eng an die Seiten gepresst und die Hände tief in den Hosentaschen vergraben, und meine Herzfrequenz schnellte in die Höhe als Reaktion auf etwas, das nicht Angst war. Mr. Gold war

Mr. Großartig. Er war nicht herkömmlich attraktiv. Seine Nase war zu lang, seine Stirn zu zerfurcht. Aber es war etwas Eindrucksvolles, Kraftvolles an der Art, wie er zusammengestellt worden war. Einfach sexy. Heilige Scheiße. Gleichzeitig so gut und so schrecklich, weil ich mich in der Nähe von Männern allgemein nicht wohlfühlte und gewiss nicht in der Nähe eines gut aussehenden.

Er kratzte die Bartstoppeln an seinem Kinn. „Also, wo ist Hattie? Bist du eine Nichte von ihr oder so?"

„Ähm ..." Er wusste nicht, dass Hattie aufgehört hatte? Noch schlimmer. „Ich bin ihre Ablösung, Sir. Sie zieht nach Florida, um bei ihrem Sohn zu wohnen."

Er runzelte die Stirn. „Hör auf, mich Sir zu nennen. Dadurch fühle ich mich so pompös. Und alt." Er neigte seinen Kopf und musterte mich von oben bis unten. „Obwohl ich im Vergleich zu dir wahrscheinlich alt bin." Sein Gesichtsausdruck war vergnügt, reumütig. „Vielleicht sogar *kross*."

Nicht das Adjektiv, das ich benutzen würde, um ihn zu beschreiben. Ich war mir plötzlich der Tatsache bewusst, dass ich keinen BH trug, abgesehen davon, dass ich auch keinen brauchte. Da mein Top zu kurz war, konnte man einen großen Teil meines Bauches sehen. Ich wusste nicht, was ich sagen sollte, also schwieg ich. Stand einfach da.

„Ich hatte vergessen, dass Hattie gekündigt hatte. Meine Assistentin sagte, dass sie einen Ersatz eingestellt hat. Kann ich annehmen, dass du das bist?"

„Ja. Heute ist mein erster Tag." Hoffentlich nicht mein letzter. Ich mochte die Art nicht, wie er mich ansah. Als fände er mich seltsam. Unterbelichtet. Er dachte eindeutig, dass ich zu jung für diesen Job war. Meine Handflächen fingen zu schwitzen an. Ich hatte überhaupt keine Erfahrung darin, in der Gesellschaft von heißen älteren Typen zu sein, die auch noch reich waren. Ich hatte nicht einmal irgendeine Erfahrung mit jungen, hässlichen, bankrotten Typen. Die meiste meiner Highschool-Zeit hatte ich damit verbracht, mich um meine Großmutter zu kümmern, oder war online, wenn ich mich von ihr fortschleichen konnte. „Sie haben ein wunderschönes Haus."

Er sah sich um, als würde er es zum ersten Mal sehen. „Ich nehme an, das tue ich, oder? Danke, Tiffany. Und ich meine, ich sollte mich vorstellen. Devin Gold." Er ließ seine Tasche auf den Boden fallen und streckte mir seine Hand entgegen.

Schnell wischte ich meine Hand an der Innenseite meiner Hosentasche ab, um die Haut von Feuchtigkeit zu befreien, hob sie hastig an und legte sie in seine. Ich erwartete etwas Schnelles, Eiliges, das kaum eine Berührung war, aber er packte meine Hand fest und hielt sie länger, als es mir angenehm war.

„Schön, dich kennenzulernen", sagte er, wobei er mich aufmerksam studierte.

Sein Interesse war nicht sexueller Natur. Davon hatte ich genug bei verschwitzten älteren Pflegebrüdern gesehen. Es war nur eine ... Begutachtung. Er war immerhin Geschäftsmann. Er hatte bedeutenden Musikstars zu gewaltigem Erfolg verholfen. Offenbar wusste er, wie man Menschen richtig einschätzte. Ich fragte mich, was er sah, wenn er mich musterte.

Höchstwahrscheinlich wollte ich es nicht wissen.

Aber der prüfende Blick ließ mich mein Kinn etwas anheben. Wenn ich eines wusste, war es, wie man seinen Stolz behielt, wenn jemand anderes in der Machtposition war. „Es ist auch schön, Sie kennenzulernen. Sir."

Er lachte gütig und ließ meine Hand los. „Komm ins Wohnzimmer, Tiffany, und leiste mir Gesellschaft. Du kannst mir erzählen, wieso ein junges Mädchen alleine auf eine protzige Mini-Villa auf einem düsteren Teil der Küste von Maine aufpassen will."

Und vielleicht konnte er mir sagen, wieso er hier war und wie schnell er wieder verschwinden würde. Seine Gegenwart war entnervend. Ok, sie war auch erregend. Aber das war schlecht. Sehr, sehr schlecht. Ich konnte mich nicht in meinen Boss verlieben. Er würde mich für komplett lächerlich halten, wenn er es herausfand und mich feuern. Ich könnte nirgends hin, wenn ich diesen einfachen Job verlor.

Er ging ins Wohnzimmer und schlug dabei mit der Hand auf seinen Schenkel, um den Hund zu rufen. „Es ist dunkel hier drinnen. Du kannst die Zeitschaltuhren deaktivieren, weißt du. Benutze einfach die Schalter."

„Ich mag die Dunkelheit", log ich, da ich nicht zugeben wollte, dass ich Angst vor imaginären Serienmördern hatte, die draußen herumschlichen und mich unter die Lupe nahmen.

„Ich mag die Dunkelheit auch." Er ging hinüber zum Kamin und öffnete die Türen. „Aber ich mag auch ein Feuer. Das kann ich bei mir in Manhattan nicht machen."

Ich setzte mich in den Sessel und beschäftigte meine Hände, indem ich den Hund streichelte, der gleich herübergekommen war und seinen Kopf auf mein Knie legte. „Wie heißt der Hund?"

"Amelia."

„Du bist also ein Mädchen", raunte ich der Labradorhündin zu und kraulte sie hinter den Ohren.

„Ich mag Mädchen", sagte Mr. Gold mit dem Rücken zu mir, während er gekonnt einen Haufen aus den Holzscheiten baute, die in einer Vertiefung der Steinmauer aufgestapelt waren.

Die Worte schienen schäkernd, charmant. Aber der Ton nicht. Er klang nur sachlich, was viel nervenaufreibender war, als wenn er schamlos geflirtet hätte. Meine minimale Erfahrung mit Männern hatte sich auf Jungs und Mistkerle beschränkt. Und eine Handvoll Pflegeväter wie Cats Dad, die anständige Männer gewesen waren. Das war's. Ich wusste nicht, wie ich Mr. Gold einschätzen sollte. Und ich konnte mich nicht dazu durchringen, ihn als einen Devin zu sehen. Dieser Name war zu vertraut, zu romantisch, zu *College-Student*. Es wäre zu einfach zu vergessen, dass er mein Arbeitgeber war, wenn ich ihn als „Devin" sah. Er musste Mr. Gold bleiben, solange er hier war.

„Du bist ein hübsches Mädchen", sagte ich zu Amelia, die mit ihren ernsten dunklen Augen zu mir hinaufstarrte. Es war viel leichter, mit Tieren zu sprechen als mit Menschen.

Innerhalb einer weiteren Minute brannte ein Feuer und er erhob sich und streckte sich. Ich konnte die Männlichkeit praktisch riechen, also kreuzte ich meine Beine. Fest. Es war eine richtig beschissene Zeit für meine Hormone, zu beschließen, in Habachtstellung zu stehen. Aber er hatte etwas Faszinierendes an sich, und als er an dem Couchtisch vorbeiging, nickte er der offenen Donut-Box zu.

„Wie ich sehe, schmecken sie jemandem fast so gut wie mir. Obwohl es mir schwer fällt zu glauben, dass jemand so Winziges wie du drei an einem Tag verputzen könnte."

„Ich denke nicht, dass Sie darauf aufmerksam machen sollten, wenn eine Frau sich überisst", sagte ich ohne nachzudenken, beschämt, dass ich aufgeflogen war. Hey, ich mag frittierten Teig. Wer tat das nicht?

Das ließ ihn plötzlich innehalten, seine Hand stoppte auf halbem Weg zu einem Donut. „Na gut. Entschuldige. Einer der Nachteile, wenn man reich ist, ist, dass es niemand wagt, mich zu tadeln."

Oh Gott, er dachte, dass ich ihn getadelt hatte? Nun, das hatte ich, aber ich war offensichtlich zu unverblümt gewesen. Es war eine schlechte Angewohnheit. Ich beeilte mich, meinen Fehler zu korrigieren. „Ich habe nicht gesagt, dass Sie falsch liegen. Ich habe nur gescherzt. Aber ich bringe Witze nur schlecht rüber. Ich klinge nicht witzig. Oder?"

„Nein. Tust du nicht." Er hob den Donut. „Aber keine Sorge. Ich war nicht aufgebracht. Tatsächlich gefiel es mir, dass du ehrlich warst, also tu nicht so, als hättest du Scherze gemacht."

Er hatte recht. Ich hatte nicht gescherzt. Ich schätzte, dass er das bemerkt hatte.

Er nahm einen Bissen von dem Gebäck und kaute, wobei sich seine Augen kurz schlossen. „Herrlich. Ich werde eine Flasche Wein öffnen. Willst du ein Glas?"

Das musste eine Fangfrage sein. Ich schüttelte eilig meinen Kopf. „Nein."

„Ich kann dich denken hören", sagte er, mit dem Donut in meine Richtung fuchtelnd. „Du machst dir Sorgen, weil du minderjährig bist und was es bedeutet, dass ich dir gerade Wein angeboten habe, nicht wahr?"

Ja.

„Vielleicht, dass ich versuche, dich zu ködern, etwas Illegales zu tun und dich dann deswegen zur Rede stelle, oder vielleicht, dass ich ein Perverser bin und versuche, dich betrunken zu machen." Er lächelte ein wenig. „Vertraue mir, es war nichts davon. Es fühlte sich nur unhöflich an, dir keinen anzubieten."

Er hätte mir vielleicht einen Softdrink anbieten können. Aber was wusste ich schon. Es kam nicht allzu oft vor, dass mir jemand überhaupt irgendetwas anbot, außer Kritik. „Es geht mir gut."

„Du bist angespannt. Du siehst mich an, als wäre ich ein großer böser Wolf." Er legte seinen Kopf schief. „Ich muss sagen, das ist eine Reaktion, die ich nicht annähernd so oft bekomme, wie ich sollte."

Das war ausreichend verwirrend, sodass ich sprach, ohne vorher über die Konsequenzen nachgedacht zu haben. „Sie wollen, dass Leute vor Ihnen Angst haben?"

„Nein, natürlich nicht. Ich will nur, dass die Leute aufhören, mir in den Arsch zu kriechen. Aufhören, mich anzulügen."

Ich musste annehmen, dass Schleimer einen großen Teil in der Realität eines reichen Mannes ausmachten. Auch wenn sich das nicht nach Spaß anhörte, war man immer noch reich. Das befreite einen also von einem gewissen Anteil an Selbstmitleidsorgien. Meiner Meinung nach. „Mich lügt nie jemand an", erzählte ich ihm. „Manchmal wäre es nett, wenn sie es täten."

Ein *Ich liebe dich* von Großmutter hätte weit gereicht.

„Also du bist ehrlich zu mir und ich werde dich anlügen, wie klingt das?"

Ich schüttelte den Kopf. „Sie kennen nicht die richtigen Dinge, über die Sie mich belügen könnten. Also weil ich weiß, dass Sie sie nicht kennen, werde ich denken, dass alles, was Sie sagen, eine Lüge ist oder ich werde mich fragen, ob es eine Lüge ist, und dann werde ich niemals wissen, was ich denken soll."

Er stieß ein rostiges Lachen aus, bevor er in die Küche ging. Sein Kichern verfolgte mich. „Sehr gutes Argument, Tiffany", rief er über seine Schulter. „Dann lass uns den Grundsatz der beidseitigen Ehrlichkeit miteinander versuchen. Und wenn du weißt, mit wem du es zu tun hast, kannst du mich bitten, mit dem Lügen zu beginnen. Oder vielleicht könntest du mich darüber informieren, bei was ich lügen soll, und wir können gleich anfangen."

Ich drehte mich in meinem Stuhl herum und beobachtete, wie er sich vorbeugte und den Weinkühlschrank öffnete. Seine Jeans zog sich über seinen Arsch. Ich hatte noch nie außerhalb des Internets so einen Hintern gesehen, abgesehen von Unterwäschewerbungen in der *Cosmo*, welche ich in der öffentlichen Bibliothek las. Das war ein Mann, der einen Personaltrainer eingestellt hatte. Wenn ich die Wahl hätte, worüber er mich belügen sollte, könnte ich verdammt schnell eine Vorstellung davon zusammenspinnen, wie er mir sagte, dass ich wunderschön war. Ich hatte eine großartige Fantasie. Das war mein einziger Besitz in den Jahren des Heranwachsens gewesen.

Er stand auf und erwischte mich dabei, wie ich ihn anstarrte. „Nicht?"

Ich schüttelte meinen Kopf. „Dabei würde es überhaupt keine Zufriedenheit geben."

„Und das höchste Ziel ist immer persönliche Zufriedenheit, nicht wahr?"

„Das scheint die allgemeine Meinung zu sein", sagte ich, ohne zu zögern.

Er entkorkte geschickt die Flasche. „Du bist ein seltsames kleines Wesen. So ernst. Hast du dein ganzes Leben auf Vinalhaven gelebt?"

Ich fühlte mich beleidigt und runzelte die Stirn. „Ja."

„Und deine Familie?"

„Was ist mit ihnen?"

„Mom und Dad, glücklich verheiratet? Drei jüngere Geschwister?"

Ich schüttelte den Kopf. *Halte dich an die Fakten und hoffe, dass er nicht neugierig ist.* „Ich habe meinen Vater nie getroffen. Mutter verschwand, als ich zwei war. Ich war meistens in Pflegeunterbringungen und manchmal bei meiner Großmutter."

Eine Sekunde lang sagte er nichts, blickte finster drein, als er sein Glas füllte. Dann schlenderte er auf mich zu, wobei er einen Schluck Wein nahm. „Tut mir leid. Familie wird unseren Erwartungen nicht immer gerecht."

Die meisten Menschen wurden meinen Erwartungen nicht gerecht. An einem gewissen Punkt hörst du auf, welche zu haben. „YOLO", sagte ich oberflächlich zu ihm, da ich den vertrauten Schmutz der Schande empfand, dass ich das arme Mädchen aus den Sozialeinrichtungen war. „Man muss das Beste daraus machen, nicht?"

Er setzte sich auf die Couch. Ich hatte erwartet, dass er sich ganz Herr seines Hauses hineinsinken lassen würde, doch stellte er stattdessen sein Glas auf den Couchtisch und lehnte sich, die Unterarme auf die Knie gestützt, nach vorne. „Tu nicht wie ein Valley Girl, ich flehe dich an. Wenn du sagst, dass du ein Selfie machen wirst, garantiere ich dir, dass ich mir selbst ins Gesicht steche. Nein. Einfach nein. Ich hasse es bei jedem, aber noch mehr bei dir, weil du es nicht so meinst."

Die Überzeugung, mit der er sprach, ließ mich meine Augenbrauen heben. „Ich hätte die Stellenbeschreibung aufmerksamer lesen sollen." Dann fügte ich, weil ich nicht widerstehen konnte, hinzu: „Notiz an mich: Keine Selfies."

Sein Mundwinkel hob sich und er entspannte sich in seinen Kissen. „Wie du es rüberbringst, ist definitiv nicht witzig, aber du schon. Willkommen in Richfield, Tiffany." Er hob sein Glas zum Gruß. „Wo die Wahrheit dich befreit."

Jetzt lag es an mir zu lächeln, bevor ich mich zurückhalten konnte. Ich versuchte, es zu verbergen, aber es gelang mir nicht.

„Was?", fragte er und seine Hand hielt auf halbem Weg zu seinem Glas inne.

„Das ist so eine Lüge", sagte ich.

Mr. Gold lächelte. „Stimmt." Er steckte sich schnell die zweite Hälfte seines Donuts in den Mund.

Amelia hatte ihren Kopf zwischen meine Beine gegraben und ich streichelte sie weiter hinter ihren Ohren. „Du bist so süß", murmelte ich ihr zu, es war angenehmer, zu ihr hinunter zu sehen, als meinen Arbeitgeber anzuschauen.

„Wenn sie dich stört, drück sie einfach weg."

Hatte ich nicht gerade gesagt, dass sie süß war? Es machte für mich keinen Sinn, dass er andeutete, ich fände es nervig. „Nein, sie ist wunderbar." Ich würde niemanden abdrängen, der nach meiner Aufmerksamkeit suchte. Zu oft war ich am empfangenden Ende dieses Schubses gewesen. „Ich hatte nie einen Hund." Immer wieder streichelte ich ihren Kopf, hinter ihren Ohren und ihren Rücken entlang, wobei ihr seidenes Fell ein einfaches Gleiten meiner Berührung ihre Flanke hinunter erlaubte. „Sie ist so ruhig."

Er sagte nichts und ich blickte zu ihm auf, bemerkte, dass ich laut gedacht hatte, und fragte mich, ob ich mich einfach entschuldigen und in mein Zimmer gehen sollte. Er wollte vermutlich in seinem eigenen Haus alleine sein und nicht seinen Haussitter unterhalten. Wieso war er überhaupt hier, in dem Haus, das er nicht mochte? Unsere Blicke trafen sich und das, was ich sah, ließ mich meinen Atem anhalten. Er beobachtete mich mit einer Intensität, die ich nicht verstand, aber die mich meine Hand auf Amelia ruhen ließ, und mein Körper kribbelte an Stellen, an denen er keine Berechtigung hatte zu kribbeln. Verzweifelt wollte ich ihn fragen, wieso er im Haus war und wie lange er bleiben würde, aber wenn ich eines wusste, dann war es, dass es meine Aufgabe war, niemals Fragen zu stellen.

Ich bemerkte, dass das der Grund war, wieso ich online so neugierig war, wieso ich gelernt hatte herumzustochern und das Internet zu durchsuchen und alles herauszufinden, was mich interessierte. Denn von Angesicht zu Angesicht mit Menschen sollte ich keine Fragen stellen. Es war nicht meine Aufgabe und es war hart, so ergeben, so abgesondert zu bleiben. Ich wusste auch, dass ich in der Minute, in der ich mein Zimmer betrat, alles Mögliche über Devin Gold googlen und schauen würde, was ich außer dem, was ich schon wusste, nämlich, dass er das Haus besaß und heiß war, noch herausfinden konnte.

„Würde es dir was ausmachen, wenn ich Amelia hier bei dir ließe, wenn ich zurückfahre?", fragte er. „Sie ist hier so viel glücklicher als in der Stadt und ich denke, dass ich mich besser fühlen würde, nachdem du hier alleine bist."

„Ich kann selbst auf mich aufpassen", sagte ich abwehrend.

Es war eine reflexartige Reaktion, obwohl ich wusste, dass es mir gefallen würde, den Hund bei mir zu haben. Aber ich wollte nicht, dass es sich so anhörte, als bräuchte ich den Hund. Ich brauchte nichts und niemanden und ich wollte, dass er das verstand.

„Ohne Zweifel“, sagte er nickend, wobei sein Ton deutlich zeigte, dass er mir nicht eine Sekunde glaubte. „Ich bin mir sicher, dass du vollkommen in der Lage wärst, dich selbst zu verteidigen, sollte dich ein verzweifelter Meth-Junkie, der zweimal so groß ist wie du, angreifen.“

„Ich dachte, dafür gibt es ein Sicherheitssystem. Und wie viele Meth-Junkies rennen an der Küste herum?“ Es war eine dumme Logik. „Hattie hatte keinen Hund.“

„Hattie würde einem Einbrecher Kekse backen und sie würden als beste Freunde auseinandergehen. Sagst du, du willst den Hund nicht?“

Meine beiden Hände bedeckten instinktiv Amelias Ohren, als könnte sie verstehen, was er sagte. „Was? Nein! Das meine ich damit nicht. Aber ich will Ihnen nicht den Hund klauen. Sie sollten sie nicht verlassen, nur weil Sie sich um mich sorgen. Ich werde klarkommen.“

„Es ist kein Stehlen, wenn es meine Idee ist“, sagte er ironisch. „Und es wäre wirklich besser für Amelia.“

Wie konnte ich diesen Augen widerstehen? Und ich meinte nicht die des Hundes. Er warf mir einen aufrichtigen Blick zu, seine Augen waren ausgefallen bernsteinfarben mit goldenen Sprenkeln. Sie waren hypnotisierend und dadurch, dass er sich tatsächlich irgendwie um meine Sicherheit sorgte, fühlte ich mich schüchtern, unbehaglich. „Okay, Sir, danke schön.“

Mit einem frustrierten Seufzer schüttelte er seinen Kopf.

„Wie ist dein Nachname, Tiffany?"

Die beiläufige Frage brachte mich aus der Fassung. Ich antwortete gehorsam. „Ennis."

„Nehmen Sie sich einen Donut, Miss Ennis." Er hob die Schachtel und hielt sie in meine Richtung.

Er benutzte also meinen Nachnamen, weil ich ihn kontinuierlich „Sir" genannt hatte. Das einzige Mal, dass ich Miss Ennis genannt wurde, war von dem Richter vor Gericht, der mein Schicksal beschloss. Es hinterließ einen sauren Geschmack in meinem Mund, aber es war nicht seine Schuld, also schwieg ich. Ich griff einfach nach einem der Donuts, die er anbot, und biss in die zuckrige Süße. „Danke", murmelte ich kauend.

„Bitteschön." Er leerte sein Weinglas. „Also, was hältst du von meinem Haus? Findest du es wirklich wunderschön?"

„Ja. Es ist sehr groß", sagte ich. Ich beeilte mich, den Bissen schneller zu kauen, um ihn hinunterschlucken zu können. Ich wollte das näher ausführen, aber das Essen blieb in meiner Kehle stecken.

„Das ist es. Es ist vieles und ehrlich gesagt mag ich Maine lieber als dieses Haus. Ich schätze den Platz, die Aussicht." Er zupfte an einem Dekokissen. „Aber ich komme nicht mehr so oft hier raus wie früher. Ich sollte wirklich öfter kommen."

Nein. Nein, sollte er nicht. Ich sagte nichts. Kaute nur.

Ich hatte auf Ruhe und Frieden gehofft. Mich danach gesehnt. Wenn Devin Gold hier residierte, würde ich nichts davon bekommen.

„Ich habe vor, eine Woche zu bleiben."

Mensch. Das war ungefähr sechs Tage länger, als ich wollte. „Ich vermute, es war irgendwie ein schlechtes Timing für mich, diesen Job anzufangen. Wollen Sie, dass ich woanders wohne?" Cat würde mich zurücknehmen. Nach fünf Uhr fuhr keine Fähre mehr nach Vinalhaven, aber ich konnte am Morgen eine nehmen.

„Denken Sie, dass ich das tun würde? Sie an Ihrem ersten Tag wegzuschicken?"

Das war definitiv eine Fangfrage. „Ich denke, es ist normal, dass Sie alleine in Ihrem Haus sein möchten."

„Stellen Sie keine Vermutungen über mich an, Miss Ennis."

Ich fühlte, wie sich das Brennen von meinen Wangen über mein Gesicht ausbreitete. Doch mein Stolz ließ keine Entschuldigung über meine Lippen fließen. Ich hatte nichts Falsches getan. Ich hatte überhaupt nichts Falsches getan.

Er würde mich feuern. Ich würde diesen Job am ersten Tag verlieren. Aber ich konnte nichts sagen. Ich saß einfach da, angespannt, weigerte mich, meinen Blick zu senken, weigerte mich zu blinzeln.

„Ich werde duschen gehen", verkündete er und stand auf. „Ich vermute, ich habe das Holz verschwendet."

Er stieß die Holzscheite mit einem Schüreisen um und warf Asche vom Kaminboden darüber, wodurch die Flammen erstickt wurden. Als er wieder stand, rief er dem Hund zu: „Komm, Amelia. Ich werde dich heute Nacht auf meinem Bett schlafen lassen."

Die Hündin drehte den Kopf und sah ihn an, bewegte sich jedoch nicht. Er machte ein verärgertes Geräusch in seiner Kehle. „Wirklich?"

Ich stupste sie mit meinen Knien an. „Geh schon. Geh mit deinem Papa." Das erinnerte mich an seinen blöden

Spitznamen, den ich online gelesen hatte. Gold Daddy. Er passte überhaupt nicht zu ihm. Der Mann, den ich sah, schien nicht wie ein protziger Schürzenjäger. Aber es war wahrscheinlich seine öffentliche Persönlichkeit, eine Image-Sache.

Amelia blieb an Ort und Stelle. „Sorry", sagte ich verlegen.

Aber er zuckte nur mit den Schultern. „Sie würde mit jedem schlafen. Das scheint ein allgemeines Problem mit den Frauen in meinem Leben zu sein."

Deutete er an, dass ihn jemand betrogen hatte? Das schien … verrückt. Welche Frau würde herumvögeln, wenn sie sich mit ihm ein Bett teilen durfte?

Aber ich hatte noch nie mit jemandem romantisch ein Bett geteilt, also bezog ich mich nicht wirklich auf eine konkrete Erfahrung. „Es liegt wahrscheinlich daran, dass ich neu bin. Sie ist neugierig."

„Wieder ein Problem mit den Frauen in meinem Leben." Er lächelte, aber es war nicht angenehm oder freundlich. „Gute Nacht, Tiffany. Fühl dich wie zu Hause. Das meine ich ehrlich."

Das war das Letzte auf der Welt, das ich tun wollte. Zuhause war ein Ort, an den ich nie wieder zurückkehren wollte. „Gute Nacht, Mr. Gold. Danke." Ich wollte irgendwas darüber sagen, wie dankbar ich war, wie sehr ich die Gelegenheit schätzte, aber jede Formulierung, die mir einfiel, klang dumm oder armselig oder zu schleimig, also entschied ich mich standardgemäß für Schweigen. Man konnte nie das Falsche sagen, wenn man gar nichts sagte.

„Ich bin nicht bei der Arbeit. Nenn mich Devin. Bitte."

Er wirkte so ernst, dass ich nickte, obwohl ich wusste, dass ich es niemals laut aussprechen würde.

Wenn er das Wohnzimmer verließ, fand ich, sollte ich das auch, also stand ich auf, wodurch ich Amelia zwang, ihren Kopf zu heben. Sie sah zu mir hoch. „Was?“, fragte ich sie. Ich war nicht versiert in Unterhaltungen mit Haustieren.

„Sie wartet nur auf dich.“ Devin hatte irgendwann seine Schuhe ausgezogen und stand im Foyer, beabsichtigte offensichtlich, die prunkvolle Treppe hinaufzugehen. Ich wusste, dass das Hauptschlafzimmer oben war, aber da ich erst seit weniger als einem Tag in dem Haus war, hatte ich es bis jetzt noch nicht gesehen. Sein Haar fiel ihm über die Augen, aber er machte sich nicht die Mühe, es wegzustreichen, sein Gesichtsausdruck war neutral, undurchdringlich.

„Was denkt sie, wo ich hingehe?“

„Ins Bett.“

„Oh, nun, das tue ich.“ Ich ging einen Schritt, beugte mich vor, um den Deckel auf die Donut-Schachtel zu stecken.

Amelia trabte zu Devin, blieb dann stehen und sah zu mir zurück.

„Mein Zimmer ist in diese Richtung“, sagte ich zu ihr mit einem Fingerzeig zur Küche. Ich hätte mir blöd vorkommen sollen, dass ich eine einseitige Unterhaltung mit einem Hund führte, aber es war viel einfacher, mit Amelia zu sprechen als mit Devin Gold.

Ich hatte Angst, dass er zu viel von meinem Gesicht ablesen könnte, wenn ich ihn ansah. Wie verletzlich ich mich fühlte, trotz meiner verzweifelten Überzeugung und meines Wunsches, unabhängig zu sein.

„Sie erwartet, dass wir zusammen zu Bett gehen.“

Mein Blick schoss von dem Hund zu ihm und meine

Handflächen schwitzten augenblicklich. Meine Augen weiteten sich, ich konnte nichts dafür. Er flirtete nicht. Er deutete nicht auf etwas hin. Er erklärte nur eine Tatsache, dass die Hündin von ihrem Herren erwarten würde, dass er eine Frau bei sich hatte. Es hatte nichts mit mir zu tun.

Es musste eine Menge Frauen geben, die bereit waren, sein Bett zu teilen.

Hitze erblühte auf meinen Wangen und ich war dankbar für den dunklen Raum, sodass er meine Verlegenheit nicht sehen konnte. Meine plötzliche Sehnsucht. Meine peinliche Reaktion.

„Ich denke, da wird sie sich entscheiden müssen. Sie wird Sie wählen." Ich war zuversichtlich, dass sie das würde.

Also war ich überrascht, Krallen auf dem Hartholzboden klicken und die Hundemarke klimpern zu hören, als ich in die entgegengesetzte Richtung ging. Ein Blick zurück zeigte mir Amelia, die den Raum zu mir herüber durchquerte. „Oh!"

Er salutierte mir spöttisch. „Ich überlasse dir meine verräterische Hündin. Jedoch neige ich dazu, sie aus Versehen zu treten, also bin ich mir sicher, dass es zum einen Teil deswegen ist und zum anderen, dass sie einen guten Geschmack hat, was Gefährten betrifft."

Bevor ich das Kompliment aufsaugen konnte, fügte er hinzu: „Sie hat meine Ex-Frau immer gehasst, stell dir vor."

„Haben Sie sie auch getreten?" Es war gesagt, bevor ich es zurückhalten konnte.

Aber Devin schenkte mir ein listiges Lächeln. „Nur zum Bordstein." Dann hob er seine Tasche vom Boden und schlenderte die Treppe hinauf, wobei er seinen Arm zu einem lockeren Winken hob. „Gute Nacht."

„Gute Nacht." Ich ging schnell in mein Zimmer, meine zitternden Hände in meine Hosentaschen gepresst.

Ich schloss die Tür meines neuen Zimmers hinter mir, sperrte ab und schaltete das Licht an. Amelia sprang auf mein Bett.

Ich zog sofort mein altes iPad hervor, das ich für einen Spottpreis gekauft hatte, und fing an zu sehen, was ich über Gold Daddy herausfinden konnte.

Und mit wem genau er verheiratet gewesen war.

Ich zog meine Jeans aus und rutschte unter die Decke auf die frischen, kühlen Bettlaken. Sie fühlten sich unglaublich und teuer an, wie sie so über meine Haut strichen. Als ich auf meinem iPad ein Bild von Devin zutage förderte, zog ich mir spontan mein Tanktop über den Kopf und rutschte ein wenig unter die Bettdecke, seufzte genüsslich wegen des luxuriösen Gefühls von sauberen erstklassigen Decken auf meiner Beinahe-Nacktheit.

„Oh, Gott", schnaufte ich, als ich Devin in einem Smoking und Sonnenbrille auf dem Bildschirm sah. So verdammt sexy. So verdammt reich. Es war seltsam, ihn dort auf der Website einer Klatschzeitung zu sehen, wie er mit einem rotzfrechen Grinsen die Grammys verließ, und zu wissen, dass er oben im Bett lag. Gleich über mir.

Echt.

Schlief er nackt? In seiner Unterwäsche? Ich war noch nie so nahe an einem reichen oder gutaussehenden Mann gewesen. Es war überwältigend, aufregend. Ich hätte nicht gedacht, dass ich von einem Star beeindruckt sein würde, und das war ich nicht. Nicht wirklich. Es war einfach surreal. Als wäre die Welt auf meinem Bildschirm vor diesem Zeitpunkt nicht echt gewesen.

Als hätten die Leute außerhalb des Internets nicht existiert. Und doch taten sie es. Er tat es.

Und er mochte Donuts und studierte mich mit einer nervenaufreibenden Intensität.

Ich starrte auf sein Lächeln auf dem Bildschirm und wünschte, ich könnte hinter die Sonnenbrille sehen. Meine Beine waren ruhelos, ich war angeturnt, ich konnte es nicht ändern. Die Decke war kühl, die Privatsphäre überwältigend, das Bild des Mannes köstlich. Zögernd schob ich meine Finger zwischen meine Schenkel hinunter und streichelte mich zu einer heißen, feuchten Erregung. Je mehr ich an Devin oben dachte, umso mehr entspannte ich mich und ließ mich die intimen Konturen meines Körpers genießen, meine unausgelasteten sexuellen Wünsche schrien nach Rettung.

Im Bewusstsein, dass ich Amelia als Publikum hatte, hielt ich die Decke bis zu meinem Kinn, meine Atmung war gleichmäßig. Ich war es gewohnt, leise zu sein.

Als ich kam, waren meine Augen geschlossen und ich stellte ihn mir über mir vor, wie seine Lippen mir heiße Küsse auf mein empfindliches Fleisch drückten. Als das Zittern der Ekstase verebbte, drehte ich meinen Kopf, um ihn noch einmal anzusehen.

Mein Bildschirm war schwarz geworden.

Und plötzlich fühlte ich mich einsamer als je zuvor.

kapitel drei

Ich hielt den Notizzettel zwischen den Fingern und starrte auf Devins schwungvolle Handschrift.

Ich wurde nach NYC zurückgerufen. Schreib mir, falls Amelia ein Problem sein sollte.

Er hatte seine Nummer hinterlassen und mit *DG* unterschrieben.

Neben der Notiz lagen die Hundeleine und Anweisungen, wie ich Amelia füttern sollte. Auf der Donut-Schachtel dahinter stand „Iss sie auf".

Ich war komplett angezogen in die Küche gekommen, etwas nervös darüber, ihn wieder zu sehen, dennoch unbestreitbar aufgeregt. Die Notiz vorzufinden war ernüchternd. Mein erster Gedanke war, dass er irgendwie bemerkt hatte, gespürt hatte, dass ich ihn heiß fand und ihm das unangenehm war. Als ob er irgendwie gewusst hatte, dass ich im Bett gelegen und mich bei den Gedanken an ihn selbst berührt hatte. In seinem Haus. Auf seinen Laken.

So demütigend.

Nicht, dass er es wusste. Er konnte es nicht wissen. Aber im Morgenlicht fühlte ich mich noch immer völlig verlegen und lächerlich.

Ich hatte Jeans, ein Sweatshirt und meine Converse angezogen und nahm jetzt die Leine von der Theke, entschlossen, den Hund spazieren zu führen und aufzuhören, mich wie ein Idiot zu verhalten und zu fühlen. Es war besser so. Ich brauchte es nicht, dass Devin Gold hier herumhing und unbeabsichtigt meine sozial unbeholfene Verliebtheit förderte.

„Komm, Amelia." Ich bückte mich und klinkte die Leine an ihr Halsband. Ich konnte nicht glauben, dass Devin mir seinen Hund anvertraut hatte. Ich hatte nie ein Haustier besessen und mir deshalb gleich nach dem Aufwachen einen zehnminütigen Online-Intensivkurs über Labradore und ihre Bedürfnisse gegeben. Es war mir zu meiner zweiten Natur geworden, nach meinem iPad zu greifen und jede Kleinigkeit im Internet zu recherchieren. Das war jahrelang meine Rettungsleine zur Außenwelt gewesen und ich dachte, dass ich über viele Dinge etwas wusste, aber in nichts Meister war.

Jeden Tag war ich stundenlang online gewesen, aber in der Realität nicht aktiv. Lebenserfahrung war praktisch nicht vorhanden. Außer man betrachtete es als Lebenserfahrung, die Haare einer alten Dame mit einer Schachtel Clairol zu färben.

Während der Hund und ich über den Hof hinunter zum Meer gingen, fragte ich mich, wie New York City wirklich war. Ich hatte es in einer Million Filmen und Fernsehsendungen gesehen und online darüber gelesen, aber was wäre es für ein Gefühl, auf dem Times Square zu stehen? Wie roch es? Würde ich mich in einer Stadt, in der es jede Hautfarbe und jede Art von menschlicher Existenz gab, weniger sonderbar, weniger auffallend und weniger wie *das gemischtrassige verlassene Pflegemädchen* fühlen?

Es war unwahrscheinlich, dass ich das in nächster Zeit herausfinden würde.

Aber meine Recherche hatte gezeigt, dass Devin nicht nur das Haus besaß, in dem ich wohnte, sondern auch ein Apartment in Manhattan an der Upper East Side. Er hatte vor vier Jahren 3,3 Millionen für das Vorkriegsapartment mit drei Schlafzimmern bezahlt. Außerdem hatte er ein Jahr später Kadence Creed, die Tochter seines Mentors Owen Creed, einem legendären Musikproduzenten, geheiratet. Laut TMZ hatten sie sich vor sechs Monaten nach einer Reise, die sie zu Devins dreißigstem Geburtstag nach Mexico unternommen hatten, getrennt. Ich schätzte, dass drei Jahre die durchschnittliche Lebensdauer einer Ehe in der Unterhaltungsindustrie waren.

Wie Milch wurden sie schnell sauer.

Während wir dahinspazierten, oder genauer, während Amelia mich über das braune Gras zog, holte ich mein Handy aus meiner Hosentasche und fand schnell das Bild von Kadence und Devin auf ihrer Hochzeit, das ich die Nacht zuvor entdeckt hatte. Es zeigte die Zeremonie in Vegas und sie trug ein kurzes Kleid, aus dem ihre Brüste herausplatzten. Sie sah aus, als wäre sie aus der Playboy-Villa herausspaziert und direkt vor den Altar getreten. Pompöse Haare. Lange Acrylnägel. Lange Wimpern. Alles war groß und künstlich und übertrieben.

Es verursachte mir Übelkeit, dass er sich für diesen Typ

Frau entschieden hatte. Aber möglicherweise war sie ja super süß. Vielleicht hatte sie für ihn Abendessen gekocht und war fürsorglich mit dem Hund Gassi gegangen und hatte über all seine Witze gelacht. Irgendwie bezweifelte ich das jedoch.

Ich war nicht objektiv, weil ich nicht nur fand, dass er gut aussah, sondern auch interessant war. Und ich war eifersüchtig. Einfach total, simpel, sinnlos eifersüchtig. Kadence hatte Geld und Erfolg. Ein aufregendes Leben.

Ich hatte fünf Dollar, keine Familie, genau zwei Freunde und eine Zukunft, die sich vor mir als ein endloser Kampf ums Überleben ausweitete. Gestern war ich voller Hoffnung in Richfield angekommen, dankbar für die wunderschöne Unterkunft, das anständige Einkommen, das ich für ein Fernstudium an einem College beiseiteschaffen konnte, dankbar für die Ruhe.

Bereit, alleingelassen zu werden.

Jetzt war ich alleine.

Und irgendwie hatte Devin das verdorben, es nicht gut genug gemacht.

Ich hasste es ebenfalls zu sehen, dass es stimmte – dass Frauen, die sich zu einer lebenden Barbie verschönerten, den Typen bekamen. Man sah einen reichen Kerl nie mit einer Bibliothekarin.

Oder einem kleinen Mädchen aus Vinalhaven.

Das machte mich wütend.

Scheiß auf ihn. Vergiss ihn und seine Designer-Sonnenbrille und sein lächerliches Verlangen, jederzeit eine Schachtel Donuts zu seiner Verfügung zu haben. Denn es war offensichtlich ein fremdes Konzept für Gold Daddy, dass ihm etwas, das er haben wollte, verweigert wurde.

Ich beugte mich hinunter, hob einen Stein auf und schleuderte ihn mit all meiner Kraft von der Klippe. Er fiel so weit unten in das Wasser, dass ich nicht einmal die Spritzer sehen konnte.

Das Handy klingelte in meiner Hand. Es war Cat.

„Hey", sagte ich atemlos, ich wollte jemanden zum Reden.

„Hey! Wie läuft es mit dem Haussitten? Ist es wahnsinnig schön dort?"

„Ja. Das Haus ist der Hammer." Ich verfiel immer in die Jugendsprache, wenn ich mit Cat sprach, weil es sie in den Wahnsinn trieb. Sie fand, dass ich damit ein Klischee bediente.

Wenn du sagst, dass du ein Selfie machen wirst, werde ich mich selbst erstechen.

Yeah. Er tauchte plötzlich wieder in meinem Kopf auf.

„Ich bin so neidisch. Heath ist gerade draußen und hackt Holz, weil dieses Haus so verdammt zugig ist. Mir wird nie warm. Ich wette, du kannst die Heizung aufdrehen, so hoch du willst, und der Besitzer wird es nicht einmal bemerken. Du wirst den ganzen Winter in einer Sauna wohnen. Deine Haut wird leuchten wie in einer Neutrogena-Werbung."

Ich setzte mich auf den harten Boden und ließ Amelia meine Hand lecken. Es kitzelte, aber es war etwas Unglaubliches daran, eine Verbindung mit einem anderen lebenden Wesen zu haben. Ich konnte den Reiz daran erkennen, ein Haustier zu haben. Der Hund war eine großartige Gesellschaft, ein ruhiger und ständiger Begleiter durch die Nacht und diesen Morgen. „Die Heizung hängt an einer Schaltuhr. Es wird alles elektronisch durch eine Software gesteuert. Er kann also im Grunde die Wärme im Haus von seinen Büros in New York City aus steuern."

Der Technikfreak in mir liebte das. Aber es fiel mir auch plötzlich ein, dass wenn das Haus so verdrahtet war, es höchstwahrscheinlich auch Kameras gab, die das Grundstück überwachten. Lebte ich in einem *Big Brother*-Haus? Darüber hätten sie mich doch informieren müssen? Obwohl ich mir nicht sicher war, wer die geheimnisvollen „sie" waren. Aber wieder dachte ich mit purem Entsetzen an die Nacht zuvor. Auch wenn „sie" nicht hätten sagen können, was ich unter den Decken tat, so wäre doch erkennbar gewesen, dass ich endlos auf Devins Bild auf meinem Computerbildschirm gestarrt hatte.

Heilige Scheiße.

Irgendwo in irgendeinem Glasturm in New York schmunzelte ein Team seiner Angestellten über mich. Hatte beobachtet, wie ich im Bett gelegen und nach Devin recherchiert hatte. Oder wie ich am Morgen einen Donut, den ich ganz und gar nicht gebraucht hätte, mit zwei gierigen, klebrigen Bissen verschlungen hatte.

„Das ist scheiße."

„Denkst du, das Haus könnte von Kameras überwacht werden?", fragte ich Cat. „Ist es illegal, wenn sie das tun, ohne es mir zu sagen?"

„Ich habe keine Ahnung. Ich meine, es ist sein Privatgrundstück. Aber wenn Kameras im Haus herumschweifen würden, wieso sollte er dich dort brauchen?"

Gutes Argument. „Hausbesetzer? Er und seine Assistentin scheinen der sonderbaren Überzeugung zu sein, dass Drogenabhängige in ein leeres Haus einbrechen könnten und anfangen, Meth zu kochen."

„So stellt man sich das wahrscheinlich in New York vor. Aber wenn die Kameras zeigen würden, wie jemand einbricht, würde das Sicherheitssystem die Polizei alarmieren und sie würden das überprüfen. Du würdest überhaupt nicht dort wohnen müssen, wenn er so viel Technik im Haus hätte."

„Ich glaube nicht, dass mein Job dafür gedacht ist, es vor einem Einbruch zu bewahren. Ich denke, es ist, um sicherzugehen, dass nicht alles in Staub versinkt und er etwas zu essen hat, wenn er sich ruhelos fühlt und wann auch immer auftauchen will. Ich habe eine Liste von Sachen, die ich jederzeit vorrätig in der Speisekammer halten muss, und lass mich dir sagen, der Kerl mag Wein und Zucker."

„Ein Mann nach meinem Herzen."

Ich holte tief Luft und gestand. „Er ist letzte Nacht hier aufgetaucht."

„Was? In deiner ersten Nacht? Das scheint gruselig. Geht es dir gut? Wie ist er?"

Das war eine schwerer beladene Frage, als sie sich hätte vorstellen können. Ich merkte, wie mein Hintern vom Sitzen auf dem Boden langsam taub wurde. Ich stand auf und strich über den Hosenboden meiner Jeans. „Er ist nicht, was ich erwartet habe. Er sieht aus wie ein Model für eine Rasierwasserwerbung. Wild und sexy. Er ist mit seinem Hund gekommen, hat ein Glas Wein getrunken, einen Donut gegessen, ein Feuer angemacht, hier geschlafen und ist dann diesen Morgen verschwunden."

„Reiche Leute sind Freaks. Wieso hat er den ganzen Weg von New York für einen etwa zwölfstündigen Aufenthalt gemacht?"

„Er sagte, er wurde in die Stadt zurückgerufen, was auch immer das heißt."

„Er hat dich nicht angemacht, oder?"

Amelia zog fest an der Leine, also setzte ich mich wieder in

Bewegung. „Cat, ich liebe dich, aber du musst mit der Vorstellung aufhören, dass es tatsächlich Männer gibt, die mich anmachen. Das wird nicht passieren. Niemals."

„Du bist nur blind dafür. Du bist es so gewohnt, Kritik zu ignorieren, dass du auch Komplimente ignorierst, ohne es zu merken."

Und sie war voreingenommen. Das musste es sein. „Er hat mich nicht angemacht. Seine Exfrau sieht aus wie eine von den Real Housewives. Ich glaube nicht, dass ich sein Typ bin, du kannst also sicher sein, dass mein Jungfernhäutchen nicht in Gefahr ist."

„Mach keine Scherze darüber. Ich mache mir Sorgen um dich."

Manchmal musste man einfach lachen, um nicht zu weinen. „Es geht mir gut. Ich lebe in einem riesigen Haus mit einem voll ausgestatteten Kühlschrank. Ich habe ein französisches Bett und ich habe noch nie so viele Duftkerzen in meinem Leben gesehen. Es geht mir besser als gut. Eigentlich geht es mir großartig."

Das tat es. Scheiß auf Devin Gold und seine bernsteinfarbenen Augen, die mich minderwertig fühlen ließen. Scheiß auf meine Unsicherheiten und meine Ängste.

„Warte mal. Ich habe eine Nachricht bekommen."

Ich nahm mein Handy vom Ohr und berührte den Bildschirm, um die Nachricht von einer Nummer zu lesen, die ich nicht in meinen Kontakten gespeichert hatte.

Nur zur Info, komme diese Woche nicht nach Richfield zurück. Werde wahrscheinlich nicht vor Dezember zurück sein.

Offensichtlich Mr. Gold. Der ebenfalls offensichtlich annahm, dass ich seine Nummer unverzüglich in mein Handy gespeichert hatte, nachdem er in der SMS keinen Absender angab.

Mein Handy summte wegen einer weiteren Nachricht. *Falls A ein Problem ist, lass es mich wissen, ich kann wegen ihr zurückkommen.*

„Lass mich dich zurückrufen“, sagte ich zu Cat, nachdem ich das Handy an mein Ohr zurückgebracht hatte. „Der Schlossherr schreibt mir.“

Sie machte ein schnaubendes Geräusch. „Nett. Okay, ruf mich später an. Und schick mir Bilder von seinem Haus.“

“Nein!”

„Ich werde sie nicht online posten. Ich will nur sehen, wie es innen aussieht.“

„Weißt du, du kannst einfach vorbeikommen.“

„Darfst du jemanden einladen?“

Jetzt da sie es erwähnte, ich hatte keine Ahnung. „Ich werde dir Bescheid sagen.“

Nachdem ich aufgelegt hatte, stand ich eine Weile auf dem festen Erdboden und ließ den Wind auf mich einschlagen. Es roch, als würde es bald regnen, und die Windstöße ließen mich wünschen, ich hätte mein Haar kurz gehalten, statt es aus purer Langeweile herauswachsen zu lassen. Die Strähnen verhedderten sich mehrmals in meinen Wimpern und blieben an meinen Lippen hängen. Meine Finger fingen an, von der Kälte taub zu werden, aber ich ging noch nicht zum Haus zurück.

Ich schrieb Devin.

K. Ich habe kein Problem mit A. Darf ich Freunde einladen?

Nachdem ich seine Nummer unter Gold Daddy gespeichert hatte, fing ich an, das Handy zu verstauen, da ich annahm, dass es eine Weile dauern würde, bis er mir antwortete. Ich erschrak, als es umgehend in meiner Hand summte.

Wie einen Freund?

Nein. Meine Pflegeschwester und ihren Freund. Zum Abhängen.

Ist in Ordnung. Keine Übernachtungsgäste.

Er wollte also nicht, dass ich in seinem Haus Sex hatte? Als würde ich das überhaupt jemals in Erwägung ziehen. Als würde ich mit irgendjemandem Sex haben. Was ich nicht tat. Und niemals hatte.

Nun, außer mit mir selbst.

Gott. Ich musste wirklich herausfinden, wie ich fragen konnte, ob Kameras im Haus waren. Aber wenn ich das tat, würde er annehmen, dass ich beabsichtigte, etwas zu tun, was ich nicht sollte.

K, danke.

Stelle sicher, dass du abschließt und wandere nachts nicht alleine herum.

Fühlte es sich so an, einen Vater zu haben? Das Letzte, was ich wollte, war, dass er väterlich mit mir umging. Nicht, wenn ich mir ziemlich sicher war, dass ich einen Orgasmus haben konnte, wenn ich ihn nur ansah. Eigenartig. Es war alles einfach eigenartig.

Ja, Sir.

Er schickte mir einen Emoji, der aus Frust mit den Augen rollte.

Ich lachte, ganz alleine an der Küste, ohne eine Menschenseele in Sicht.

Mein Handy klingelte, was einen tatsächlichen Anruf

anzeigte. Gold Daddy. Der Name passte überhaupt nicht zu ihm. Fand ich zumindest.

„Hallo?“, sagte ich und war plötzlich nervös.

„Hey, ich bin’s, Devin.“ Ich hörte Geraschel, als er sein Telefon bewegte.

Was, jetzt stellte er sich also vor? „Hi.“ Ich wartete, dass er erklärte, wieso er anrief. Ich konnte Stimmen im Hintergrund hören.

„Ja, den Gelbflossen-Thun“, sagte er. „Danke.“

Er bestellte Abendessen. Ich wartete weiter, war plötzlich genervt. Ich wollte nicht, dass er Multitasking betrieb, während er mit mir telefonierte.

„Thunfisch ist ekelhaft“, sagte eine Frauenstimme, laut genug, dass ich ihre Worte deutlich hören und ihr Grauen erfassen konnte. Ich fragte mich, ob er mich auf Lautsprecher hatte.

„Niemand sagte, dass du ihn essen musst“, sagte Devin sanft. „Tiffany?“

Gleich hier. Geduldig wartend. Das war, was ich tat. „Ja.“

„Ich wollte dir nur sagen, dass du Amelia von der Leine lassen kannst. Sie wird zu dir zurückkommen, wenn du sie rufst.“

„Okay.“ Das hätte er mir auch schreiben können.

„Mit wem sprichst du?“, quengelte die Frauenstimme. „Gott, alle zwei Sekunden bist du am Telefon.“

„Das ist Business, Schätzchen. Daddy muss Rechnungen bezahlen.“

Ich hätte mich fast übergeben. Konnte er noch gönnerhafter klingen? Konnte sie noch görenhafter und dümmer klingen?

„Dieser Wind ist scheiße, er hat mein Haar ruiniert. Naja, immerhin habe ich Glück, dass ich den zerzausten Look tragen kann“, sagte eine unbekannte Frau.

Nette Beschwerde und Angeberei. Sie hatte das wie ein Profi gemacht. Ich hatte überhaupt kein Problem dabei, mir die Frau vorzustellen, die bei ihm war – groß, blond, gebräunt.

„Die meisten von uns haben im Vergleich zu dir bei den Genen den Kürzeren gezogen“, sagte er zu ihr.

Wie konnte er diese Arroganz unterstützen? Wie konnte er nicht von ihr genervt sein? Sie war genauso eklig wie Gelbflossen-Thun. Ich zog Amelia eine Grimasse und machte erstechende Handbewegungen in Richtung Handy.

„Jetzt lass mich eine Sekunde reden, Brooke. Hör auf zu schmollen und zeig mir dein hübsches Lächeln.“

Ich konnte nicht anders. Ich schnaubte unwillkürlich. Er hörte sich kein bisschen an wie der Mann, der die Nacht zuvor mit mir im Haus gewesen war. Der Typ klang genau wie die Art von Kerl, die ich mir ursprünglich vorgestellt hatte. Ein sonnenbrillentragendes Schönheitsoperationsopfer mit einem Schwarm unangemessen junger Mädchen in jedem Arm. Meine Lippe kräuselte sich vor Ekel.

Aber Devin hörte mich. „Gibt es irgendetwas, was du sagen möchtest, Tiffany?“

Ich starrte zum Haus zurück. Seine Pracht dominierte die Küste. „Nein.“ Dann fügte ich, weil ich nicht widerstehen konnte, hinzu: „Sie haben mich angerufen.“

„Habe ich. Vielleicht weil ich inmitten meines lächerlichen Lebens mit jemand Normalem reden wollte. Wie auch immer.“

War ich normal? Sein Leben lächerlich? Ich vermutete, dass beides stimmte.

Er hatte mich definitiv auf Lautsprecher. Ich konnte die

Frau jetzt ziemlich deutlich hören, als wäre sie sehr nah an ihn rangekommen. „Wieso habe ich dieses Kleid angezogen, G Daddy, wenn du mich nicht einmal ansiehst?“

„Dann zieh es aus“, sagte er schroff.

Wow. Der Schock seiner harten Worte traf mich, meine kalten Finger rutschten auf meinem Handy. „Ich sollte Sie nicht weiter aufhalten“, schaffte ich auszustoßen. „Gibt es etwas Bestimmtes, was Sie wollten? Kommen Sie nach Richfield zurück?“

Es gab eine Pause. „Nein. Ich komme nicht zurück.“

Ich hätte erleichtert sein sollen. Doch ich war enttäuscht. Er war ein Puzzle, das ich nicht zusammensetzen konnte. Die einzige Aufregung in einem sonst extrem langweiligen Leben. „Falls Sie Ihre Meinung ändern sollten, die Donuts warten hier.“

„Du bringst mich dazu, mich wie ein protziges Arschloch zu fühlen.“ Das „sch“ in Arschloch kam undeutlich.

Endlich dämmerte es mir. Er war betrunken. Das erklärte den wahllosen Anruf und die merkwürdigen Kommentare. „Ich bringe Sie zu gar nichts. Das machen Sie selbst.“

Er lachte dumpf. „Ich bin froh, den Hund bei dir gelassen zu haben. Du siehst so klein aus auf der Überwachungskamera, wie du draußen herumgehst.“

Ich schluckte hart. Er konnte mich also sehen, zumindest außerhalb des Hauses. „Mir geht’s gut.“

„Das hoffe ich. Ich ertappe mich dabei, wie ich mich um dich sorge.“

„Das ist nett von Ihnen.“ Seltsam. Aber nett.

„Manchmal bin ich nett. Und manchmal bin ich brutal egoistisch.“

„Das macht Sie nicht zu einem Unikat.“ Nachdem das eine

Unterhaltung war, die zu nichts mehr führen konnte, außer noch seltsamer zu werden, fügte ich hinzu: „Ich sollte Sie jetzt entlassen. Ich denke, Ihre Freundin will Sie für sich alleine."

„Ja. Was willst *du*, Tiffany?"

Ich schloss meine Augen, Sehnsucht stieg ohne Vorwarnung in mir hoch. Ich wollte geliebt werden. Geschätzt. Umsorgt. Ich wollte jemandem etwas bedeuten, irgendjemandem. Ich wollte, dass mich ein Kerl ansah und nicht sah, was er von mir bekommen konnte, sondern was er mir geben konnte. Freundschaft. Gesellschaft. Partnerschaft.

„Ich will alleine sein", sagte ich endlich ruhig. Fest.

Es war die Wahrheit. Es war nur nicht die ganze Wahrheit.

„Dann bist du am richtigen Ort."

Ich öffnete meine Augen und beobachtete, wie der Wind die Wellen im Wasser hochpeitschte, große wütende Ausbrüche von ombrierter Farbe – von schwarz über marineblau und aquamarin zu weiß. Da die nächsten Nachbarn eine halbe Meile die Straße hinunter waren, könnte ich ins Meer fallen und niemand würde es bemerken. Ich könnte verschwinden und es würde Tage dauern, bevor jemand daran denken würde, sich zu fragen, was mit mir passiert war.

Doch zum ersten Mal war ich Herr meines eigenen Schicksals. Niemanden interessierte es, was mit mir passierte, nur mich. Hier, in Richfield, konnte ich ich selbst sein und meine Zukunft herausfinden.

„Ja", sagte ich zu ihm. „Sie haben recht. Ich bin am richtigen Ort."

Zurück im Haus beschloss ich, meiner Neugierde nachzugeben und die kleine Villa zu erforschen. Die formellen Zimmer im Erdgeschoss, in die ich bereits einen Blick geworfen hatte, ignorierte ich und ging stattdessen die Treppen hinauf und öffnete eine Tür nach der anderen. Keines der Schlafzimmer war besonders einzigartig oder interessant. Nur eine Menge traditioneller Einrichtungsgegenstände, die zu der Neuengland-Atmosphäre des Hauses passten. Das dunkle Holz sah nicht wie etwas aus, das Devins Exfrau aussuchen würde, aber es sah auch nicht nach seinem Stil aus. Ich kannte zwar keinen der beiden, aber wenn ich ein Haus hätte, würde ich meinen, dass die Möbel meinen persönlichen Stil widerspiegeln würden.

Nicht, dass ich gegenwärtig viel Stil hatte, aber ich würde ein farbenfrohes, legeres Haus wollen. Warm. Verspielt.

Bei dem, was vermutlich das Hauptschlafzimmer war, hielt ich kurz in der Türöffnung inne. Da war eine Puppe auf dem Bett. Sie saß einfach da inmitten eines Kissenberges. Keine antike Puppe, sondern eine moderne, gekleidet in einen kurzen pinken Rock und einen engen Pullover, blonde Haare. Amelia war vor der Feuerstelle eingeschlafen, also erkundete ich alles alleine, und nachdem ich hinter mich gespäht hatte, als könnte ich von einer unsichtbaren Person erwischt werden, machte ich einen vorsichtigen Schritt nach vorne. Die Puppe war verdammt gruselig, außer Devin hatte eine Tochter oder eine Nichte, von der ich nichts wusste.

Ich hob sie hoch, kämmte ihr das Haar zurück und studierte ihr Gesicht. Es sah bekannt aus und ich dachte, sie musste irgendeinen Bezug zur Popkultur haben, dessen Zusammenhang ich gerade nicht herstellen konnte. Ich hatte nie selbst eine Puppe besessen. Aber dann warf ich einen kurzen Blick auf die Innenseite des Pullis und sah, dass das Etikett von einem Designerlabel war. Ich hatte keine Ahnung, ob es echt war oder nicht. Darunter stand „Special Edition Kadence Doll".

OMG, es war eine verdammte Puppe seiner Exfrau. Ich legte sie entsetzt zurück und wirbelte herum. Eine Bewegung hinter mir ließ mich zurückschrecken, bis ich bemerkte, dass ich mich nur über meine eigene Reflexion in dem riesigen Spiegel über der Kommode erschrocken hatte.

„Jesus", flüsterte ich, wobei ich meine Hand auf meine Brust legte, um meine Atmung zu beruhigen. Ich sah blass aus, die dunklen Augen, die mich anstarrten, waren riesig. Ich hatte mein schwarzes Haar aus dem Gesicht gestrichen, aber oben waren ein paar Haarbüschel entkommen und gaben mir einen zerzausten Look.

Und für eine halbe Sekunde hatte ich mir tatsächlich eingebildet, dass Devin Gold mich vielleicht auf eine intellektuelle Art interessant fand.

Vielleicht würde es eines Tages einen Kerl für mich geben, aber es würde nicht der reiche Typ sein, der Supermodels datete und eine potthässliche, verdammt unheimliche Puppe seiner Exfrau auf seinem Bett hatte.

Dafür sollte ich dankbar sein.

Doch das hielt mich nicht davon ab, auf meinem Handy nachzusehen, ob ich einen Anruf von ihm verpasst hatte oder ob er mir geschrieben hatte.

Hatte ich nicht. Hatte er nicht.

kapitel vier

Über den Ofen gebeugt drückte ich einen Zahnstocher in einen Cupcake und beurteilte sorgfältig das Ergebnis. Astrein. Die Cupcakes waren fertig. Zufrieden zog ich sie mit Topfhandschuhen heraus und stellte sie zum Abkühlen. Backen war mein neues Ding, besonders in der Nacht, wenn die Dunkelheit mich zu erdrücken drohte.

Tatsächlich waren viele Sachen mein neues Ding. Es waren sechs Wochen vergangen, seit ich in Richfield mit seiner glückseligen Stille und dem ruhigen Luxus eingezogen war. Ich hatte meine Tage mit Abstauben, Kochen, lächerlich langen Duschen und dem Lesen Dutzender E-Books gefüllt. Ich fuhr mit meinem Fahrrad in die Stadt und kaufte ein und testete Sprachmedien zum Französischlernen von der örtlichen Bibliothek. Während ich begann, die Rührschüssel und Messbecher abzuspülen, erfüllten französische Wörter von der DVD, die ich in den Laptop auf dem Pult in der Küche eingeschoben hatte, den Raum.

Verben. Etre. Aller. Avoir.

Ich mochte den Rhythmus der Sprache. Ich glaubte nicht, dass ich tatsächlich irgendein Wort lernte, aber es füllte das Haus mit Klang. Ich hatte erwartet, dass ich das Fehlen jeglichen Lärms, das das Alleinwohnen mit sich brachte, lieben würde. Und das tat ich. Aber die Stille um mich herum hallte fremdartig und schwer durch das Haus. Also hatte ich fast immer Musik oder den Fernseher an.

Was die seelische Einsamkeit betrifft, verdammt, daran war ich gewöhnt. Omi war keine gute Gesellschaft gewesen. Sie hatte mich kein einziges Mal nach meiner Meinung gefragt oder wie es mir ging. Von ihr weg zu sein, erlaubte mir nur die Fähigkeit, mich dem hinzugeben, was auch immer ich tun wollte, wann immer ich es tun wollte. Es war toll. Ich war mir ziemlich sicher, dass ich niemals glücklicher sein könnte. Ich wusste, dass ich mich an meinen Plan halten musste, mein Geld zu sparen und das darauffolgende Jahr die Pflegeschule zu beginnen, aber vorerst gab ich mich damit zufrieden, die lockeren Tage zu genießen. Das war meine Version von Spring Break. Eine Feier der Privatsphäre.

Es war nicht mein Haus, aber wenn man bedachte, dass ich die einzige Person war, die immer hier war, hatte ich mich eingelebt und fühlte mich darin wohl. Ich hörte nie etwas von Devin. Dem Besitzer, wie ich mich zwang, an ihn zu denken. Hatte ich nicht, seit dem Tag, an dem ich aufgewacht war, um zu bemerken, dass er verschwunden war, und er gesagt hatte, dass er nicht vor Dezember zurück sein würde. Ich war mir nicht ganz sicher, was das bedeutete, ob er einen großen Urlaub oder was auch immer in Richfield plante, aber bis dahin waren es noch zwei Wochen, also hatte ich noch Zeit, bevor er meinen Tagesablauf störte.

Ich hatte gemischte Gefühle. Ich wollte ihn sehen, weil er mich faszinierte, aber ich wusste, dass ich mich wegen ihm lächerlich fühlen würde.

Als ich in die Speisekammer ging, um den Behälter mit Zuckerguss zu holen, den ich gekauft hatte, läutete mein Handy mit einem Google-Alert.

Ja, okay, ich stalkte Devin online. Ich konnte nicht anders. Es war zu einfach und ich bekam einen kranken Nervenkitzel von dem Voyeurismus, zu sehen, was er in New York tat, während ich in seinem Landhaus wohnte. Den letzten Monat über waren die einzigen Erwähnungen ein neuer Plattenvertrag für einen seiner Klienten und zwei Fotos von ihm mit einem langbeinigen blonden Supermodel bei der Fashion Week gewesen. Ich erwartete, dass er mit so einer Art von Frau zusammen war, und obwohl ich mich deswegen so attraktiv wie ein stämmiger kleiner Gartenzwerg gefühlt hatte, hatte ich widerwillig zugeben müssen, dass ihr Aussehen eine Verbesserung gegenüber seiner Exfrau war. Diese Frau sah nicht annähernd so falsch aus. Nur dünn, schick und wunderschön.

Dieser Alert war ein Bild von ihnen von der Website eines Klatschmagazins mit der Überschrift „Herbst-Strandkörper". Er war nicht im Fokus, sie war es. Brooke. Und ihre unglaubliche Bikinifigur, als sie Devin im Wasser bespritzte.

Die Blondine war also die Nörglerin, die keinen Gelbflossen-Thun mochte und „Daddys" volle Aufmerksamkeit wollte.

„Im Urlaub auf Turks und Caicos zeigt Brooke ihre unglaublichen Bauchmuskeln", las ich laut. „Kannst du das glauben, Amelia?", fragte ich die Hündin, die sich nicht einmal zu einem Blinzeln herabließ von ihrer zusammengerollten Position in ihrem Hundebett aus. Es stand neben der Insel und der Stoff passte zu den Kissen der Hocker. „Wie wird dieses Zeug veröffentlicht? Wen interessiert das?"

Die Antwort war natürlich: mich. Mich interessierte nicht die Identität von Brookes Trainer, aber die Tatsache, dass Devin auf dem Bild war und sie stinksauer ansah. Das war kein Mann, der fröhlich herumtollte. Doch es war ein Mann, der unter diesem stürmischen Gesichtsausdruck selbst einen großartigen Körper hatte. Ich begutachtete seine Brust länger, als ich es hätte tun sollen. „Wie kommt es, dass manche Leute reich *und* gutaussehend sind? Was soll das? Könntest du das nicht besser verteilen, Gott?"

Amelia hob plötzlich den Kopf und lauschte. Nicht meinem sinnlosen Geplapper, aber einem Geräusch vor dem Haus. Ich hörte es auch, obwohl ich mir nicht sicher war, was ich hörte.

"J'ai, tu as, il a, nous avons, vous avez", leierte die Frauenstimme weiter und ich ging hinüber und drückte den Pausenknopf, sodass ich besser lauschen konnte.

Nichts. Das Haus knarrte vom Wind, aber das waren die üblichen Geräusche.

Ich fing gerade an, mich wieder zu beruhigen, als die Türglocke durch das Haus schallte. Ich sprang auf. „Heilige Scheiße." Es war das erste Mal, dass ich diesen Ton hörte. In den vergangenen sechs Wochen war nicht ein einziges Mal jemand an die Tür gekommen, und obwohl es nicht super spät war, war es dennoch 20 Uhr und dunkel draußen. Richfield lag nicht auf dem Weg zu irgendwas, also konnte es niemand sein, der sich verirrt oder eine Panne hatte.

Ich ging vorsichtig den Gang hinunter, der Hund trabte neben mir und ich spähte durch die Seite des Frontfensters in die Dunkelheit. In der Auffahrt stand ein Lieferwagen, der laut angelassen wurde und dann davonfuhr. Meine Herzfrequenz beruhigte sich. „Gott, Tiffany, nimm dich zusammen. Es ist nur ein Paket."

Aber ich ertappte mich trotzdem dabei, wie ich die Tür langsam aufzog und die Umgebung scannte, bevor ich mir den *legal size*-Umschlag von der Stufe vor der Eingangstür schnappte. Nicht einmal ein Paket, nur offensichtlich etwas Papierkram. Ich schloss die Tür schnell hinter mir und drehte den Schließriegel. Zurück in der Küche drückte ich wieder auf Play für die Französischstunde und starrte auf den an Devin adressierten Umschlag. Er sah wichtig aus, da die Sendung als Express markiert war. Ich beschloss, ihm zu schreiben, um zu fragen, was ich damit tun sollte. Vielleicht war es etwas, was er sofort brauchte.

Er antwortete mit einem schroffen Öffne ihn.

Naserümpfend fing ich an, am Streifen zu ziehen. Ich wollte nichts Persönliches sehen oder seine Kontoauszüge oder so. Ich war mir ziemlich sicher, dass der Schock seines Reichtums schwarz auf weiß mich ausflippen lassen würde.

Aber es waren keine Kontoauszüge. Es war ein Stapel Fotos. Von ihm. Was einigermaßen normal hätte erscheinen können, außer dass jemand sie mit einem Edding beschrieben hatte. *Lügner. Betrüger. Hurenbock. Arschloch.*

„Was zum Teufel?“, murmelte ich, während ich den Stoß durchblätterte. Da war eins von seinem Sportwagen und das Kennzeichen war geändert worden, sodass ET PUSSY darauf stand. Alles daran war boshaft und nur ein wenig verrückt. Einige der Aufnahmen schienen Schnappschüsse zu sein, als würde er die Person kennen, die das Foto machte, andere waren Zeitschriftenausschnitte oder offensichtlich aus dem Internet ausgedruckt. Als ich sie weiter durchsah, waren da plötzlich keine Bilder mehr von ihm, sondern von Frauen. Brooke, das Bikini-Mädel. Eine winzige Brünette. Ein großes schwarzes Mädchen mit Locken, um die ich sie beneidete. Eine weitere Blondine. Dann ich. Es war ein Bild von mir, wie ich draußen mit Amelia spazieren ging.

WTF. Ich ließ es fallen, als hätte ich mir die Finger verbrannt.

Mein Handy summte. *Was ist es?*

Mit zitternden Händen tippte ich. *Bilder von dir und Frauen.*

Das ist alles?

Ja.

Schmeiß sie einfach weg.

Das war‘s? Er fühlte sich nicht belästigt oder gruselte sich? Natürlich hatte ich ihm nichts von den Beleidigungen erzählt. Ich überlegte, ob ich es sollte, als sich die Haustüre mit einem Quietschen öffnete. Mein Magen verkrampfte sich und ich drehte mich zu der Hündin und gestikulierte ihr, dass sie mit mir kommen sollte. Mein spontaner Plan war, in mein Zimmer zu flüchten, die Tür abzusperren und die Polizei zu rufen. Aber Amelia wollte nicht mit mir mitkommen. Mit wedelndem Schwanz lief sie den Gang hinunter.

„Amelia, komm“, zischte ich in einem verzweifelten Flüstern.

Es war ein Eindringling im Haus und der Hund wollte ihn freudig begrüßen. Fabelhaft.

Aber dann fiel mir ein, dass ich die Haustür zugesperrt hatte. Niemand konnte den Türriegel aufgebrochen haben. Nur ein Schlüssel würde die Tür öffnen.

„Hey, Mädchen", sagte eine bekannte männliche Stimme. „Freust du dich, mich zu sehen? Ja, ich habe dich auch vermisst." Dann: „Okay, runter mit dir."

Devin.

Im Haus.

Ich lockerte meinen festen Griff um mein Handy und ging ihm entgegen, zugleich erleichtert und entsetzt. Ich trug Yogapants und ein T-Shirt, das an der Vorderseite die Spuren einer Mehlexplosion zeigte. Wahrscheinlich hatte ich meine Haare an diesem Tag nicht gebürstet. Vielleicht sogar den Tag davor. Die Arme vor der Brust verschränkt, blieb ich im Kücheneingang stehen und beobachtete ihn.

„Hi", sagte ich, als er zu mir hochsah.

„Hallo Tiffany." Er trug eine Lederjacke, und nachdem er Amelias Kopf zum letzten Mal gestreichelt hatte, stand er auf und musterte mich. „Was?"

Ich schüttelte meinen Kopf.

„Nein, ich kenne diesen Blick. Er ist anklagend. Du bist sauer auf mich, weil ich dir nicht gesagt habe, dass ich komme."

Richtig. „Natürlich nicht. Es ist Ihr Haus."

Sein Mundwinkel hob sich. „Ja, es ist mein Haus, aber du ärgerst dich trotzdem über mich. Ich kann es in deinem Gesicht sehen. Als Hinweis für die Zukunft, du bist zu ehrlich, um Poker zu spielen." Er kam näher und schnupperte in die Luft. „Was ist das für ein Geruch?“

„Ich habe Cupcakes gemacht.“

Seine Augenbrauen schossen hoch. „Kein Scheiß. Kann ich einen haben?“

Als würde ich ihm das abschlagen? „Natürlich, Mr. Gold.“

„Oh, ich bin wieder Mr. Gold, ja? Du ärgerst dich wirklich über mich.“ Er klang deswegen jedoch nicht betrübt.

„Wieso haben Sie nicht erwähnt, dass Sie fast hier sind, als ich Ihnen geschrieben habe?“ Ich konnte nicht anders. Ich musste fragen. Ich hätte beinahe einen verdammten Herzinfarkt erlitten, als ich gehört hatte, wie sich die Tür öffnete. „Sie haben mir einen Schrecken eingejagt.“ Selbst ich konnte den Tadel in meiner Stimme hören und zuckte innerlich zusammen. Er war mein Chef, verdammt. Ich musste aufpassen, was ich sagte.

„Es tut mir leid.“ Er schenkte mir ein charmantes Lächeln. „Es war eine Last-Minute-Entscheidung.“ Dann streckte er ohne Vorwarnung seinen Finger aus und strich über meine Wange. „Du hast da Mehl.“

Ich schnappte nach Luft und wich zurück. Ich konnte ihn nicht mich berühren lassen. Nicht, wenn er so nah und ich so von ihm angezogen war.

„Aber du hast recht. Ich hätte dir Bescheid geben können, als wir geschrieben haben. Aber ich wollte nicht, dass du dir Umstände machst oder dich um den Zustand des Hauses sorgst.“ Dann ging er an mir vorbei in die Küche. „Ich wollte dich in deinem natürlichen Zustand. Mea culpa.“

Mein natürlicher Zustand würde für ihn nicht von besonderem Interesse sein, also fand ich seine Motive seltsam. Aber ich war plötzlich von dem Anblick seines Koffers, den er bei der Haustür gelassen hatte, abgelenkt. Er war riesig. Das war keine Übernachtungstasche.

Hilf mir, Jesus, er plante, eine Weile zu bleiben.

„Das Haus fühlt sich anders an", sagte er. „Gemütlich."

Er beugte sich in den Kühlschrank und tauchte mit einem Erfrischungsgetränk wieder auf, wobei er mit den Schultern rollte. Ich war mir nicht sicher, ob er verärgert über mich war oder nicht, als ich mich umblickte. Die Küche sah wirklich gemütlich aus. Auf der Theke lagen Backzutaten verstreut herum und der Zuckerguss war geöffnet und bereit, über die Schokoladen-Cupcakes verteilt zu werden.

„Lernst du die Sprache der Liebe?", fragte er mit einem kleinen Grinsen und zeigte auf den Laptop. Seinen Laptop. Ich hatte den Computer verwendet, der verlassen herumgelegen und auf dem Küchentisch Staub gesammelt hatte.

„Es ist nur eine Hintergrunduntermalung." Ich fing an, die Cupcakes zu verzieren. „Ich werde aufräumen, sobald ich mit denen hier fertig bin."

„Mach dir darüber keine Sorgen. Tu, was du tun willst. Ich bin gar nicht hier."

Der Blick, den ich ihm über meine Schulter zuwarf, war skeptisch. Man konnte nicht vorgeben, dass er nicht hier war. Devin lachte laut.

„Es ist sehr offensichtlich, wenn du genervt bist", sagte er. „Es ist anspruchsvoller herauszufinden, wann du zufrieden bist."

Vor zehn Minuten war ich zufrieden gewesen. Jetzt war ich mir nicht so sicher.

„Wieso ist das wichtig?" Ich hatte mir vorgestellt, wie er nach Richfield zurückkam und ich ihn irgendwie beeindruckte. Aber ich wusste nicht, wie ich das tun sollte. Er verbrachte seine ganze Zeit mit weltgewandten Frauen und ich war … es einfach nicht.

„Ich will, dass du hier glücklich bist."

Nenn mich skeptisch, aber ich glaubte nicht, dass es ihn wirklich interessierte. Wieso sollte es? Er kannte mich nicht. Ich war eine Angestellte. Es musste eine heimliche Absicht geben, ich wusste nur nicht, welche. Aber ich wusste, wie man das Spiel spielte. „Danke. Ich bin glücklich."

Ich beobachtete ihn aus meinem Augenwinkel, während ich einen Cupcake glasierte. Er hatte das Express-Kuvert aufgehoben und schaute es durch. Er sah nicht überrascht oder verärgert über irgendetwas aus, was er sah. Einmal stoppte er bei einem bestimmten Bild und studierte es, wobei ein Stirnrunzeln sein hübsches Gesicht verunstaltete.

„Stimmt irgendwas nicht?", fragte ich.

„Hmm? Nein, nein, alles okay."

Überhaupt nicht glaubwürdig, vor allem, da er das Bild, welches er angestarrt hatte, zusammenfaltete und in seine Hosentasche schob.

Neugierig, welches Bild er genommen hatte, reichte ich ihm einen Cupcake als Angebot. „Mein erster Versuch, Cupcakes zu backen. Ich kann nicht dafür bürgen, wie sie schmecken."

Er warf den ganzen Umschlag mit all den anderen Bildern beiläufig in den Abfallbehälter neben der Kücheninsel und griff nach dem Cupcake. Meine Augen folgten der Bewegung. Ich sah in fragend an, aber er lächelte nur.

„Danke. Ich nehme gern einen. Ich bin eine kleine Naschkatze, falls du es noch nicht bemerkt hast."

Ich bemerkte viele Dinge an ihm. Alles. „Wenn er schrecklich schmeckt, müssen Sie nicht höflich sein. Spucken Sie ihn einfach aus." Okay, das klang ziemlich erbärmlich. Ich beschloss, mich zu zügeln. Normal zu sein.

Während er die Folienhülle löste, deutete er mit seinem Kopf zum Laptop. „Also, wie läuft es mit dem Französisch? Ernsthaft."

„Ich habe gerade erst begonnen. Ich dachte, ich höre mir erst einmal das ganze Buch an und beginne dann nochmal, wobei ich nach jedem Kapitel die schriftlichen Übungen dazu mache."

„Das klingt sehr diszipliniert. Aber ich habe das Gefühl, dass das deine Persönlichkeit ist." Er steckte sich den Cupcake zwischen seine Zähne und hielt ihn dort fest, sodass er die Hände frei hatte, um seine Jacke auszuziehen. „Mm." Nachdem er seinen Mantel beiseitegeworfen hatte, biss er ab und kaute. „Lecker. Köstlich."

Ich war lächerlich zufrieden. Mein Mundwinkel hob sich, ich konnte nicht anders. Er sah aus, als würde er mit seinem Cupcake allein sein wollen. „Wirklich?"

„So siehst du also aus, wenn du zufrieden bist", neckte er mich.

Mein Lächeln verschwand und ich rollte verlegen mit den Augen.

„Ich bin froh, dass du die Küche benutzt. Das tut nie jemand."

Devin brach ein Stück des Cupcakes heraus und bückte sich, um es Amelia zu füttern.

„Nicht", rief ich, während ich einen Schritt nach vorne machte und sein Handgelenk ergriff. „Hunde sind auf Schokolade allergisch!"

Er stoppte. „Sind sie?"

„Ja. Tödlich. Es kann sie umbringen. Das habe ich im

Internet gelesen."

„Oh. Herrgott." Er sah auf Amelia hinunter. „Sorry, Liebling. Ich wollte nicht versuchen, dich umzubringen." Er streichelte ihren Kopf und bückte sich, um ihr einen Kuss zu geben. „Ich habe dich übrigens vermisst. Ja, das habe ich. Aber ich vermute, ich bin ein Idiot. Gott sei Dank haben wir Tiffany, hm?"

Ich errötete und er wusste es. Gott, ernsthaft? Als wäre mein Sozialleben nicht schon beschissen genug? Jetzt musste ich mich auch noch vor meinem Boss, Mr. Heißer Hecht, wie ein kompletter Schwachkopf benehmen? Aber erst der merkwürdige Umschlag voller Bilder, dann dass er auftauchte und mich beinahe zu Tode erschreckte, hatte mich aus der Fassung gebracht. Ich hatte eine weitere entspannte Nacht in einem Haus, in dem ich anfing, mich wirklich wohlzufühlen, erwartet, und jetzt war er hier, grinste mich an und lobte sowohl meine Cupcakes als auch meinen gesunden Menschenverstand.

Außerdem sah er so gottverdammt hinreißend aus, mit seinem Haar, das ihm in die Augen fiel und seinem sexy sorglosen Dreitagebart. Er sah aus wie die Männer in Filmen, die eine Frau davon überzeugten, sie auf der Toilette eines schicken Restaurants zu ficken. Verdammt, er sah vermutlich nicht nur wie der Typ aus. Er *war* der Typ. Ich stellte mir vor, wie er Brookes teures Kleid von ihrem geschmeidigen Körper riss und sie gegen die nächste Wand gedrückt nahm.

Ugh. Ich mochte vielleicht keine persönliche Erfahrung mit dieser Art von Lust haben, aber ich hatte genügend Filme gesehen, um es mir vorzustellen, und ich bereute meine Fantasie sofort.

Seine Anwesenheit brachte mich definitiv aus dem

Gleichgewicht. „Ich habe es im Internet gelesen", wiederholte ich, weil es schien, als sollte ich etwas sagen. Dann widmete ich mich wieder dem Glasieren der Cupcakes, worüber ich ebenfalls online gelesen hatte. Ich hatte die Strudeltechnik versucht, aber ich war ziemlich scheiße darin. Nachdem ich ihn nicht direkt ansah, sammelte ich den Mut zu fragen: „Was hat es also mit diesen Bildern auf sich?"

„Mach dir darüber keine Sorgen", sagte er. „Nur eine Arbeitssache."

Blödsinn. Das war kein Arbeits-Paket. Außer seine Arbeit bestand darin, sich selbst zu stalken. Aber ich konnte ihn nicht genau dazu befragen. Er war *Der Boss*. Eine Tatsache, die mir anscheinend immer wieder um die Ohren schlug. Er war aus einer völlig anderen Welt, einer, in der er Befehle gab und verlangte, was er wollte. Ich war aus der Diener-Schicht. Auf der Titanic wäre ich auf dem untersten Deck gewesen und als Erste ertrunken.

Aber dachte er, ich hätte das Bild von mir nicht gesehen? Ich wusste es nicht. Er war schwer zu durchschauen.

„Was hast du gemacht, seit ich das letzte Mal hier war?"

Noch immer glasierend, zuckte ich mit den Schultern. „Gelesen, gelernt, gekocht."

„Gehst du aufs College?"

„Nein. Noch nicht."

„Wieso nicht?"

„Es ist nicht praktikabel." Was bedeutete, ich hatte kein Geld.

„Hast du mit deiner Großmutter gesprochen?"

Ich stoppte, da die unerwartete Erinnerung an meine Vergangenheit meinen Magen zusammenzog. „Nein."

Tatsächlich war ich überrascht, dass ich es nicht hatte. Ich hatte gedacht, dass sie keine Lust mehr haben würde, ihre Sachen selbst zu erledigen, aber anscheinend war es ihr wert, sich alleine um das Haus zu kümmern, wenn sie mich dafür loshatte. Es schmerzte, obwohl ich nicht wollte, dass es das tat.

Ich war mit den Cupcakes fertig und wollte nicht hier stehen und ihn dumm anblinzeln, während er mich sinnlos in die Mangel nahm, also fing ich an, Wasser in das Becken zu lassen, um das Geschirr abzuspülen.

„Du kannst sie einfach in den Geschirrspüler stellen", sagte er.

„Es macht mir nichts aus, es selbst zu spülen." Tat es nicht, weil es mir ermöglichte, ihm weiterhin meinen Rücken zuzuwenden.

Er bot keine Hilfe an. Aber er ging zu dem Laptop hinüber und beendete die Französischstunde. Das war ein Hinweis für mich, dass er nicht so schnell in sein Schlafzimmer oder in das Wohnzimmer gehen würde.

„Du liest also *Der Hobbit*?"

Ich blickte zurück und sah, dass er mein Buch aufgehoben hatte und die Rückseite studierte. „Ja. Ich habe es schon mal gelesen, aber ich lese es nochmal."

„Ich habe es auf der Highschool gelesen. Vor einer Million Jahren. Ich liebte Tolkien, aber noch mehr liebte ich Musik."

„Sie wollten also immer Produzent werden?", fragte ich, während ich meine Hand durch das heiße Wasser wirbelte, um Schaum zu erzeugen. Sein Weg zum Erfolg interessierte mich. Ich hatte keine Hinweise darüber gefunden, dass er eine Musikgröße war mit einer Familie, die schon vor ihm in dem Geschäft tätig war. Ich hatte kurz meinen Kopf in sein Musikstudio oben auf der Rückseite des Hauses gesteckt, aber die Ausstattung war überwältigend und ich hatte Angst, etwas zu berühren.

„Das kam durch Zufall. Ich wollte etwas Künstlerisches machen, aber dann wurde allmählich offensichtlich, dass ich weder gut aussehend noch charmant genug bin, um ein Bühnenstar zu werden. Hinter den Kulissen bin ich viel besser."

In welcher Welt lebte er, dass er glaubte, nicht attraktiv zu sein?

Ich nahm an, in einer Welt voller obszön schöner Menschen. „Es hat sich offensichtlich für Sie alles zum Guten gewendet."

„Ich hatte Glück, dass ich etwas Hilfe hatte. Ich habe Owen Creed getroffen, als er noch Student war, und er hat mir wirklich ein paar Türen geöffnet."

Devin hatte auch seine Tochter geheiratet. Ich wollte ihn über diese Beziehung ausfragen, aber ich wusste, dass ich damit eine Grenze überschritt. Abgesehen von meiner persönlichen Neugier war er mein Arbeitgeber, nicht mein Freund. Obwohl mir sehr klar war, dass ich wünschte, er wäre es. „Ich bin mir sicher, dass Glück beteiligt war, aber Sie sollten sich selbst auch Anerkennung zollen. Er hätte Ihnen seine Hilfe nicht angeboten, wenn er nicht gedacht hätte, dass Sie sie verdienen."

„Es ist wahrscheinlicher, dass er es vorwiegend tat, weil ich mit seiner Tochter zusammen war und er Angst hatte, dass wir uns das nächste Jahrzehnt bei ihm durchschnorren. Er war entschlossen, mich zahlungskräftig zu machen."

Ich drehte mich während des Schrubbens der Rührschüssel um, um ihn zu studieren. Er grinste und ich war mir nicht sicher, wie ernst er es meinte. „Ich denke, das wäre möglich."

Er lachte. „Nun, hier ist die Ehrlichkeit, um die ich gebeten habe."

„Wie fühlt er sich jetzt, da Sie beide geschieden sind?" Ich schrubbte wieder.

„Ich denke, er fühlt sich schuldig, dass er unsere Beziehung bestärkt hat."

Ich war mir nicht sicher, was ich darauf sagen sollte. Stirnrunzelnd drehte ich das Wasser auf, um klarzuspülen. Was sagte das über Kadence? Irgendetwas?

Ohne Vorwarnung berührte Devin meinen Arm. Ich erschrak und drehte mich um. Er hatte die Küche leise durchquert und stand gleich hinter mir. „Was?", fragte ich, in Panik geraten. Er drängte in meinen Raum und ich wich zurück, bis ich mit dem Hintern gegen den Schrank stieß.

„Hör mit dem Geschirr auf. Es ist störend. Setz dich mit mir ins Wohnzimmer." Es störte? War das sein Ernst? „Soll es sich dann selbst spülen?"

„Stell es in den Geschirrspüler", sagte er schroff. Er griff hinüber und riss ihn auf. Bestimmend.

Ich starrte ihn an, zu gleichen Teilen entnervt und stinksauer. Diva.

Ich hatte genügend Jahre in Gehorsam verbracht, um meine Lippen zu schürzen und meine Gedanken für mich zu behalten. Bei Streit kam nichts Positives heraus. Also fing ich an, Töpfe und einen Spatel in der Geschirrspülmaschine zu stapeln.

„Tiffany ist unzufrieden mit mir", sagte er, während er sich ein paar Haarsträhnen aus den Augen strich. Er trug Jeans und ein dunkelgrünes T-Shirt, sehr leger.

Es war eine Art Spiel für ihn. Oder vielleicht machte er sich nur über mich lustig. Egal, so oder so verachtete ich es, wenn jemand es mir unbehaglich machte. Es war nicht fair, es war nicht ehrlich, und nur weil ich die angeheuerte Hilfe war, und das arme Mädchen obendrein, bedeutete das nicht, dass ich es verdiente, so behandelt zu werden.

„Tiffany mag es nicht, ohne Grund angeschrien zu werden", teilte ich ihm mit und warf ihm seine bescheuerte Verwendung der dritten Person zurück.

Seine Augenbrauen schossen hoch. „Du denkst, dass ich dich angeschrien habe?"

Ich nickte, während ich die Tür der Geschirrspülmaschine schloss und mein Haar aus dem Gesicht strich. Mit verschränkten Armen, erhobenem Kinn und aufgeblähten Nasenlöchern traf ich seinen Blick. „Nein. Aber Sie sagten, ich sei lästig."

„Habe ich nicht." Er deutete zur Spüle. „All dieses Herumschlagen von Töpfen, das Wasser … es war ablenkend. Du bist nicht lästig. Eigentlich bist du so nicht lästig, dass ich mich mit dir unterhalten will, weshalb das ganze Abspülen nervig war. Und du scheinst mir nicht der übermäßig empfindliche Typ zu sein."

Ich glaubte nicht, dass ich das war, aber manchmal kann man sich seines Platzes nur soweit bewusst gemacht werden, bevor es einen wütend macht. „Jeder hat Gefühle."

„Und es tut mir leid, falls ich deine verletzt habe", sagte er ruhig. „Lass das Geschirr. Setz dich mit mir hin. Ich verlange deine Gesellschaft."

Meine Augenbrauen hoben sich.

„Ich *bitte* um deine Gesellschaft", verbesserte er.

„Wieso?", fragte ich kühn.

„Weil ich hören will, was du zu sagen hast. Ich bin die ganze Zeit von eitlen und dummen Menschen umgeben und ich hätte gerne eine anständige Unterhaltung mit jemandem."

„Und Sie denken, ich bin dazu imstande?" Ich war mir da nicht sicher. Es war nicht so, als hätte ich viel Erfahrung darin, mich mit dreißigjährigen Männern zu unterhalten, aber ich hatte eine gewisse Bildung und ging häufig großzügig mit Suchmaschinen um. Ein Teil von mir wollte ein paar Runden mitgehen und sehen, ob ich mithalten konnte. Aber größtenteils hatte ich Angst, dass ich wie ein Idiot dastehen würde.

„Ich denke, du bist zu beinahe allem fähig, was du dir vornimmst." Devin bewegte sich näher zu mir und für eine Sekunde hätte ich schwören können, dass seine Augen in einem flüchtigen Blick zu meinem Mund fielen. Ich musste es mir eingebildet haben.

Aber es war keine Einbildung, dass sein Arm gegen meinen strich, als er um mich herumgriff, um sich einen weiteren Cupcake zu schnappen. Seine Augen forderten meine heraus, als seine Zunge in das Frosting tauchte. „Du hast es durchgestanden, auf diesem Felsen aufzuwachsen, nicht?"

Dann war er aus meinem persönlichen Raum verschwunden.

Aber die Wirkung davon verweilte in meinem Körper.

Ich hatte ihn gerochen. Die Bartstoppeln an seinem Kinn gesehen. Seinen heißen Atem gespürt. Beobachtet, wie seine Zunge anregend in den cremigen weißen Zuckerguss eingetaucht war.

Tief in mir startete ein Brand, den er entzündet hatte, und ich wusste, dass es dumm war, wusste, dass es falsch war.

Also suchte ich direkt seinen Blick, als er zurückwich, und

meine Stimme klang sicher. „Ja. Ich habe überlebt. Sir."

Etwas an den Worten zog ihn wieder näher zu mir. Sein Kopf wippte langsam vor und zurück. „Aber zu welchem Preis? Du bist ja nicht von Natur aus stur, so wie ich nicht von Natur aus ein Arschloch bin. Doch jetzt sieh uns an."

Er hielt den Cupcake an meinen Mund. „Einen Bissen gefällig?"

„Nein, danke", flüsterte ich.

„Komm schon. Wein für mich, Milch für dich. Ist es das, was du haben möchtest? Milch und Plätzchen, kleines Mädchen?"

Wenn er nicht von Natur aus ein Arschloch war, stellte er sich verdammt gut an, eines zu sein.

Ich drückte mich an ihm vorbei und stieß ihn dabei mit der Schulter an. Ich holte mein Handy von der Kücheninsel und verschwand den Gang hinunter.

In mein Zimmer. Alleine.

Wo ich auf den Decken auf meinem Bett lag und mein Kissen an meine Brust drückte und mich fragte, wieso Devin zurück nach Richfield gekommen war. Wieso er sich von Brookes unglaublichen Bauchmuskeln weggezogen hatte, um aufzutauchen und meine Zufriedenheit zu zerstören.

Und mich fragte, ob ich Devin morgen sehen würde und wieso mein Bild mit der Expresspost an sein abgelegenes Maine-Anwesen geliefert wurde.

Den Großteil meines Lebens war ich misstrauisch gewesen, hatte mich physisch und emotional geschützt. Im letzten Monat hatte sich mein persönliches Sicherheitssystem entspannen können, ich hatte aufgehört, bildliche Durchläufe meiner Umgebung mit Scheinwerfern zu machen.

Aber jetzt fühlte ich mich nicht wirklich in Gefahr, nur gefährdet. Von … irgendetwas.

Mich in Devin zu verlieben. Die Kontrolle über mein Leben zu verlieren, wenn ich sie gerade erst errungen hatte.

Mein Handy surrte in meiner Hand.

Da ich annahm, dass es Cat war, wollte ich es gerade ganz ausschalten, als ich bemerkte, dass die Nachricht von Devin kam.

Hunde, die bellen, beißen nicht. Gute Nacht, Tiffany.

All meine Wut verschwand. Es war keine direkte Entschuldigung, aber Reue. Für einen Typen, dem jeder den Hintern küsste, war das eine große Sache.

Also schrieb ich ihm zurück.

Gute Nacht, Devin.

Seinen Vornamen zu benutzen, fühlte sich gut an. Intim.

Mein Google-Alert meldete sich.

Anscheinend war Unglaubliche-Bauchmuskeln-Brooke zuvor bei Prada in eine Konfrontation mit Gold Daddys Exfrau geraten. Die Klatschnachrichten zeigten das Überwachungsvideo des Nobel-Ladens. Man konnte nicht hören, was die beiden sagten, aber es war offensichtlich, dass Kadence die Anstifterin war, und als sie sich auf Brooke stürzen wollte, schritt Devin ein und hielt sie davon ab, seine Freundin zu schlagen. Dann schien er ruhig und vernünftig mit Kadence zu sprechen, legte sogar seinen Arm um sie, als sie zu weinen anfing.

Das Video endete, die Geschichte war anscheinend vorbei, jetzt, da sich die Frauen nicht länger die Augen auskratzten, und ich bedauerte, dass ich das Ergebnis nicht sehen konnte. Devin schien mitfühlend, ruhig. Lag das daran, dass er seine Ex noch liebte? Oder war er ein netterer Typ, als er zugeben mochte?

Oder versuchte ich nur zu sehen, was ich sehen wollte?

So oder so bereute ich meine impulsive Flucht in mein Schlafzimmer.

Also ging ich wieder in die Küche hinaus, aber sie war ruhig, dunkel. Kein Anzeichen von Devin oder Amelia. Ich fragte mich, ob der Prada-Streit der Auslöser für sein frühes Zurückkommen nach Richfield gewesen war. Die indirekte Beleuchtung an den Küchenschränken war an, sodass der Raum sanft schimmerte. Ich sah den Umschlag im Papierkorb und fischte ihn heraus, da ich die Bilder von Devin noch einmal ansehen wollte. Die der wunderschönen Frauen, mit denen er Zeit verbrachte. Um mich zu erinnern, dass ich ihm nichts bedeutete. Er war nur höflich zu mir. Er war gelangweilt. Er war von Natur aus neugierig. Sonst nichts.

Ich blätterte den Fotostapel zweimal durch, bevor ich bemerkte, dass eines fehlte. Das von mir.

Er hatte eins in seine Tasche gesteckt. Es zusammengefaltet und in seine Jeanstasche gesteckt, direkt vor mir, und ich hatte mich gefragt, welches es war und wieso. Es fehlten sonst keine Bilder außer dem von mir.

Devin hatte mich in seine Hosentasche gesteckt.

Ich schauderte, warf den Umschlag zurück in den Mülleimer und zog mich in mein Zimmer zurück, wobei ich einen Blick zur Treppe warf und beinahe erwartete, dass Devin oben stand und mich beobachtete.

Tat er nicht. Das Haus war still.

kapitel fünf

„MORGEN“, SAGTE DEVIN, OHNE VON seinem Laptop aufzuschauen, als ich in die Küche kam.

Er war immer noch da. Ich war lächerlich zufrieden darüber.

„Guten Morgen.“ Ich gähnte und schlurfte zur Kaffeemaschine hinüber und stellte glücklich fest, dass er bereits Kaffee gekocht hatte, die Kanne war noch halbvoll. Ich war ebenfalls glücklich darüber, dass er nicht so wie letztes Mal einfach verschwunden war. „Kann ich etwas Kaffee haben?“

„Nein. Du kannst keinen Kaffee haben.“ Er schüttelte seinen Kopf, ohne mich anzusehen. „Natürlich kannst du Kaffee haben.“

Devin trug zu seiner Jogginghose kein Oberteil, aber das war der einzige Hinweis darauf, dass es vor acht Uhr war. Er sah überhaupt nicht verschlafen aus. Er sah aus, als hätte er etwas Arbeit in Angriff genommen, da seine Augen auf den Bildschirm gerichtet waren. „Nerv mich nicht, indem du mich für alles um Erlaubnis bittest, solange ich hier bin."

Wow. Er fing den Tag gleich da an, wo wir stehen geblieben waren. Ich nahm mir eine Tasse. „Das können Sie leicht sagen. Sie möchten vielleicht nicht genervt oder gestört oder unterbrochen werden, aber ich bin die bezahlte Angestellte, erinnern Sie sich? Ich kann nicht einfach herumlaufen, als wäre das mein Haus."

„Deine Unterwürfigkeit behagt mir nicht."

Das machte mich sauer. „Dann sollten Sie niemanden dafür bezahlen, Sachen für Sie zu erledigen. Ende der Geschichte." Ich füllte meine Tasse und drehte mich zu ihm. „Denn ich garantiere Ihnen, wenn ich hier herumbummeln und freche Antworten geben und machen würde, was auch immer ich wollte, würden Sie mich feuern. Und da ich das Geld brauche, das Sie zahlen, werden wir uns damit abfinden müssen, dass ich höflich bin."

Sein Mundwinkel hob sich. „Das bist du also?"

Vielleicht nicht genau, aber das hätte ich niemals zugegeben. „Ja", sagte ich glattweg.

„Na schön." Er zeigte mit seinem Finger auf den Laptop vor sich. „Hast du das selbst geschrieben?"

Das Blut floss mir aus dem Gesicht. „Was geschrieben?" Aber ich wusste genau, wovon er sprach. Scheiße, scheiße, scheiße. Ich hatte den Laptop des Hauses benutzt, um ein paar fiktive Kurzgeschichten zu schreiben, weil es viel einfacher war als auf meinem Laptop, aber ich hatte ihn nicht so früh zurück erwartet. Ich hatte die Datei nicht geschlossen, bevor ich gestern zu Bett ging.

„Diese Geschichte, *Head Games*, über ein Mädchen, das komplett in ihrer eigenen Welt lebt." Seine bernsteinfarbenen

Augen studierten mich sorgfältig. „Ich kann nicht glauben, dass etwas so Dunkles und Intelligentes und Faszinierendes aus so einem süß aussehenden Mädchen kommen könnte."

Ich sagte nichts, sondern versteckte einfach meinen Mund hinter der Kaffeetasse. Ich hatte nie beabsichtigt, dass jemand die Geschichte las. Von allen Leuten ganz gewiss nicht er. Es war, als würde ich meinen Schädel aufspalten und ihm erlauben, meine tiefsten, innersten Gedanken zu sehen. Die düsteren und unerfreulichen und ungehorsamen. Diejenigen, die schmerzten und begehrten und verlangten.

„Oder hat sie jemand anderes geschrieben?", fragte er.

„Nein", protestierte ich sofort. „Ich habe sie geschrieben." Obwohl ich nicht wollte, dass er meine geheime Arbeit las, erlaubte mir mein Stolz nicht, dass jemand anderes die Anerkennung dafür bekam. „Mir gefällt es einfach, mir wahllos Geschichten auszudenken, das ist alles. Wenn meine Großmutter schlief, konnte ich das Haus nicht verlassen, da wurde es manchmal langweilig. Also fing ich zu schreiben an. Es ist keine große Sache."

Außer, dass es eine war. Für mich. Aber er konnte meinen Protest sowieso durchschauen.

„Es ist sehr gut geschrieben. Es ist eine komplexe Geschichte, einzigartig."

Von seinem Kompliment wurde mir warm ums Herz, aber gleichzeitig fand ich, dass ich es nicht akzeptieren konnte. „Sie ist nur okay. Sie ist nicht, was ich ursprünglich wollte. Sie ist … platt." Wie meine Brust.

„Sie ist nicht platt. Sie ist verdammt gut, Tiff."

Normalerweise hasste ich es, Tiff genannt zu werden. Es

klang kindisch. Wie ein Wutanfall. Aber wenn Devin es sagte, fühlte es sich nach Zuneigung an. „Danke." Ich trug Skinny-Jeans, dicke Socken und ein Sweatshirt. Als ich mich verlegen umdrehte, in der Intention, meinen Kaffee abzustellen und mir einen Bagel aus der Speisekammer zu holen, rutschte ich auf dem Hartholzboden aus.

Ich ruderte eine Sekunde lang mit den Armen, aber Devins Hand schoss hervor und packte mich hart, hielt mich fest. Er versuchte nur, behilflich zu sein, aber der heiße Kontakt seiner Haut auf meiner durchfuhr mich wie ein Blitz und ich zuckte zusammen und wich zurück.

Es war eine instinktive Handlung – aus vielerlei Gründen. Es lag daran, dass ich in meiner Kindheit öfter, als ich zählen konnte, herumgeschleift, -gezogen und -gerissen worden war. Ein fester Griff hatte schon immer verheißen, dass Schmerz folgen würde, und ich hatte gelernt zu fliehen, mich zu verstecken. Vorauszuschauen und mich auf Ärger gefasst zu machen.

Es lag auch daran, dass seine Hand groß und kräftig war und ich mich unbestreitbar zu ihm hingezogen fühlte. Ich wusste nicht, wie ich mit meinen Gefühlen umgehen sollte.

Aber die Reaktion war peinlich, übertrieben, und er bemerkte es.

Und sprach mich darauf an.

„Was war das?", fragte er.

„Was meinst du?", wand ich mich.

„Nein. Tu das nicht." Er schüttelte langsam seinen Kopf. „Du sagtest, du würdest ehrlich sein, weißt du noch? Also sag mir, wieso du dich gerade losgerissen hast, als ich versucht habe, dich davor zu bewahren, auf deinen Arsch zu fallen."

„Es war ein Pawlowscher Reflex", sagte ich heiser mit leiser Stimme. Trotzig traf ich seinen Blick. Ich werde mich nicht dafür schämen, was andere Leute mir angetan hatten. Sie waren schlicht und ergreifend im Unrecht gewesen. Ich hatte es nicht verdient, so behandelt zu werden, und ich werde mich nicht genieren.

„Wieso?", fragte er nachdrücklich. „Weil du erwartet hast, geschlagen zu werden?"

Ich nickte. „Als ich ein Kind war, sind Leute mit mir … grob umgegangen. Als du mich gepackt hast, habe ich mich instinktiv auf Gewalt gefasst gemacht." Die Worte laut ausgesprochen zu hören, veranlasste mich dazu, mein Kinn in störrischem Stolz noch höher zu heben. „Hab ja kein Mitleid mit mir", warnte ich.

„Nun, das ist nicht sehr fair", beschwerte er sich. „Du verlangst, dass ich kein Mitleid mit dir habe, aber was für einen herzlosen Scheißkerl würde das aus mir machen, wenn ich ungerührt die Tatsache ignorierte, dass du wie ein getretener Welpe zurückspringst?" Er kreuzte seine Arme über der nackten Brust. „Keine guten Optionen, die du mir gelassen hast, Tiff, also denke ich, dass ich mich dir widersetzen und dir sagen muss, dass ich Empathie für das habe, was du durchgemacht hast. Ich bemitleide dich nicht, aber ich habe Mitgefühl."

Er hatte recht. Aber ich konnte nicht anders. Mit Mitleid in den Augen betrachtet zu werden, war beinahe so schlimm wie mit Abscheu, einer weiteren Reaktion, die mir als Kind häufig entgegengebracht wurde. *Was ist sie?*, hatte eine Pflegemutter mit unverhohlener Verachtung gefragt. *Ist sie schwarz? Mexikanerin?* Ich war dreizehn und von Hass auf sie übermannt gewesen, von jedem, der auf mich heruntersah, von dummem Rassismus, der in nichts anderem als Unwissenheit seine Grundlage hatte. Hass, dass ich geschaffen wurde, um mich minderwertig zu fühlen, weniger wie ein Mensch, weil ich einer von einer Handvoll gemischtrassigen Menschen in der Gegend war.

Es hatte bereits so viele andere Gründe gegeben, isoliert zu sein, von jedem getrennt. Dass sie mich mit der Tatsache, dass ich gemischtrassig war, konfrontierte, als wäre ich eine Art Fehler, machte mich stinksauer.

Also hatte ich mich zu ihr gebeugt und geflüstert: „Ich bin Ihr schlimmster Albtraum."

Es war das Klügste, was ich jemals getan hatte, weil sie daraufhin ausgeflippt war und ich unverzüglich Cats Familie zugewiesen worden war, einer der wenigen Orte, an denen ich mich sicher gefühlt hatte.

Ich fühlte mich auch hier in Richfield sicher. Sogar, wenn Devin hier war. Vielleicht umso mehr, wenn Devin hier war, ob das logisch war oder nicht. „Okay", sagte ich einfach.

„Kann ich deinen Arm berühren?", fragte er mit tiefer, unwiderstehlicher Stimme. „Während du mich beobachtest, wie ich es tue. Ich würde nur gerne sehen, dass ich dich nicht verängstige. Ich mag die Vorstellung, dass du vor mir Angst haben könntest, überhaupt nicht."

„Wieso ist das wichtig?", flüsterte ich und war mir nicht sicher, ob ich einfach hier stehen und ihn was auch immer tun lassen könnte. Seine Hand meinen Arm hinunterfahren? Ich wusste es nicht. Ich konnte es mir nicht vorstellen. Ich wusste, wie ich auf Aggression reagieren sollte, nicht auf Sanftheit.

„Weil ich dich mag."

Meine Lippe fing zu zittern an. Er wusste es nicht. Er konnte es nicht wissen. Für ihn waren das zwanglose, einfache Worte. Eine Zuneigung, die er in seinen dreißig Jahren für Tausende von Menschen ausgedrückt hatte. Für mich waren sie tiefgreifend, mächtig, qualvoll. Sie waren kein Schlag oder Kritik oder ein spöttisches Necken. Zu meiner völligen Schande ließen sie Tränen in meine Augen schießen. Ich kämpfte hart gegen sie an, aber sie verschleierten meine Sicht und hingen hartnäckig dort.

„Hey“, sagte er sanft, während er aufstand und zu mir kam. „Tiffany. Sieh mich an.“

„Was?“, fragte ich jämmerlich.

„Komm her.“

Dann nahm er mich in seine Arme und drückte mich an seine nackte Brust. Angespannt ließ ich meine Arme zwischen uns, aber ich schloss meine Augen, nahm einen tiefen, bebenden Atemzug und zügelte meine Gefühle. Sein Körper war warm und er roch nach Rasierwasser, einem feinen, teuren Duft, wegen dem ich mich an ihn lehnen wollte. Als seine Lippen sanft über meine Stirn strichen, schauderte ich.

Devin legte seine Hände über meine und drückte sie sachte hinunter, sodass kein Hindernis zwischen uns war. Unsere Oberkörper berührten sich nicht, aber ich fühlte mich atemlos, erregt, durcheinander. Beschämt von all meinen Gefühlen. Seine Finger streichelten meine und mit einer Hand wischte er die Träne weg, die entkommen war.

„Geh mit mir und Amelia eine Runde spazieren“, sagte er und drückte meine Finger, bevor er mich losließ und zurücktrat.

Ich war dankbar, dass er mich nicht zu einer Erklärung drängte, weshalb ich plötzlich die Nerven verloren und zu weinen begonnen hatte. Dass er seinen mitfühlenden Moment nicht in die Länge gezogen hatte. Das hätte mich nur noch mehr blamiert. „Ich glaube, du brauchst erst ein Hemd", sagte ich zu ihm, wobei ich ein wenig schniefte und meine Haare hinter meine Ohren steckte.

Er lächelte. „Vielleicht braucht der kaltherzige Typ kein Hemd."

Ich schüttelte den Kopf. „Du bist nicht kaltherzig. Du hast recht, Hunde, die bellen, beißen nicht."

Devin blinzelte mich an. „Sag's keinem. Ich werde meine Künstler niemals im Zaum halten können, wenn das bekannt wird." Dann drehte er sich um und pfiff Amelia. „Hilf mir, ein Hemd zu suchen, Welpe."

Wäre dieser Satz an mich gerichtet gewesen, wäre ich ziemlich sicher mit heraushängender Zunge bereitwillig hinter ihm hergeeilt.

Ein Gedanke, der es noch peinlicher machte, als er zurückblickte und sagte: „Du auch. Komm, hilf mir, ein Hemd zu finden."

„Entschuldige?" Das konnte er nicht ernst meinen. Der Gedanke, mit ihm in sein Schlafzimmer zu spazieren, war entsetzlich. „Nein. Ganz sicher nicht."

Sein Kopf neigte sich leicht. „Ich kann dich nicht verstehen."

Das war ironisch. Ich konnte ihn auch überhaupt nicht verstehen. „Es gibt nichts zu verstehen."

„Vertraust du mir nicht?", fragte er. Er klang von der Tatsache verletzt.

Wieso zum Teufel sollte ich? Ich kannte ihn nicht. Ich misstraute ihm nicht wirklich, aber ich war nicht dumm genug, um mit ihm in sein Schlafzimmer zu gehen. „Nein."

Plötzlich lachte er. „Natürlich tust du das nicht. Gott, es tut mir leid. Du denkst wahrscheinlich, ich werde dich in meinem Zimmer einsperren und für ein Jahrzehnt gefangen halten."

Ich wusste nicht, wieso irgendwas davon überhaupt lustig war. Ich kämpfte gegen den Drang, einen Schritt zurückzugehen.

Aber dann ernüchterte er. „Es tut mir leid. Ich bin es gewohnt, dass die Leute machen, was immer ich will. Trotzdem habe ich nichts für mich. Du bist klüger als ich, Tiffany."

Ich schüttelte meinen Kopf. „Ich gehe nur von schlechten Absichten aus. Nimm es bitte nicht persönlich."

„Ich kann zurück nach New York gehen, wenn du dich unwohl fühlst."

„Es ist dein Haus", sagte ich schockiert. „Du hast jedes Recht, hier zu sein. Ich kann gehen, wenn du willst. Ich kann bei einer Freundin wohnen, solange du hier bist." Wie waren wir plötzlich an diesen Punkt gekommen? Ich hatte den Augenblick der Nähe zerstört. Oder der imaginären Nähe zwischen uns.

„Das scheint kaum fair dir gegenüber. Vor allem, da ich das Haus hasse."

Wer konnte ein so wunderschönes Haus hassen? „Tust du? Wieso bist du dann hier?" Es ging mich nichts an, wieso er tat, was er tat. Er war exzentrisch. Das hatte ich bereits festgestellt. Aber aus irgendeinem Grund zeigten mir sein Zögern, seine Haltung, wie er auf der zweiten Stufe stand, seine steifen Schultern, dass er mit irgendetwas kämpfte. Dass er Schmerzen hatte, nicht körperlich, sondern seelisch.

„Ich weiß es nicht", sagte er einfach. „Weil Idioten so etwas tun, nehme ich an. Und ich war schon immer ein erstklassiger Idiot."

„Wir alle machen Fehler."

„Irgendwie bezweifle ich, dass du welche machst."

„Dafür wird noch Zeit sein." Denn die Wahrheit war, dass ich keine Fehler gemacht hatte, weil es keine Möglichkeit gegeben hatte, welche zu machen. Ich hatte kein Geld, keine Freiheit. Bis jetzt.

Er schenkte mir ein Lächeln. „Ich weiß, dass du keinen Grund hast, mir zu trauen, aber ich werde dich nicht verletzen, das verspreche ich. Das Haus wird von Kameras überwacht. Selbst wenn du mir nicht traust, kannst du darauf vertrauen."

Das war genau, wovor ich Angst hatte. Hatte er gesehen, wie ich Onlinerecherchen über ihn angestellt hatte? Wie gut waren diese Kameras?

Er verstand mein Schweigen eindeutig falsch. Ich sorgte mich darüber, was er bereits gesehen hatte, nicht darüber, ob er ehrlich war oder nicht, aber er kam die beiden Stufen wieder herunter.

Davon fühlte ich mich unwohl. Ich war mir nicht sicher, welchen Boden ich hier betrat, aber er fühlte sich uneben an. „Ich vertraue dir."

Das tat ich. Alles was ich online über ihn gelesen hatte, hatte mir bestätigt, dass er ein anständiger Kerl war. Es gab keine Festnahmen, keine öffentlichen Auseinandersetzungen. Er war niemand, der zu viel trank, und während seine Exfrau dafür bekannt war, gerne eine Szene zu machen, hatte er viel Zeit damit verbracht, mit dem Boys-and-Girls-Club zu arbeiten, und eine Menge Geld gespendet. Ich glaubte nicht, dass er in Maine war, um mich zu belästigen.

Wem ich nicht traute, war meiner Fähigkeit, mich in seiner

Gegenwart normal zu benehmen.

Ich war bereits den Tränen so nahe gewesen, dass er das Bedürfnis hatte, mich zu trösten. Was kam als Nächstes? Würde er bemerken, dass ich mich zu ihm hingezogen fühlte? Wahrscheinlich. Männer wie er wussten das. Sie konnten Interesse riechen und es zu ihrem Vorteil nutzen.

„Wieso bin ich überhaupt hier, wenn es Kameras gibt?", fragte ich. „Nur um dich mit Donuts zu versorgen?"

Er lächelte, während er sehr, sehr nah bei mir stand, aber mich nicht berührte. „Du musst denken, dass ich ein wahnsinnig arroganter Arsch bin. Und in gewisser Weise hast du damit recht. Aber nein, deshalb bist du nicht hier. Du bist hier, weil in diesem Haus Sachen im Wert von mehr als einer Million Dollar sind und die Versicherung das nicht gegen Diebstahl, Feuer, Überschwemmung abdecken will, solange keiner im Anwesen ist. Du bist also hier, um sicherzustellen, dass die Kunst und Möbel, die ich nicht einmal mag, nicht in Flammen aufgehen oder wegen eines Wasserrohrbruchs überschwemmt werden."

Das wäre mir nicht einmal in den Sinn gekommen. Ein Schauer rollte über meine Haut. Ich blickte mich um, als könnte ich Dollarnoten aus den Sofakissen platzen sehen. Ich hatte nicht erkannt, dass ich für den Schutz so großen Wertes verantwortlich war.

"Oh."

„Das wusstest du nicht?"

Ich schüttelte meinen Kopf.

„Meine Assistentin ist normalerweise informativer, sodass du deine Aufgaben ernst nimmst. Andererseits denkt Hattie, dass sie all meine Geheimnisse bewahren muss." Er hob spöttisch seine Augenbrauen.

Ich erinnerte mich an ihren Kommentar, dass Devin nicht gerne in das Haus kam, jedoch ohne Erklärung, wieso. „Welche Geheimnisse?“

„Was sind meine Geheimnisse. Hmm. Ich hasse die Farbe Gelb.“ Er winkte ablehnend. „Du willst nicht in meinen Geheimnissen und den Sachen, die ich bereue, herumgraben. Langweilig.“

„Aber wieso magst du dieses Haus nicht?“, fragte ich erneut. Wenn er es hasste, wieso verkaufte er es nicht?

Eine Minute lang reagierte er nicht und ich dachte, er würde die Frage entweder ignorieren oder noch mehr sarkastische und oberflächliche Antworten geben. Er stand nah genug bei mir, dass ich sein leichtes Parfum riechen konnte, oder vielleicht war es nur sein Deo. Seine nackte Haut sehen konnte, die goldene Brust, wie die Farbe eines gerösteten Marshmallows, nah genug, dass ich danach greifen und sie berühren könnte. Ich fragte mich, wie sich sein Körper anfühlen würde. All diese Muskeln. All diese Härte. Meine Erfahrung mit Kerlen beschränkte sich auf ein paar schlaksige Highschool-Jungs, die ihre Finger in meine Jeans stopfen wollten, während sie versuchten, meinen Mund mit Vakuum-Lippen zu inhalieren.

Sie waren Jungs gewesen

Devin war ein Mann.

Es faszinierte und erschreckte mich gleichzeitig. Ich würde nicht wissen, was ich mit ihm anfangen sollte Es würde mich überwältigen. Aber das hielt mich nicht davon ab, ihn zu begehren.

Während ich ihn studierte, hob und senkte sich meine Brust

schneller und meine Lippen öffneten sich leicht, ohne dass ich es bemerkte. Aber er bemerkte es. Sein Blick fiel tiefer, schweifte über mich und meine Nippel wurden unter seinem forschenden Blick hart. Als er sprach, war sein Ton komplett anders. Nicht scherzend, neckend, spöttisch. Sondern ernst. Aufrichtig.

„Ich wollte dieses Haus nie. Ich wollte ein kleineres. Mehr wie eine Hütte, ein gemütlicher Ort, um sich zurückzuziehen. Aber meine Exfrau wollte dieses, weil es sich gut für Unterhaltung eignet. Was ich nicht erkannte, war, dass ihre Unterhaltung darin bestand, Sex mit einem alternden Rockstar zu haben, während ich in New York war."

Ich zuckte unwillkürlich zusammen. „Tut mir leid."

„Tut es dir wirklich, oder?", fragte er verdutzt.

Seine Fassungslosigkeit verwirrte mich wiederum. „Wieso sollte es nicht? Ich bin mir sicher, dass es dich verletzt hat."

Aber er schüttelte den Kopf. „Den meisten Leuten ist es eine Genugtuung zu wissen, dass es jemand anderem passiert ist. Sie fühlen sich dadurch erhaben."

War das die Welt, in der er lebte? Ich nahm an, es war auch die Welt, in der ich aufgewachsen war. Ich hatte genügend Pflegegeschwister getroffen, die dankbar waren, dass durch meine Ankunft der Fokus von ihnen genommen wurde. Aber ich glaubte immer noch, dass es gute Menschen gab, und ich glaubte noch immer an Ehrlichkeit und Loyalität.

„Ich fühle mich nicht erhaben", sagte ich ehrlich. „Ich finde es traurig, dass jemand den Schwur der Ehe eingeht und dann jeden fickt, der Interesse zeigt. Wenn jemand mich genug lieben würde, um mich heiraten zu wollen, würde ich ihm treu sein. Tagein, tagaus. Ich würde für ihn leben."

Devin streckte sich und berührte mein Kinn, hielt es in seiner Hand und sein Daumen streichelte über meine Haut. Ich zitterte. „Und er wäre ein sehr glücklicher Mann, Tiffany."

Für eine qualvolle Sekunde, in der seine bernsteinfarbenen Augen mich studierten, dachte ich, er würde mich küssen. Ich fühlte, wie sich die Luft veränderte, fühlte, wie sich sein Körper zu meinem beugte, fühlte, wie meine Atmung langsamer wurde und meine Augenlider sich weiter schlossen.

Aber dann trat er zurück und der Moment war vorbei. „Warte hier", sagte er grob. „Ich werde mir ein Hemd holen."

kapitel sechs

DEVIN WARF DEN STOCK FÜR Amelia und wir schauten zu, wie sie ihm hinterhersprang. Es war eiskalt draußen, der Wind scharf und beißend. Aber ich war daran gewöhnt. „Ich frage mich, wie das Wetter in Florida ist", grübelte ich. „Ist es wie hier im August?"

„Du warst noch nie in Florida?" Er trug einen dicken marineblauen Mantel und eine Strickmütze. Ich hatte keine Erfahrung mit Reichtum oder Luxus, aber es war offensichtlich, dass alles, was er besaß, teuer und von guter Qualität war. Die Naht an den Manschetten seines Mantels waren gerade, die Mütze fusselfrei.

Ich schüttelte meinen Kopf. „Ich war noch nie außerhalb von Maine. Eigentlich noch nie außerhalb dieser Gegend."

„Wirklich?" Der Gedanke schien ihn zu erschrecken. „Kein Wunder, dass du so … unverdorben bist."

„Es macht mich nicht unwissend“, sagte ich abwehrend, während ich meine Hände in die Taschen meines billigen Steppmantels aus dem Secondhandladen stopfte. „Ich bin gebildet. Und ich kann alles im Internet recherchieren, es ist also nicht so, als würde ich in Isolation leben.“ Außer, dass ich das tat. In seelischer und physischer Isolation.

„Und glaubst du immer, was du im Internet gelesen hast?“

„Ungefähr genauso, wie ich das glaube, was jemand sagt – nachdem ich es recherchiert habe.“

Er lachte. „Ich meinte es eigentlich als Kompliment. Du bist nicht … ich weiß nicht. *Unwirsch.*“

„Meine Großmutter würde da widersprechen. Sie sagte mir beinahe jeden Tag, was für ein gemeines Miststück ich bin.“

„Nun, dann musste sie es verdient haben.“ Devin bückte sich und streichelte Amelias Kopf, als sie ihm den Stock zurückbrachte. „Weil ich an dir überhaupt nichts Gehässiges sehe. Wie siehst du dich?“

Wie konnte ich mich Devin beschreiben? Was stimmte? Nachdem ich den Großteil meines Lebens in dieser Isolation verbracht hatte, kannte ich mich. Keine Geschwister, keine Eltern, keine Familie. Nur ich. Ich fand, dass ich trotz der Tatsache, dass ich eine ziemlich beschissene Karte gezogen hatte, das Spiel verdammt gut spielte. Alleinsein hatte mich gelehrt, was wichtig war und dass ich, obwohl ich vielleicht kein Geld oder keine Familie hatte, meine Intelligenz, mein Glaubenssystem hatte. Niemand sonst musste diesen Wertekodex anerkennen. Aber ich tat es.

„Ich bin nicht gehässig“, stimmte ich zu. „Ich bin ehrlich. Fair. Loyal.“

„Dann wünschte ich, es gäbe mehr Menschen wie dich auf der Welt. Weißt du, ich erzähle nie jemandem von Kadence und Ricky", grübelte Devin, als wir die Auffahrt zur Küste hinuntergingen, während Amelia vor uns herlief. „Etwas an deinem Gesicht lässt mich bekennend werden."

Dann konnte er mir ja vielleicht sagen, wieso er zurück in Richfield war. Und ob es überhaupt etwas, wenn auch nur ein winziges bisschen, mit mir zu tun hatte. „Ich werde es natürlich niemandem sagen. Du kannst mir vertrauen."

„Ich bin mir sicher, dass die Leute von ihrer Untreue wissen."

"*TMZ* nicht."

Er sah mich überrascht an. „Du hast mich gegoogelt? Nicht dass ich überrascht sein sollte, nehme ich an, aber warum?"

Hitze stieg in meine Wangen und ich betrachtete den Boden, auf dem ich ging, statt ihn anzusehen. „Als ich diesen Job angenommen hatte, war ich der Meinung, du seist älter. Als ich dich dann also in dieser ersten Nacht gesehen habe, war ich neugierig, wie du so jung so erfolgreich werden konntest."

Halbwahrheit, aber gut genug.

Er klang amüsiert. „Ironie, ich dachte ebenfalls, du wärst älter. Aber Laura, meine Assistentin, versicherte mir, dass du auf der Highschool eine Schülerin mit ausgezeichneten Leistungen warst und keine Vorstrafen hast."

Das war ein Ton, der bei mir automatisch aneckte. „Ja, ich war ein Ehrenschüler. Mach dich nicht über mich lustig."

„Was?" Er streckte seine Hände aus. „Ich mache mich nicht über dich lustig. Es gibt einen Unterschied zwischen necken und spotten, weißt du."

„Ich kenne dich nicht gut genug", sagte ich ausdruckslos.

Die einzigen Personen, die mich necken konnten, waren meine Freunde, also Cat und Heath. Vielleicht meine alte Englischlehrerin Mrs. Hutton, die mich für diesen Job empfohlen hatte.

„Ich denke, wir müssen daran arbeiten."

Außer, dass da ein Lamborghini in der Auffahrt stand, an dem wir vorbeigingen. Sein Auto. Ich wusste, wie viel die kosten. Ich hatte nachgesehen. Im Internet.

Devin zog sein Handy aus der Tasche. „Entschuldige, Laura ruft an."

Die Assistentin.

„Hallo?", sagte er in sein Handy. „Es ist kalt. Nein. Nein. Ich bin nicht erreichbar. Dann kann er meinen Schwanz lutschen."

Nach einer weiteren Minute legte er auf. „Sorry."

„Weshalb?"

„Weil ich vor dir geflucht habe."

War das sein Ernst? Als wäre ich fünf? Als wäre er der Erste? „Ich kann damit umgehen. Ich bin kein Kleinkind."

Aber der Blick, den er mir zuwarf, war geringschätzend. „Doch, bist du. Ich kann noch die Babymilch in deinem Atem riechen."

Ich blieb stehen. Hörte einfach auf, mich zu bewegen, während er und Amelia weiter gingen.

Endlich bemerkte er es. Er blieb stehen und drehte sich um. „Was? Das war ein Witz."

„Nein, war es nicht. Es war dazu gedacht, mich an meinen Platz zu weisen. Ich kenne meinen Platz bereits. Du musst mich nicht daran erinnern." Mein ganzes Leben lang waren die Leute sichergegangen, dass ich wusste, dass ich nicht gut genug war, dass ich untergeben war. Wertlos. „Hör auf, mich zu bevormunden“, sagte ich mit vor Wut zitternder Stimme.

Ich wollte mich umdrehen und zum Haus zurückkehren, aber Devins Stimme stoppte mich. „Warte. Tiffany.“ Seine Hand schoss vor, um nach meinem Arm zu greifen und mich am Weitergehen zu hindern, aber er hielt sich zurück, als wäre ihm meine vorherige Reaktion auf so eine Berührung eingefallen.

Seine Zerknirschung ließ mich stehenbleiben.

„Wie alt bist du?“, fragte er rau. „Laut meiner Assistentin bist du achtzehn.“

„Ja, ich bin achtzehn. Aber seit ich vierzehn war, habe ich auf meine Großmutter aufgepasst, seit ich fünf war, auf mich selbst. Ich bin keine durchschnittliche Achtzehnjährige.“

„Ich weiß. Und ich bevormunde dich nicht. Ich beschütze dich.“

Dieser Blick.

Mein Herz fing zu rasen an und ich vergaß den beißenden Wind, die Taubheit meiner Zehen. „Mich vor was beschützen?“

„Vor mir.“

Ein Schauer jagte über mich. „Was meinst du? Ich dachte, du sagtest, ich sollte keine Angst vor dir haben.“

Aber er schüttelte seinen Kopf und gab mir ein reumütiges Lächeln. „Egal. Ich bin einfach nur launisch und schmolle. Du musst keine Angst vor mir haben. Das meinte ich so.“

Hatte er mehr gemeint? Dass er sich zu mir hingezogen fühlte? Es war falsch, das zu hoffen, trotzdem tat ich es. Ich wollte das definitiv, egal ob es lächerlich und überheblich und dumm war.

Als er sich wieder in Bewegung setzte, schloss ich mich an.

„Wieso schmollst du? Schlechte Nachrichten?" Sie war noch immer da. Diese Spannung zwischen uns. Ich verstand die Dynamik nicht ganz, aber ich begann zu vermuten, dass sie sexueller Natur war. Als fühlte er sich zu mir hingezogen, aber wollte es nicht. Als würde ihn mein Alter zurückhalten.

Oder vielleicht war es gar nichts. Vielleicht bildete ich es mir nur ein, weil ich wollte, dass er sich zu mir hingezogen fühlte.

„Ich bin hergekommen, um dem Mist in New York zu entfliehen, der ganzen Szene. Falsche Freunde, Leute, die einen benutzen, Betrüger. Crystal und Bottle-Service, Preisverleihungen, beschissene Musik, die sich wie geschnitten Brot verkauft. Ich brauche einfach eine Verschnaufpause."

Ich konnte mir dieses Leben nicht einmal vorstellen. „Ich würde sagen, dass genau die Dinge, die dich in dieses Geschäft geführt haben, lästig werden können." Ich würde diese Art von Events verachten. Theoretisch würde es Spaß machen, ein Cocktailkleid anzuziehen und sich ins Nachtleben zu stürzen und das würde es auch praktisch. Aber die ganze Small-Talk-Sache? Darin würde ich versagen. Keine Erfahrung.

„Tun sie. Ich weiß, niemand, der pleite ist, würde jemals Mitleid mit mir haben, und das erwarte ich nicht. Das ist das Leben, das ich wollte. Ich habe hart für meinen Erfolg gekämpft, weil ich die Musikbranche liebe. Das rohe Talent zu nehmen und es zu fördern … Ich liebe das. Aber ich bin einfach müde." Er schenkte mir ein Lächeln. „Ich denke, ich bin alt."

„Vielleicht musst du einfach mal für einen Moment von der geschäftlichen Seite der Dinge zurücktreten."

„Deshalb bin ich hier. Um die kreativen Säfte wieder in Fluss zu bringen. Ich bleibe bis kurz vor Silvester."

Das war in drei Wochen. Mein Puls schnellte hoch und meine Nippel wurden hart. Einfach so. Bäm. Der Gedanke daran, ihn drei Wochen lang jeden Tag zu sehen, ließ mich aufgeregt schneller gehen. „Ich bin mir sicher, dass das entspannend für dich sein wird und was auch immer." Ich war mir nicht sicher, wieso ich das *was auch immer* hinzugefügt hatte, aber ich bereute es. Es klang zu jung. Zu sehr nach Highschool.

„Sag nichts übers Ausziehen, solange ich hier bin", sagte er. „Es gibt keinen Grund für dich, das zu tun. Wenn du nicht in meiner Nähe sein willst, kannst du dich verstecken. Du bist nicht verpflichtet, Zeit mit mir zu verbringen."

„Ich mag Gesellschaft", sagte ich. Seine Gesellschaft.

„Gut. Ich auch."

Wir spazierten in geselliger Stille um sein Eigentum und Amelia jagte dem Stock hinterher, den Devin immer wieder wegwarf. Es war schwer, diesen Mann mit G Daddy in Einklang zu bringen, dem schroffen und gelangweilten Produzenten, der aus einer Laune heraus um die Welt reiste und Tausende Dollar für Abendessen, Jeans und seine Freundin hinblätterte.

Seine Freundin. Brooke. Ich hatte es geschafft, sie zu vergessen.

Ich hatte gehört, wie er sich bei diesem schrecklichen Telefonat wie G Daddy benommen hatte.

„Ich habe ein Bild von dir gesehen", sagte ich. „Ich habe die Online-Version eines Klatschmagazins abonniert und da war ein Foto von dir am Strand."

Er sah amüsiert zu mir herüber. „Du hast eine Klatschzeitschrift abonniert? Das überrascht mich."

„Ich sehe gerne, was alle tragen. Und ich lebe in der Hoffnung, dass ich eines Tages eine Frisur finden werde, die mich wie Halle Berry aussehen lässt."

„Wieso solltest du wie Halle Berry aussehen wollen?"

Ich schnaubte. „Weil sie wunderschön ist."

„Genau wie du."

„Was auch immer. Ich war nicht auf ein Kompliment aus." Es war mir peinlich, dass er das hätte glauben können.

„Ich weiß. So bist du nicht. Aber hör mir zu, du bist wunderschön. Hinreißend eigentlich. Versuche nie, jemand anderes sein zu wollen. Sei einfach du."

Das konnte er leicht sagen. „Ich selbst zu sein, war nicht gerade eine grandiose Sache in einer komplett weißen Stadt."

„Sie waren nur neidisch auf deine exotische Schönheit."

Oh Gott. Ich war wirklich beschämt. Es gab keine einzige exotische Sache an mir. „Jetzt trägst du wirklich zu dick auf."

Devin stoppte mich. Wir waren beinahe wieder beim Haus angelangt. „Nein. Tu ich nicht. Sie sind alle gewöhnlich und sehen ähnlich aus. Natürlich stichst du in einer Weise hervor, die sie neidisch werden lässt. Und erinnere dich, dass du mir gesagt hast, ich sollte kein Mitleid mit dir haben. Nun, stell dir vor. Du solltest auch kein Mitleid mit dir haben."

Entrüstung stieg in mir hoch. Was wusste er darüber, wie es sich anfühlte, ich zu sein? Er mit dem perfekten Leben und Aussehen? „Wo bist du aufgewachsen?", fragte ich ihn.

„White Plains. Verklag mich." Er griff in seine Hosentasche. „Nein, ich hatte keine schwere Kindheit. Ja, meine Eltern haben meine Ausbildung finanziert. Ich habe nichts zu meckern. Obwohl ich weiß, dass Leute mich benutzen, ich keine wahren Freunde habe, verstehe ich, dass ich Glück habe. Dass ich es sogar gut habe. Willst du das hören?“

Ich fühlte mich schuldig. Er wusste nichts über mein Leben. Umgekehrt wusste ich nichts über seines. Ich würde nicht wollen, dass die Leute die ganze Zeit über mich herfielen wie über ihn. „Ich bin mir sicher, dass du wahre Freunde hast“, sagte ich, weil ich mich schlecht fühlte. „Was ist mit deiner Freundin Brooke?“

Darüber lachte er tatsächlich laut auf. „Brooke ist keine Freundin. Oder meine Freundin. Sie ist jemand, den ich ficke.“

Diese grobe Einstellung hätte mich aufregen sollen, aber die Wahrheit war, dass ich insgeheim froh darüber war, zu hören, dass Brooke ihm nichts bedeutete. „Oh.“

„Ich glaube nicht, dass du in deinem Leben jemals jemanden nur zum Ficken hattest, oder?“, fragte er, während er seine Schlüssel, die er aus seiner Hosentasche gezogen hatte, in Richtung seines Autos hielt, um es aufzusperren.

Er würde wegfahren. Ich schüttelte meinen Kopf. „Nein.“ Ich hatte noch nie jemanden zum Ficken gehabt. Ich konnte es mir nicht einmal vorstellen, meinen Körper so zwanglos mit jemandem zu teilen. Ich weiß, dass es eine Menge Leute taten und sie hatten jedes Recht dazu. Ich kannte mich einfach. Ich ließ die Mauern bestehen, um mich zu schützen, und wenn ich Sex mit jemandem haben werde, wird es mehr sein als ficken. Es wird intim werden. Ich wollte es nicht einfach tun, nur um es zu tun.

„Belass es dabei“, sagte er. Dann öffnete er die Beifahrertür. „Spring rein.“

Ich starrte ihn stumm an. „Wohin fahren wir?“

„Nirgends. Einfach nur eine Spritztour.“

Ich zögerte und er machte ein ungeduldiges Geräusch.

„Was?“

„Ist das eine offizielle Aufgabe?“

„Was? Nein.“

„Dann frag mich. Befiehl es mir nicht.“ Er konnte mich nicht herumkommandieren. Niemand konnte das. Zum ersten Mal in meinem Leben ging es mir gut und ich war wirklich frei und ich würde mir das von niemandem wegnehmen lassen.

Ich weiß, dass ich es auf die Spitze trieb. Aber ich musste so anfangen, wie ich aufhören würde und das behalten, was mir gehörte – meinen Stolz.

Devin feuerte mich nicht oder schmiss mich aus seinem Haus. Er schüttelte einfach seinen Kopf. „Haussitter und Manieren-Coach. Ich werde von einem Kind geschult.“

Ich öffnete meinen Mund zum Protest.

Er hielt seine Hand hoch. „Okay. Kein Kind. Und es tut mir leid. Würdest du mit mir eine Runde fahren wollen?“

Ich nickte. „Sicher. Danke.“

Nachdem Devin Amelia ins Haus gebracht hatte, fuhr er zügig aus der Garage, sein Körper wirkte entspannt und seine Hand lag bequem auf dem Schalthebel . „Als Kind wollte ich unbedingt aus White Plains hinaus. Das machte mich exzentrisch, leidenschaftlich, zielstrebig. Es ließ mich auch zu schnell fahren.“ Er grinste mich an. „Fährst du gerne schnell oder langsam?“

„Ich habe keinen Führerschein.“

„Was?“ Er sah schockiert aus. „Wieso zur Hölle nicht?“

Seine Empörung ließ mich lächeln. „Nun. Weil ich zum einen kein Auto zum Fahren hätte, nachdem ich meinen Führerschein bekomme, oder überhaupt erst, um es zu lernen. Außerdem braucht man seine Geburtsurkunde, um den vorläufigen

Führerschein zu bekommen, und ich habe meine nicht. Ich hätte sie anfordern können, aber ich hatte nie das Geld und dann war da ja auch wieder die Sache mit dem fehlenden Auto."

„Das ist verrückt. Wie kannst du ohne Führerschein existieren?"

„Ich scheine ganz gut zu existieren." Tatsächlich ging es mir besser, als es mir eine lange Zeit vorher gegangen war. „Kling nicht so entsetzt."

„Es ist entsetzlich." Devin verlangsamte das Tempo. Wir hatten die lange Auffahrt noch nicht verlassen. „Ich werde dir das Fahren beibringen. Jetzt."

„Was?" Ich starrte ihn nicht länger amüsiert an. „Nein! Ich habe keinen vorläufigen Führerschein."

Aber er spöttelte. „Wir sind auf meinem Grundstück. Ich werde es nicht verraten, wenn du es nicht tust. Wir werden ein paar Übungsstunden machen, während wir auf deine Geburtsurkunde warten, die du online anforderst."

„Ich ... will nicht." Wie konnte ich lernen, wie man fuhr, wenn Devin mich beobachtete? Mit dem Wissen, wie unverschämt teuer sein Auto war?

„Ach, komm schon. Sag mir nicht, dass du Angst hast. Ich habe dich nicht als Feigling eingeschätzt."

Ich hatte Angst. Keine Frage. Aber ich wollte nicht, dass er das wusste. „Schön. Aber es ist immer noch sinnlos für mich, einen Führerschein zu haben."

Er schaltete in den Park-Modus. „Ich kann nicht glauben, dass du ohne Ausweis herumläufst. Wie kommst du irgendwo hin? Am Flughafen, in Clubs."

Ich konnte verstehen, dass das für ihn unverständlich war,

aber für mich war das keine große Sache. „Tu ich nicht. Es gibt nicht gerade viele Clubs in Vinalhaven. Und die einzige Reise, die mir meine Großmutter erlaubt hätte, war die in die Hölle."

„Tut mir leid. Ich sollte nicht so schockiert sein. Du hast mir bereits erzählt, dass du noch nie gereist bist." Er schaltete den Motor ab. „Tausch mit mir den Platz. Irgendwann wirst du dir ein Auto leisten können und dir wünschen, deinen Führerschein zu haben."

Die ganze Sache schien mir eine schlechte Idee zu sein. „Was, wenn ich dein Auto schrotte?"

„Ich bin versichert." Dann griff er herüber und steckte mein Haar hinter mein Ohr. „Komm schon. Es gibt hier nicht einmal etwas, wogegen du fahren könntest. Es wird gut gehen."

Durch seine beiläufige Berührung war ich bereit, so ziemlich alles zu tun. „Fein. Was auch immer."

„Ich verbanne diesen Ausdruck aus deinem Vokabular. Es geht zusammen mit ‚Selfie' zum Friedhof der Wörter." Er klang jedoch eher amüsiert als genervt.

„Fein?", neckte ich.

Er rollte mit den Augen. „Was auch immer."

Ich lachte. Als ich aus dem Auto stieg und zur anderen Seite ging, kam er an mir vorbei. Ich drehte eine Hüfte zum Auto, sodass wir uns nicht berühren würden. Aber Devin ließ seine Hand auf meine Taille fallen.

„Denke daran, nicht panisch zu werden", sagte er. „Das packst du."

Plötzlich schien das Fahren weniger gefährlich als Devin selbst. Es war etwas an der Art, wie er mich ansah, als wäre ich wichtig, als zählte ich. Als würde er Zeit mit mir verbringen wollen.

„Ich verspreche, nicht zu sagen *ich hab's ja gesagt*, wenn ich uns eine Klippe hinunterfahre."

Er lachte. „Danke. Das ist nobel von dir. Aber mach dir keine Sorgen. Ich werde dir nichts zustoßen lassen."

Ich schauderte, aber nicht vor Kälte. Er drückte meine Taille. „Schritt eins. Steig zurück ins Auto."

Er war wirklich ein geduldiger Lehrer. Er erklärte mir alle wichtigen Teile des Autos und ließ mich den Motor anlassen. Dann stellte ich den Schalthebel auf Drive und lockerte die Bremse. Wir rollten vorwärts.

„Oh mein Gott, oh mein Gott", sagte ich, wobei ich das Lenkrad so fest packte, dass meine Knöchel weiß wurden. „Das ist das merkwürdigste Gefühl."

„Jetzt drück aufs Gas."

Das tat ich und wir schossen so schnell vorwärts, dass unsere Köpfe zurückgerissen wurden. Ich schrie und schlug auf die Bremse, was uns wieder nach vorne fliegen ließ.

„Whoa. Es ist okay. Stampfe nicht auf das Gaspedal, sondern drücke es nur langsam nach unten."

Mein Herz raste. „Okay. Okay, ich hab's jetzt." Ich atmete tief ein, bewegte meinen Fuß und beschleunigte diesmal langsam. Wir krochen auf der Auffahrt vorwärts. „Heilige Scheiße, ich fahre."

„Du fährst. Ich hab dir gesagt, es wird gut gehen. Du könntest jetzt vielleicht mit dem Geräusch aufhören."

Häh. „Was für ein Geräusch?"

„Du machst *oh, oh, oh.*'"

Mein Mund klappte zu. Gott, er hatte recht. Das tat ich. Es

war ein seltsames kleines Geräusch der Qual.

„Es ist nicht gerade ein Geräusch, das ich von einer Frau hören will, wenn ich bei ihr bin."

„Nicht?" Ich biss nicht an. Ich sprach nicht mit ihm über sein Sexualleben. Das würde mich nur eifersüchtig machen.

"Nein."

Ich brachte das Auto vorm Haus zum Stehen und stellte auf Parken. Ich seufzte. Vor Erleichterung und Zufriedenheit.

„Das ist das Geräusch, das eine Frau machen soll. Oder wenigstens eines von vielen."

„Entscheide dich", sagte ich, während ich seinen Sportwagen abschaltete und frustriert mit dem Schlüssel in meiner Handfläche spielte. „Bin ich ein Kind oder bin ich eine Frau? Du kannst nicht beides haben."

„Du bist ein Oxymoron."

Oder einfach nur eine Idiotin.

Ich war nicht in Gefahr, mich in ihn zu verlieben. Das hatte ich bereits getan.

kapitel sieben

Zwei Tage später ging ich hinauf, um Devin zu fragen, wann er zu Abend essen wollte. Ich hatte eine seltsame Art von einem häuslichen Hoch, kochte und putzte für ihn. Sicher, ich wurde dafür bezahlt. Aber ich schöpfte totale weibliche Zufriedenheit daraus, ihn zu beobachten, wie er verdrückte, was auch immer ich basierend auf einem weiteren Internetrezept auf den Tisch brachte. Er aß überall auf der Welt in teuren Restaurants und trotzdem hatte er die Kekse und Soßen, die ich gemacht hatte, praktisch inhaliert. Ich hätte nie gedacht, dass ich das genießen würde, aber wenn man sich um jemanden kümmerte, der dafür Dankbarkeit ausdrückte, war das tatsächlich verdammt befriedigend.

Cat hatte mich immer zu einer Ausbildung in der Krankenpflege ermutigt, hatte gesagt, es liege mir. Ich war der Meinung gewesen, dass es einfach das Einzige war, in dem ich

Erfahrung hatte. Aber jetzt bekam ich mehr Vertrauen in diese Wahl, weil ich die pflegenden und geordneten Aufgaben der Haushaltsführung mochte. Mich um Patienten zu kümmern, würde sogar noch viel befriedigender sein.

Es hatte nichts mit der Tatsache zu tun, das es Devin war.

Oder zumindest redete ich mir das ein.

Aber ich wusste, dass ich log.

Er war in seinem Studio und als ich den Gang hinunterging, konnte ich seine vor Zorn erhobene Stimme hören.

Ich blieb in der Nähe der Tür stehen und fragte mich, ob ich ihn wissen lassen sollte, dass ich hier war, oder einfach später wiederkommen sollte. Doch dann ließen mich seine Worte innehalten.

„Ich mache das nicht wieder mit dir", sagte er.

Sein Ton klang angewidert. „Die scheiß Tränen werden nichts bringen. Es war völlig unangebracht, Brooke so zu attackieren."

Es war also Kadence, seine Exfrau, am Telefon.

„Es hat nichts mit ihr zu tun. Ich habe mich erst auf sie eingelassen, nachdem wir uns getrennt hatten, das weißt du. Ich war dir nie untreu."

Obwohl das jeder behaupten konnte, glaubte ich ihm. Es schien nur so, als wäre Devin vieles, aber keiner, der fremdging, trotz dem, was diese Bilder sagten. Es ergab für mich Sinn, dass sie von seiner Ex geschickt worden waren. Wer hätte das sonst tun sollen?

Es war still, während er ihrer Antwort lauschte, dann hörte ich Devin seufzen. „Nein. Das wirst du mir nicht wieder vorwerfen. Ich glaube dir nicht."

Seine Stimme war frostig. Entfernt. „Beweise es."

Ich versuchte, meine Gesichtszüge zu trainieren, sodass er denken würde, dass ich gerade erst angekommen war, stellte mich in die Tür und formte mit meinen Lippen ein „Entschuldige", weil ich ihn gestört hatte, und wollte wieder verschwinden. Er deutete mit erhobenem Finger an, dass ich warten sollte.

„Natürlich werde ich deinen Anruf annehmen. Ich werde deine Anrufe immer annehmen. Aber ich werde mich nicht manipulieren lassen." Er saß an seinem Schreibtisch und hatte Kopfhörer um seinen Hals. Er zog sie weg und warf sie nieder. „Ich muss gehen. Ich bin nicht in New York, es ist ein Problem aufgetaucht."

Anscheinend war ich sein Problem.

Er verabschiedete sich und legte auf. „Kann ich dir behilflich sein?"

Nun das war freundlich. Nicht. „Ich wollte nur wissen, ob du bald Abendessen willst."

„Sieh mich nicht so an", sagte er.

„Wie?" Ich versuchte, meine Gesichtszüge neutral zu halten, und war mir nicht sicher, was mein Gesicht ausdrückte. Ich hielt mich ziemlich gut darin, meine Karten niemandem zu zeigen, doch Devin schien mich immer sehr gut zu durchschauen. Er wusste, wenn ich mich ärgerte oder nervös oder angefressen war.

„Als würde ich dich enttäuschen."

„Ich weiß nicht, wovon du sprichst." Tat ich nicht. Ich war nicht überrascht, dass die Unterhaltung mit seiner Ex streitsüchtig war. Wie viele Menschen hatten super Beziehungen mit jemandem, von dem sie sich hatten scheiden lassen? Aber auf dem Video, das ich gesehen hatte, schien er netter zu ihr gewesen zu sein, obwohl ich nicht hatte hören können, was er sagte.

„Ich bin kein toller Typ, also zolle mir keine Anerkennung dafür."

Ich stand eine Sekunde lang herum, dann setzte ich mich auf ein Zweiersofa mit Zebrastreifen. Definitiv nicht Devins Stil. „Was hast du so Schreckliches getan? Du sagst mir, ich soll mich nicht bemitleiden, aber weißt du was? Du dich auch nicht."

Er schnaubte. „Von dem Moment an, als ich dich gesehen habe, wusste ich, dass du eine Herausforderung werden würdest."

Trotz der Worte fühlte es sich wie ein Kompliment an. Ich drängte. „Also was lief schief in eurer Ehe? War da noch etwas anderes außer dem Fremdgehen? Irgendwann müsst ihr verliebt gewesen sein."

Er fummelte an der Tastatur vor sich herum und drückte eine beliebige Taste. „Du willst von meiner Ehe hören? Okay. Schön. Als ich Kadence traf, war ich dreiundzwanzig und noch völlig naiv. Ich habe sie eines Nachts im Village getroffen und fand sie so reif, so sexy. Sie kannte jeden im Club und warf mit Scheinen um sich, als wären Hundert Dollar ein Penny. Die Menschen, einschließlich mir, folgten ihr. Als sie Interesse an mir zeigte, war ich siegestrunken. Ich hatte gewonnen, richtig? Zuerst dachte ich, sie wäre verückt unterhaltsam und verrückt im Bett. Dann bemerkte ich, dass sie einfach nur verrückt war. Sie hatte mich über ihr Alter belogen und mir gesagt, sie wäre sechsundzwanzig, obwohl sie zweiunddreißig war. Der Altersunterschied interessierte mich nicht, aber ich war sauer, dass sie mich belogen hatte. Ich habe es zufällig herausgefunden und mich wie ein Idiot gefühlt. Ich habe mit ihr Schluss gemacht. Aber da war sie schon schwanger."

Das hatte ich nicht erwartet. Ich räusperte mich. „Oh. Wow."

„Also habe ich sie geheiratet. Ich habe sie geheiratet, obwohl ich wusste, dass ich sie nicht liebte. Wusste, dass ein Teil von ihr mich eine Gänsehaut bekommen ließ. Ist das nicht romantisch?"

Es war nicht romantisch, aber es war bewundernswert. „Ich denke, dass das tatsächlich deine Theorie widerlegt, dass du nicht nett bist. Du hast sie wegen eures Kindes geheiratet und das bewundere ich."

Er zog eine Grimasse. „Tu es nicht. Schreibe mir keine Bewunderung zu. Ich tat es, weil ich wusste, dass sie verdammt verrückt war und ich ein Kind nicht dazu verurteilen wollte, mit ihr alleine zu leben. Ich habe sie geheiratet, um ein Schutzschild zu sein. Ich wollte sie nicht und ich wollte nicht unbedingt ein Kind."

„Wieder ein Grund mehr, dich dafür zu bewundern, dass du das Richtige getan hast." Ich glaubte das fest. „Du hättest gehen können. Die meisten Männer hätten das getan. Mein Vater tat es." Es sagte mir eine Menge über seinen Charakter, dass er getan hatte, was er nicht wollte, nur, weil er sein Kind hatte beschützen wollen. „Was ist mit der Schwangerschaft passiert?" Ich glaubte nicht, dass er ein vierjähriges Kind hatte. Darüber hatte ich im Internet nichts gefunden und er hatte kein einziges Mal ein Kind erwähnt.

„Sie hatte eine Fehlgeburt."

„Tut mir leid."

Aber Devin schüttelte langsam seinen Kopf, während er sich in seinem Stuhl zurücklehnte. „Tat es mir nicht. Jetzt sag mir, dass ich ein netter Kerl bin. Sag mir, dass du mich immer noch bewunderst. Ich bin ein verdammter egoistischer Bastard."

„Ein egoistischer Bastard hätte ihr gleich bei Verlust des

Babys den Laufpass gegeben. Oder eine Reihe von Affären gehabt, während er die Ehe ertrug." Ich beugte mich vor, wollte ihm näher kommen. „Weißt du, du hast recht. Hunde, die bellen, beißen nicht."

Er lächelte mich schwach an. „Du bist sehr gut darin, mir meine eigenen Worte vorzuhalten. Ich muss besser aufpassen, was ich sage."

„Ich beabsichtige nicht, dir etwas vorzuhalten." Mich eingeschlossen. Je mehr Zeit ich mit ihm verbrachte, desto mehr wollte ich es. Meine Anziehung wuchs über das Körperliche hinaus. Ich fühlte mich von Devin angezogen. Ich mochte ihn. Er erreichte mein Innerstes, ohne es überhaupt zu versuchen.

„Ich weiß." Er studierte mich. „Wenn ich dich ansehe, sehe ich keine achtzehn Jahre. Ich weiß, dass du jung bist, aber du siehst nicht jung aus."

„Das ist das Gegenteil von dem, was jeder jemals erzählt hat. Ich finde, ich sehe wie ein zwölfjähriger Junge aus." Es stimmte. Kein Arsch, kein Busen, klein. Ich wusste, mein Gesichtsausdruck musste skeptisch sein, weil seine Worte lächerlich waren.

Aber er war beharrlich. „Das ist verrückt. Nichts an dir ist maskulin. Und du siehst nicht jung aus, weil du dich nicht wie ein Kind bewegst, keine zufälligen Handlungen oder spastische Energie."

Das Studio war fensterlos, hatte gepolsterte Wände zur Schalldämmung und es fühlte sich gemütlich, intim an. Es war dunkel bis auf das Licht seines Computerbildschirms. „Nun, das stimmt. Niemand hat mich je spastisch genannt."

„Kinder haben diese Unschuld an sich, einen Sinn für Wunder und pure Albernheit und für die meisten Jugendlichen erstreckt sich das bis ins erste oder zweite College-Jahr. Du hast nichts davon."

Ich schluckte hart. „Das Leben war nicht wirklich albern für mich gewesen."

„Nein, ich glaube nicht. Du schaust auf die Welt, als hättest du sie verstanden und als recht mangelhaft empfunden."

Vielleicht stimmte das ein wenig. Ich wusste es nicht wirklich. Ich wusste, dass ich nicht wütend war. Ich wusste auch, dass ich vielleicht eine harte äußere Schale zeigte, aber innendrin war ich sanft und empfindlich. „Ich bin nicht völlig zynisch."

„Nein, das meinte ich nicht. Nur … weise. Du bist wie meine kleine Eule."

Ich war mir nicht sicher, ob das schmeichelhaft war oder nicht. Aber ich konzentriert mich auf seine Verwendung des Wortes „meine".

„Huuuh?", sagte ich völlig ausdruckslos.

Er brauchte einen Sekundenbruchteil, bis er es verstand. Dann brach er in Gelächter aus. „Der war gut."

Ich lächelte zurück.

Aber dann wurde er wieder ernst, also fragte ich mich schnell, welcher Gedanke ihm gekommen war. „Was?"

„Ein Teil von mir wünscht sich, du wärst unreif, lästig."

„Wieso?"

„Du weißt wieso. Tu nicht so, als würdest du nicht verstehen."

Ich wusste, welchen Grund ich wollte. Ich schwieg.

„Bist du aber nicht."

„Ich hoffe, ich bin nicht lästig."

Sein Knie stieß gegen meins. „Nein. Nicht einmal annähernd. Sind wir Freunde, Tiffany?"

Fangfrage hin oder her, ich wollte ehrlich antworten. „Ich hoffe es. Ich will mit dir befreundet sein."

Er rieb sich den Kiefer. „Ich will eine Menge Dinge. Aber manchmal können wir sie nicht haben."

„Also können wir keine Freunde sein?" Es war, als würde er es genießen, mich zu quälen. Stellte mir Nähe in Aussicht und nahm sie mir dann weg.

„Ich denke, dass es für uns unmöglich ist, es nicht zu sein." Er blickte von mir weg und auf seinen Computerbildschirm. „Ja, ich hätte gern Abendessen."

Es musste nett sein, Leute praktischerweise wegschicken zu können. Dominieren zu können, die Schranke vom Arbeitgeber zum Freund zu überqueren und wieder andersherum.

„Ich bin heute nicht im Dienst. Aber du kannst kommen und mir helfen, wenn du willst."

Er drehte sich langsam zu mir zurück, offensichtlich überrascht. „Du hast größere Eier als manche vierzigjährige Männer, das lasse ich dir."

Ich gab vor, zwischen meine Oberschenkel zu schauen. „Und trotzdem kann ich Röhrenjeans tragen."

Devin schnaubte. „Du bist heute Abend ein Stand-up-Comedian."

„Ich habe meine Momente." Ich stand auf zum Gehen.

Aber Devin streckte sich und berührte meinen Arm. „Ich werde in fünf Minuten nach unten kommen, um dir zu helfen."

Ich lächelte herzlich, froh, dass er mir den Punkt einräumte. „Gut. Ich habe bereits Cookies gebacken."

Er machte ein Geräusch tief in seiner Kehle. „Gott, du bringst mich um. Ehrlich."

Das Gefühl war wechselseitig.

„ALSO, WO HAST DU SCHIESSEN gelernt?“, fragte Devin mich ein paar Tage später.

„Bei Cats Dad, einem meiner Pflegeväter.“ Ich stemmte das Gewehr auf meine Schulter, als wir zu seinem Schießstand hinausgingen. Er war hinter der Garage und hatte die richtigen Sicherheitsziele, sodass keine Kugeln abprallen konnten. „Ich war dreizehn, als ich dort einzog, und zehn Zentimeter kleiner als jetzt und um die dreißig Kilo, denke ich. Er nahm an, ich müsste mich eines Tages vielleicht selbst beschützen können.“ Meine Stiefel knirschten auf dem gefrorenen Boden. „Er war ein guter Mann.“

„Siehst du ihn manchmal?“

„Er ist tot“, sagte ich schroff.

Devin legte seine Hand auf mein Kreuz, als wir gingen. „Tut mir leid“, sagte er einfach und ich wusste, dass er es so meinte.

„Ja. Es ist scheiße. Cat hat es richtig schwer getroffen.“

„Ich weiß ehrlich nicht, wie du diese ganzen Pflegestellen überstanden hast.“

„Habe ich, weil ich musste.“ Ich zuckte mit den Schultern. „Und ich war eine der Glücklichen. Niemand hat mich belästigt oder mich wirklich körperlich missbraucht.“

„Spiel es nicht runter.“

„Tu ich nicht.“ Wir erreichten den Zielbereich. „Ich meine es ernst. Ich hatte Glück. Es hätte viel schlimmer sein können.“

„So hast du gelernt, so aufmerksam zu sein, nicht wahr?“

„Wahrscheinlich. Wo hast du Schießen gelernt?“ Ich legte die Ersatzkugeln ab.

„Es war nicht sexy, glaub mir. Ich habe das ROTC am College mitgemacht."

„Wie kann das nicht sexy sein?" Ich schenkte ihm einen schmutzigen Blick. „Ich schwöre, das machst du mit Absicht."

„Was?" Devin setzte mir Kopfhörer auf und klappte sie mir an der Seite über die Ohren.

Ich hob eine Seite an, sodass ich etwas hören konnte. „Du gibst vor, keiner von den coolen Kids zu sein. Aber das bist du."

Er zwickte meine Nase. „Rede nicht frech mit den Älteren."

„Ich halte eine geladene Waffe, Devin. Zieh mich nicht mit dem Altersrang auf." Das tat er immer, wenn ihm unsere Unterhaltung unangenehm wurde. Unsere Beziehung. Er zog sich zurück und schirmte sich dahinter ab, dass ich erst achtzehn war.

Ich konnte verstehen, dass er eine Wand um sich brauchte. Ich hatte auch eine. Meine war betoniert. Aber sie war nicht auf seine Kosten errichtet worden.

„Du kannst knallhart sein, wenn du willst." Er wich nicht zurück. Sein Blick fiel auf meinen Mund. „Aber du würdest mich niemals erschießen. Dafür magst du mich zu sehr."

Da hatte er mich. Mein Atem erzeugte Dampfwolken vor meinem Mund, als ich ihn beobachtete und wollte, dass er mich küsste. Mich fragte, ob ich den Mut hatte, ihn zu küssen.

Hier alleine, ohne Eingreifen oder Störung durch andere Menschen, schien es möglich. Aber ich musste mich daran erinnern, dass das nicht die Realität war. Er und ich versteckten uns vor der Welt, wenn auch nicht absichtlich. Hier gab es keinen G Daddy, und obwohl die Zeichen seines Reichtums überall um uns waren, war es leicht, die Ungleichheit in unserem Leben zu ignorieren.

Wir waren Freunde. Ich wollte mehr.

„Und du weichst dem Problem aus", sagte ich.

„Welches Problem soll das sein?"

„Mein Alter."

„Ich weiche dem nicht aus. Es ist beinahe alles, an das ich denke." Er nahm meine Hand und für eine Sekunde dachte ich, er würde mich tatsächlich küssen, aber er strich mit den Lippen nur kurz über meine Stirn. „Deine Hände sind kalt. Wo sind deine Handschuhe?"

„Ich habe nur Fäustlinge. Es ist etwas schwer, mit Fäustlingen zu schießen." Meine Stimme klang atemlos.

Er massierte meine Hand und steckte sie dann zusammen mit seiner in die Tasche seines Mantels. Es zwang mich näher zu ihm, offene Umarmung, meine Taille strich gegen seine. Ich wollte ihn so sehr, dass ich die Kälte nicht spürte. Ich fühlte mich überall heiß, es war ein brennendes, intensives Verlangen, das von innen herausstrahlte. Mit meiner rechten Hand umklammerte ich das Gewehr, froh, dass es noch nicht geladen war.

„Was braucht es, um dich zu beeindrucken", fragte er. „Nur aus Neugier."

„Mich zu beeindrucken?" Es war eine ablenkende Frage und ich brauchte eine Sekunde, um meine Gedanken davon loszureißen, wie es sich anfühlen würde, seinen Mund auf meinem zu haben, wenn seine Hände die Höhlen meines Körpers erforschten, mich zur Befriedigung streichelten. „Was meinst du?"

„Wer wird der Mann sein, der deinen Respekt verdient? Der *dich* verdient?"

Er. Das war es. Aber ich beobachtete ihn, wie er mich mit ernstem Ausdruck beobachtete. „Ein Mann, der loyal ist. Ehrlich. Liebevoll. Ich will ihn ansehen und sofort wissen, dass er mich liebt. Kein Tanzen auf rohen Eiern. Das hatte ich mein ganzes Leben lang getan. Ich muss wissen, wo ich stehe."

Ich wusste nicht wirklich, wo ich mit Devin stand. Das war Teil des Problems. Also fragte ich ihn alles zurück, was er mich fragte.

„Sonst noch etwas?", fragte er. „Schmuck? Reisen nach Europa?"

Ich schüttelte meinen Kopf, während mein Herz zu rasen anfing. Bitte lass ihn das tun, was ich denke, dass er tat. „Nein", flüsterte ich. „Mich interessiert nichts davon. Ich will einfach nur von einem guten Mann geliebt werden."

Aber etwas an dem, was ich sagte, ließ ihn zurückweichen. Er zog meine Hand aus seiner Tasche und massierte sie ein letztes Mal. Der Kies unter seinen Füßen knirschte, als er einen Schritt zurückging. Enttäuschung rauschte durch mich.

„Du hast recht, du bist nicht zynisch", sagte er. „Eigentlich bist du ein heimlicher Romantiker."

Ich nahm es an. Es schien nicht zu viel zu erwarten zu sein. Ich hatte nie wirklich bedingungslose Liebe gefühlt. Nicht in der Art von Eltern oder von einem Freund. Ich hatte die Liebe von ein paar Freunden, die Zuneigung einiger Klassenkameraden und Lehrer. Sozialarbeiter, die große Besorgnis um mich ausgedrückt hatten. Wenn ich mich also auf einen Kerl einließ, wieso sollte ich mich damit zufriedengeben? Ich wollte Liebe.

Weshalb ich plötzlich froh war, dass Devin mich nicht küsste. Ich war mir nicht sicher, ob ich dem widerstehen könnte, aber wie würde ich mich danach fühlen? Ich wollte nicht einfach Sex. „Ist das *romantisch sein*? Oder nur … mir meines Wertes bewusst sein?“, fragte ich ihn.

Etwas an meiner Antwort schien ihn ratlos zu machen. Er öffnete seinen Mund, aber schloss ihn wieder. Doch dann streckte er sich endlich und fuhr mit seinem Daumen über meine Lippe. „Und so hast du die Pflegefamilien überlebt“, sagte er heiser. „Nur damit du es weißt, ich finde, dein Wert ist unbezahlbar.“

Ich griff instinktiv nach ihm, wollte ihn berühren, meine Hand erhob sich, um seine zu fassen. Mein Herz war voll und ich sah dort Bewunderung, eine wahre, tiefe Zuneigung für mich.

Aber er ließ seine Hand fallen, bevor ich ihn berühren konnte. „Tatsächlich so unbezahlbar, dass ich nicht glaube, mir dich leisten zu können.“

„Was soll das heißen?“, flüsterte ich enttäuscht.

„Warte auf den guten Kerl, Tiff.“ Er ging in die Hocke und fischte eine Handvoll Patronen aus der Box. Er lud sein Gewehr mit scharfen, wütenden Bewegungen. „Das ist alles. Nicht mehr. Nicht weniger.“

Er glaubte nicht, gut genug für mich zu sein.

Der bloße Gedanke verblüffte mich. Machte mich unfähig zu sprechen.

Es war lächerlich, wahnsinnig, abstrus. Ich wollte einen Schritt nach vorne machen, um ihm zu sagen, dass er auch seinen Wert kennen musste. Dass er kein schlechter Typ war oder egoistisch oder gierig. Dass er großzügig war und rücksichtsvoll. Mürrisch, ja. Schlecht, nein.

Aber bevor ich meine Gedanken sammeln konnte, sagte er: „Trete zurück.“

Das tat ich.

Er zielte und feuerte.

Der Schuss zerschmetterte die Ruhe des Nachmittags.

Ich zuckte instinktiv zusammen.

Und das war das Ende unserer Unterhaltung.

Als er pausierte, war klar, dass er das Ziel genau in der Mitte getroffen hatte.

Als ich an der Reihe war, war mein Ziel hoch.

kapitel acht

KOMM HOCH. ICH WILL, DASS du dir etwas anhörst.

Ich schnitt gerade die Zutaten für einen Salat klein und machte eine Pause, als ich die Nachricht von Devin las. Er war wieder in seinem Studio, wie jeden Tag in den letzten paar Wochen, seit er nach Richfield gekommen war. Die Tage hatten eine Struktur angenommen. Wenn ich aufwachte, war er bereits in der Küche, trank Kaffee und arbeitete, manchmal an seinem Computer, manchmal in Form von Konferenzschaltungen. Er winkte mich dann zu sich und legte alles beiseite, während wir Kaffee tranken und uns für etwa zwanzig Minuten unterhielten. Dann ging er in sein Studio hinauf und tauchte nur zum Mittagessen wieder auf. Zur Essenszeit war er fertig und wir machten eine Fahrstunde, dann kochte ich für ihn, während er als mein Sous-Chef agierte. Nachts redeten wir, spielten Schach, machten ein Feuer.

Ich wartete darauf, dass ich ihm zu langweilig wurde und er zurück nach New York ging oder wenigstens anfing, in der Stadt auszugehen und meine Gesellschaft zugunsten zufälliger Bekanntschaften in Restaurants oder Bars mied. Aber das tat er nicht.

Er suchte mich mehrmals auf. Ich hielt mich zurück und wartete und jeden Tag brachte er seine Anwesenheit in meinen Tag ein. Er beherrschte und forderte meine Aufmerksamkeit und ich sehnte mich danach. Er gab mir das Gefühl, dass ich für seinen Tag von Bedeutung war. Dass ich ihm eine Art von Vergnügen bereitete mit meinem Gespräch, meinen Kochkünsten, meiner Existenz. Seine Stimmungen wurden düsterer, als die Tage vergingen, und ich wusste, dass er sich entschieden hatte, dass er mir nicht mehr als ein Freund sein konnte. Dass er beschlossen hatte, dass ich auf einen Kerl in meinem Alter warten musste, mit einer etwa zehn Seiten langen Liste an Werten, von denen ich mir ziemlich sicher war, dass sie kein Mensch außer Jesus besaß.

Aber ich war bereit zu warten. Den rechten Augenblick abzuwarten, bis Devin entweder in die Stadt zurückkehrte oder begriff, dass zwischen uns mehr als Freundschaft brodelte. Wir beendeten die Sätze des anderen. Wir zankten und diskutierten und forderten uns gegenseitig heraus. Wir waren tief und unleugbar voneinander angezogen, unsere beiläufigen Berührungen zu langwierig, zu geladen, um völlig unschuldig zu sein.

Wir lebten miteinander, waren jedoch nicht zusammen. Wir hatten eine nebulöse unerklärliche Beziehung, die nicht wirklich eine Beziehung war. Wir waren nicht Boss-Angestellte. Dafür überschritten wir zu viele Grenzen. Wir hatten eigentlich keine romantische Beziehung. Dennoch sagten wir Dinge, die man nicht zu jemandem sagte und sagen sollte, zu dem man nur eine rein platonische Beziehung hatte. Wir waren Freunde, so sehr das ging, wenn dich jemand bezahlt und man dazwischen schwankt, ob man sich wie einen kleinen Kumpel behandeln soll oder wie jemanden, den man mit seinem Mund verschlingen wollte. Ich wusste, dass Devin mich als Gleichgestellte sah, aber dann nannte er mich „ma petite amie" oder erklärte mir etwas absolut Dummes, zum Beispiel, wo Budapest in Europa lag, und ich war gezwungen zuzugeben, dass er nicht aufhören würde, egal, wie oft ich ihn deswegen zur Rede stellte. Er musste mein Alter wie ein Schild zwischen uns benutzen, sonst würde er mich gedankenlos gegen eine Wand gepresst küssen.

Ich war zwischen der Dankbarkeit, dass er trotz seiner fragwürdigen Methoden diese Barriere zwischen uns intakt hielt, und der Frustration, dass er sich nicht einfach dafür entschied, hin- und hergerissen. Würde ich es wirklich bereuen, wenn wir diese Linie zwischen Freundschaft und Liebe verschwimmen ließen?

Wie auch immer man es nennen mochte, was auch immer wir taten, es ließ mich jeden Tag begierig aufwachen, ihn zu sehen. Unsere Unterhaltungen waren spannend, anregend. Ich lachte mehr, als ich mich erinnern konnte, je gelacht zu haben.

Und wenn ich mich in ihn verliebte, war das mein Problem. Mein Fehler. Ich würde darüber hinwegkommen, wenn er verschwand. Aber jetzt wollte ich es genießen. Nur rückten wir jetzt immer weiter an den Punkt, an dem wir nicht mehr würden aufhören können, und mit jedem vergangenen Tag schrumpfte meine Angst vor den Konsequenzen und meine Sehnsucht wuchs.

Ich ging hinauf und fand ihn in seinem Studio, seine Kopfhörer auf, der Computer vor ihm. Er hatte Mischer und Soundboards und andere Dinge, die aufleuchteten und verdammt einschüchternd aussahen, wenn sie alle eingeschaltet waren. Er sah auf, als ich hineinging, und lächelte mich an. Das schaffte mich jedes Mal. Es machte mich so lächerlich und wahnsinnig, wie jedes Mädchen, über das ich mich jemals lustig gemacht hatte, wenn sie wegen eines Typen ins Schwärmen geraten war.

„Hey, wie läuft das Schreiben?“, fragte er.

Ich versuchte, einen ganzen Roman zu schreiben, und hatte bisher ungefähr dreißig Seiten. Es war eine Horror-Geschichte über Zombies. Wie sie sich nach allem, was du hattest, sehnten und es nahmen und suchten und darum bettelten und niemals zufrieden waren. Wie so viele Menschen, die ich in meinem Leben getroffen hatte. „Ich habe nur ein paar Seiten geschrieben. Ich habe heute keine rechte Lust. Ich denke dauernd an Weihnachten.“ Noch fünf Tage. Ich hatte noch nie für Weihnachten dekoriert, aber ich brannte darauf, zurück zu Cat und Heath zu fahren und dort ein paar Tage zu übernachten und dem Feiertag etwas Gutes abzugewinnen. Mit Essen und ein oder zwei Geschenken. Ich hatte das noch nie getan.

„Weihnachten?“ Devin sah mich verständnislos an. „Was ist damit?“

„Ich dachte, dass ich zu Cat fahren würde. Aber ich sollte zuerst in der Stadt Halt machen und ein paar Geschenke und Essen kaufen. Kannst du mich bei der Fähre absetzen?“

Jetzt blickte er finster drein. „Du willst über Weihnachten verschwinden?“

Ich hockte auf der Schreibtischkante und blickte ihn finster an. „Nun, ja. Ich meine, du gehst nach New York, oder? Es ist okay, wenn das Haus für vierundzwanzig Stunden leer ist, nicht?“ Ich hatte mir vorgestellt, dass er entweder zu seinen Eltern fuhr oder eine Art von Party mit Freunden in seinem Apartment schmiss. Er war seit Wochen weg und die Anrufe waren immer häufiger geworden und der Tonfall im Gespräch mit seinem Team ungeduldiger, da sie eindeutig auf seine Rückkehr drängten.

„Ich fahre nicht nach New York.“

„Oh.“ Das überraschte mich.

„Und wenn du dort bist …“ Er deutete schnell mit seiner Hand in Richtung Meer. „Dann bin ich hier ganz alleine. Also nein, du hast meine Erlaubnis nicht, zu Cat zu fahren.“

Ich fühlte, wie mein Kiefer herunterklappte. „Im Ernst?“ Ich konnte nicht glauben, dass er diesen Chef-Mist mit mir spielte. Was interessierte es ihn, wenn ich Cat besuchen ging?

„Im Ernst“, sagte er und klang gereizt. „Ich will dich bei mir haben.“

Meine Wangen wurden warm und ich wurde sehr still, mein Hintern lehnte an seinem Schreibtisch, meine Beine befanden sich neben seinem Arm. Er wollte meine Gesellschaft. Offen gesagt konnte er machen, was er wollte, alles und mit jedem, und trotzdem wollte er hier mit mir in Richfield bleiben. Das bedeutete mehr, als es sollte. „Tust du das?“

Weil ich es ihn noch einmal sagen hören wollte. Weil ich es noch einmal von ihm hören musste.

„Ja, tue ich. Ich *begehre* … dass du bei mir bist.“ Devin streckte sich und nahm meine Hand und streichelte meine Finger mit seinen. „Weißt du, ich habe ein Geschenk für dich.“

Bedeutete das, dass er aufgab? Gab er endlich der Chemie zwischen uns nach? Ich würde bleiben, wenn das der Fall war. „Oh. Ich denke, dann sollte ich bleiben", sagte ich. Ich konnte nicht *nein* zu ihm sagen. Oder zu einem Geschenk. Oder zu irgendeinem Anzeichen dafür, dass er die lächerliche Ansicht, ich wäre zu jung für ihn, aufgegeben hatte. Dass er realisieren könnte, dass ich als mehr als ein Freund für ihn wichtig war. „Ich habe dir kein Geschenk besorgt." Ich lachte nervös. „Ich weiß nicht wirklich, wie man Geschenke macht."

Tat ich nicht. Ich hatte nichts mehr verschenkt, seit ich ein Kind war und ich in der Schule einen Topflappen für meine Großmutter gestrickt hatte und sie sich darüber lustig gemacht hatte. Diese Zurückweisung hatte mehr geschmerzt als irgendeiner der Klapse, der Schläge, des Gezeters. Es war grausam gewesen und ich war mir nicht sicher, ob ich noch wusste, wie man verletzlich genug war, um Geschenke zu machen.

Andererseits, wenn ich eins war, dann verletzlich gegenüber Devin. Im Grunde hatte ich mein schlagendes Herz aus meiner Brust gerissen und es ihm gereicht. Während ich ihm erlaubte, vorzugeben, dass wir nur Freunde waren und er mein Boss.

„Du musst mir kein Geschenk kaufen. Ich habe alles, was ich will. Du könntest mir allerdings etwas backen und ich würde mich nicht beschweren."

Das entspannte mich. „Das könnte ich machen." Die Naschkatze. Es war eine gute Sache, dass er sich ausgezeichnete Zahnpflege leisten konnte.

Aber ich würde seine Küche in eine verdammte Bäckerei verwandeln, wenn es ihn dazu brachte, die Linie zu überschreiten, die er so sorgfältig zwischen uns gezogen hatte.

Er ging vom Streicheln meiner Finger dazu über, seine zwischen meine zu fädeln, sodass wir tatsächlich Händchen hielten. „Du hast nichts dagegen, hierzubleiben, oder?", fragte er. Er hatte sich in seinem Stuhl zurückgesetzt und seine Beine waren geöffnet. Ich wollte mich zwischen seine Knie klemmen und auf seinen Schoß klettern.

„Nein." Es machte mir auch nichts aus, wie offen er mich berührte.

„Gut. Hör dir diesen Song an, an dem ich arbeite. Ich habe ihn mit dir in meinen Gedanken erschaffen."

„Wie meinst du das?"

„Ich wollte dich einfangen. Wenn du ein Geräusch wärst, dann höre ich dich so. Hell und unschuldig und dunkel und fesselnd zugleich."

Er hatte mir einen Song geschrieben? Das war wirklich heiß. Wirklich süß. Wirklich romantisch. Oder vielleicht war es, wie von seinem Familienhund inspiriert zu sein oder von einem Busunglück oder krabbelnden Spinnen. Es konnte alles Mögliche bedeuten.

Aber das war eine Lüge, die ich mir selbst zum Schutz einredete. Ich wusste, was er meinte. Ich wusste, dass er Gefühle für mich hatte. Wenn dich dein ganzes Leben niemand so ansieht, erkennst du den Blick verdammt gut, wenn ihn dir endlich jemand zuwirft. Er sorgte sich um mich. Das wusste er. Er war nur nicht gewillt, es in diesen Worten zu sagen.

„Ich bin mir nicht sicher, ob das ein Kompliment ist", sagte ich. „Ich bin gleichzeitig hell und dunkel?"

„Nicht dunkel auf eine böse Art, sondern mysteriös. Mit Tiefe." Er hob unsere immer noch umschlungenen Hände und klopfte mit seinem Knöchel gegen meinen Kopf. „Niemand weiß wirklich, was dort drinnen vor sich geht, oder? Es ist ein geheimer Garten. Das ist der Songtitel – Her Secret Garden."

Ich hörte sowohl das Kompliment als auch die sexuelle Anspielung klar und deutlich. Gott, ich wollte, dass es das endlich war … wenn er seine Zweifel in die Unterwerfung niederrang. Meine Zweifel waren verpufft.

Zwischen dem Schreibtisch und Devin war nur ich, offen und unfähig, meine Gefühle zu verstecken. Was er sagte, waren keine dummen Anmachsprüche. Er war nicht durchschaubar und grob oder irgendetwas, das ich nicht mögen oder ablehnen könnte. Seine Schmeichelei war wie Efeu, sie kroch um die Kanten meiner Verteidigungen herum, wickelte sie ein und überwand sie. Er hüllte mich mit einer beherrschenden Liebenswürdigkeit ein. Es war nicht immer nett, manchmal war es egoistisch, aber es war ehrlich.

Mein Schutzwall war allmählich und ironischerweise hinuntergedrückt worden, während er damit kämpfte, seinen höher zu bauen. Vielleicht war das der Grund. Weil ich wusste, dass er nicht versuchte, mir an die Wäsche zu gehen oder mich zu benutzen und dann beiseite zu werfen, oder wollte, dass ich mich nur für die Aufbesserung seines Egos in ihn verliebte, wie es ein Typ in der Highschool getan hatte. Während er gegen seine Gefühle ankämpfte, war ich langsam und ruhig in der Lage, meine zu begrüßen.

„Ich vermute, das ist besser als *Feuchter Keller*", sagte ich. Ich meinte es als Witz. Doch wie immer brachte ich es trocken rüber.

Aber Devin schüttelte den Kopf. „Tu das nicht. Untergrabe dich nicht. Bitte. Auch wenn du scherzt."

Ich schluckte hart.

Er stand ohne Vorwarnung auf und füllte den Raum unmittelbar vor mir, wie eine harte maskuline Wand, die vor mir aufstieg. Ich blickte fragend zu ihm hoch, fragte mich, ob ich meine Hand von seiner wegziehen sollte. Ich wollte nicht.

„Ich versuche immer noch, Fehler in dir zu finden", sagte er. „Ich habe wirklich hart daran gearbeitet, weil es wirklich, wirklich unangemessen für mich ist, dich attraktiv zu finden. Aber das tue ich. Macht mich das zu einem verdammten Perversling? Du bist zu jung."

Er klang schmerzgeplagt.

„Devin. Hör auf. Du hast selber gesagt, dass an mir nichts Junges ist." Ich schüttelte meinen Kopf, war überwältigt davon, wie sehr ich wollte, dass er mich küsste. „Ich bin eine alte Seele. Ich bin kein sorgloser Teenager. Ich habe vielleicht keine Welterfahrung, aber ich bin nicht unschuldig. Und ich finde dich ebenfalls attraktiv."

Ich war mir nicht sicher, woher der Mut kam, es laut auszusprechen, aber ich nahm an, es war nicht wirklich ein Geheimnis. Jeder hätte sehen können, dass ich auf ihn scharf war. Es war mehr als das. Ich verliebte mich in ihn. Mir machte unser Altersunterschied nichts aus. Ein Typ in meinem Alter hätte mich niemals angezogen mit seiner dummen Prahlerei und seinem albernen Humor und der Faszination für beliebige Brüste. Diese Typen würden mich niemals beeindrucken oder fesseln. Der Altersunterschied war also definitiv nicht, was mich an Devin störte.

Wenn es irgendetwas gab, das mir zu denken gab, wobei mir unwohl war, war es sein Reichtum, sein Lebensstil. Wir kamen aus völlig unterschiedlichen Welten, und hier, versteckt in Richfield, wollte er mich vielleicht auf eine gewisse Weise. In der Realität? Würde er es nicht. Das wusste ich.

Oder vielleicht würde er wollen, aber er würde nicht danach handeln. Nicht, wenn er umgeben war von neugierigen Augen und den Medien und Bloggern und Trolls, die bereit waren, jeden auszuweiden, der irgendetwas tat, über das sie sich die Mäuler zerreißen konnten. Falls Devin mich der Öffentlichkeit vorstellen würde, würde er auf eine Art ins Rampenlicht gestoßen werden, die er verachtete. Oder vielleicht auch nicht. Vielleicht würde sich niemand dafür interessieren, was ein reicher Kerl mit einem rechtlich volljährigen Mädchen machte. Ich vermutete, es hing davon ab, ob Devin das Risiko eingehen wollte. Jedes Risiko. Für mich.

Also stand ich einfach da und wartete, studierte seinen Dreitagebart, wollte ihn berühren. Ihn berühren. Überall.

Seine freie Hand schlängelte sich an meiner Taille vorbei und er machte etwas am Computer. Musik füllte den Raum. Elektronische Musik, eigentlich ein Tanzlied für einen Club, aber trotzdem mehr als das. Es hatte Zwischentöne und Stufen. Es war roh und emotional, dröhnend, schmerzgeplagt. So sah er mich? Oder mit seinen Worten, *hörte* er mich?

Er hob seine Hände zu meinen Wangen, streichelte meine Haut, und ich seufzte. Ich hatte Häppchen und Teile dieser Berührung, dieser zarten Verbindung, bekommen, seit der Minute, in der er in Richfield angekommen war. Ich erflehte seine Berührung jetzt. Ich wollte mehr. Alles von ihm.

„Ich denke weiter, dass ich kein Recht habe, dich so hier zu behalten. Aber ich kann mich nicht stoppen. Ich kann dich nicht loslassen. Es ist selbstsüchtig, aber ich bin es leid, vernünftig zu sein. Ich habe vier Jahre lang damit verbracht, vernünftig zu sein. Jetzt fühle ich mich einfach herausgefordert."

„Was versuchst du, mir zu sagen, Devin?", fragte ich, weil ich es hören musste. Ich musste es wissen. Wir könnten der sexuellen Spannung zwischen uns für immer ausweichen und uns darum schlängeln. Obwohl es mehr war als das. Es ging nicht nur um Begierde. Sex. Wir konnten nicht vorgeben, dass unsere Gefühle nur eine einfache und platonische Freundschaft waren.

„Nur das."

Und er beugte sich hinunter und küsste mich.

Ich hielt meine Augen bis zur allerletzten Sekunde offen, weil ich das Verlangen in seinem Blick sehen wollte, ich wollte ihn meines sehen lassen, bevor ich ihnen erlaubte, sich zu schließen. Er war ein wunderschöner Mann mit starken Gesichtszügen, ungewöhnlich. Vielleicht war er nicht traditionell attraktiv, aber für mich war er der Inbegriff eines starken, sexy Mannes. Sein Mund strich kurz über meinen, nicht zaghaft, sondern aufreizend. Nur ein Hauch, ein Flüstern, dann war er weg, seine Lippen schwebten über meinen, sein warmer Atem streichelte mich. Sein Daumen strich über meine Wange und er küsste zuerst meinen rechten Mundwinkel, dann den linken.

„Gott", hauchte er. „Ich wollte dich unbedingt berühren. In meiner Fantasie habe ich dich geküsst. Aber ich wollte nichts ruinieren. Ich wollte mir nicht nehmen, was ich nicht verdiene."

Ich gab meinem Drang nach, zog meine Hand von seiner und schob sie seine Brust hinauf, wobei ich die Konturen seines Körpers fühlte. Unter seinem T-Shirt war er warm. Hart. Vor Vergnügen seufzend, machte ich weiter, bis ich seinen Dreitagebart erreichte. Er war weicher als erwartet. Er beobachtete mich, sprach jedoch nicht und sein Griff um meine Taille festigte sich. Instinktiv, ohne darüber nachzudenken oder zu planen oder mich um die Konsequenzen zu sorgen, fuhr ich mit der Hand in sein Haar und lenkte seinen Kopf zurück zu meinem.

Das war nicht genug gewesen. Nicht nach drei Wochen langem Necken.

Dieses Mal küsste ich ihn und es war nicht zögernd. Es war ein verzweifeltes, dringliches Pressen mit geöffneten Lippen. Er stöhnte, genau, als die Musik in einem rasanten Crescendo um uns herum anstieg. Devin zerrte mich an sich und ich stieß mit seiner Brust zusammen, fühlte seine Erektion an meinem Oberschenkel. Verlangen trübte mein Urteil, dennoch bewahrte mich Angst davor, völlig über den Rand ohne Rückkehr zu fallen. Mehr als ein Kuss war mehr, als ich handhaben konnte, bis ich wusste, was wir taten.

Ich riss mich keuchend von ihm weg, meine Finger packten sein Shirt. „Ich mag diesen Song."

Er lachte scharf. „Gott, du bringst mich um. Jetzt gehe, bevor ich etwas tue, was wir beide bereuen."

Er klang mürrisch und bitter. Es brachte mich zum Lächeln. „Was würde ich bereuen, Devin? Erklär's mir."

„Das. Uns."

„Was uns? Dass wir uns küssen? Oder mehr als das?"

Er ächzte verärgert. „Tiffany. Lass mich in Ruhe."

Das war so lächerlich, dass ich wusste, dass ich ihn nicht weiter bedrängen konnte. Er hatte sich hinter seinen emotionalen Schutzwall zurückgezogen.

Also ließ ich es. Es war genug, dass er mich geküsst hatte, genug, dass ich ihn noch immer auf meinen Lippen schmecken konnte. Genug zu wissen, dass er langsam, sicher, nachgab.

„Sicher. Ich mache Mittagessen, falls du runterkommen und essen willst."

„Nein, will ich nicht. Ich bin beschäftigt." Er schob mich physisch von sich weg.

Ich zog meinen Kopf ein, sodass er mein womöglich selbstgefälliges Lächeln nicht sehen würde. Er traute sich selbst nicht in meiner Gegenwart und das war ernsthaft heiß. Außerdem arbeitete er an einem von mir inspirierten Song. „Kann ich dann wenigstens Cat in der Stadt treffen? Ich kann mit meinem Rad fahren."

„Es hat minus sieben Grad draußen."

„Ich werde klarkommen."

„Ich werde dich fahren." Er hatte sich zurückgesetzt und kreuzte mit einem finsteren Blick seine Arme. „Gib mir zwei Stunden."

„Danke." Dann beugte ich mich mit einer Dreistigkeit, von der ich nicht wusste, dass ich sie besaß, hinunter und küsste ihn erneut. Es war als ein leichtes Necken gedacht, ein Dankeschön, ein Wir-sehen-uns-bald, aber Devin legte seine Hand fest auf meinen Arsch und zog mich an sich.

Er verschlang meinen Mund. Er küsste mich, als hätte er ein Jahrzehnt lang keine Frau berührt. Als wäre ich alles.

Ich klammerte mich an seine Schultern und ließ ihn über mich hinwegfegen, mit seinen Lippen, seiner Zunge. Er neckte, er nahm, er kostete, und kein ungeschickter Kuss hätte mich jemals darauf vorbereiten können. Ich spürte ihn überall. Von meinen

Haarwurzeln über meine kribbelnden Brüste bis zu meinen schmerzenden Innenschenkeln. Ich fühlte mich lebendig, meine Haut war sensibel, mein Körper sich seiner völlig bewusst.

Er brach ab und studierte schwer atmend mein Gesicht. „Du hast zwei Möglichkeiten. Geh hinunter und koche Mittagessen."

Als er nicht fortfuhr, hob ich meine Augenbrauen. „Das ist nur eine Möglichkeit."

Aber er schüttelte den Kopf, seine Augen waren dunkel und voller Lust. „Die andere ist keine Option. Vergiss es."

„Wieso nicht?" Ich wusste, was er dachte, kannte ihn jetzt so gut, dass ich seine Gedanken praktisch hören konnte. Option zwei war, dass ich auf seinen Schoß klettern konnte und wir Sex haben würden, genau hier, genau jetzt.

Er hatte recht. Es war nicht wirklich eine Option. Ich war nicht bereit dafür. Ich wollte es mit jeder Faser meines Seins. Aber gleichzeitig hatte ich große Angst. Meine Erfahrung war zu beschränkt für diese Situation. Vorerst.

„Manchmal habe ich die Fähigkeit, meine egoistischen Tendenzen zu stoppen. Nicht immer. Aber manchmal. Ein Schritt nach dem anderen, ma petite amie."

Er hatte wieder auf den Freundestitel zurückgegriffen. Damit konnte ich leben. Weil er recht hatte. Ein Schritt nach dem anderen.

Aber was er nicht realisierte, war, dass ich unendliche Geduld besaß. Ich hatte die letzten vier Jahre Tag und Nacht damit verbracht, mich um eine alte Frau zu kümmern, die mich hasste, und ich war nicht wahnsinnig geworden. Ich konnte warten, bis er sich mit seinem Gewissen auseinandersetzte und zu dem Schluss kam, dass er mit mir Sex haben und trotzdem danach noch in den Spiegel schauen konnte.

Angesichts des Blickes auf seinem Gesicht, würde ich nicht lange warten müssen.

„Ich werde dir ein Sandwich hochbringen", sagte ich, während ich mich aus seiner Berührung wand.

Sein saurer Blick brachte mich beinahe zum Lachen.

Er drehte sich zurück zu seinem Computer. „Du bist entlassen, Tiffany."

Arschloch passte ihm gut. Ich würde mich jedoch auf keinen Fall davon beeinflussen lassen, nicht, wenn ich die Wahrheit kannte. „Selbstverständlich, Mr. Gold. Lassen Sie mich wissen, falls Sie irgendetwas brauchen."

Der Blick, den er mir zuwarf, war voller Begierde. „Wir machen das nicht. Wir können das nicht tun."

„Was?", fragte ich und täuschte Unschuld vor. „Was tun wir?"

Er gab ein frustriertes Geräusch von sich. „Du weißt, wovon ich rede."

Natürlich tat ich das. Wir waren seit Wochen auf diesem Weg. Aber er musste es sagen. Er musste es noch sagen. Und ich würde nicht die Lücken für ihn ausfüllen.

Er lehnte sich vor, dann riss er sich los. Er kämpfte dagegen an, weil er vor den Meinungen anderer Leute Angst hatte, oder vielleicht vor seiner eigenen Moral. Es war möglich, dass er besorgt war, mich zu verletzen. Dass ich mir zu viel anmaßen würde. Zur Klette werden würde. Vielleicht wusste er nicht, was er wollte, abgesehen von dem, was er glaubte, nicht haben zu können.

„Dass wir wieder Nachnamen benutzen?", fragte ich, während ich ihn kühn ansah.

Für mich gab es mehr als einen Weg, uns gleichzustellen. Das würde er mir nicht aufsetzen. Es war seine Entscheidung. Meine war bereits gefallen.

„Nein, wir benutzen keine Nachnamen." Er rieb sich den Kiefer. „Darüber hinaus habe ich überhaupt keine Ahnung."

„Doch, tust du." Damit verließ ich den Raum. Er war dabei. Ich konnte es in der Bewegung seines Körpers in meine Richtung spüren. Das war kein einmaliger Kuss. Er wollte mehr. Er wollte mich über das Physische hinaus. Obwohl ich rein körperlich vielleicht nicht sein Typ war.

Er sollte uns später definieren.

Vorerst würde ich einfach warten und ihn Boss sein lassen.

In jeder Hinsicht.

„ER SPIELT MIT DIR", SAGTE Cat unverblümt zu mir, während sie mir gegenüber in dem Café saß.

„Cat, das ist etwas hart", sagte Heath mit schockiertem Gesichtsausdruck zu ihr. „Ich bin mir sicher, Tiffany weiß, was sie tut."

Ich erzählte ihnen von meinen Plänen, über Weihnachten in Richfield zu bleiben, und hatte keinen positiven Zuspruch bekommen. Ich hatte nicht alles offengelegt, aber ich gab zu, dass zwischen uns etwas passierte, ich wusste einfach nicht, was. Dass Cat Devin so einschätzte, ließ mich vor Wut und Demütigung erröten. „Ich bin kein Idiot. Ich weiß, dass er mich nicht heiraten wird", sagte ich. „Er ist gelangweilt, fühlt sich ruhelos und hat diesen ganzen New-York-Rummel satt. Wir sind die ganze Zeit alleine und ich bin der Reiz des Neuen. Eine Nuss, die er knacken will." Ich fuhr mit meinem Finger über den Rand meiner Kaffeetasse. „Das seltsame ans Haus gefesselte Mädchen. Er findet es einfach faszinierend, dass ich in meinem ganzen Leben noch nie mehr als zwanzig Meilen von meinem Zuhause entfernt gewesen bin."

Aber er mochte mich echt. Das glaubte ich ohne jeden Zweifel. Doch wegen etwas an ihrer Reaktion wollte ich die wahre Natur meiner Gefühle geheim halten. Das ging nur mich und Devin etwas an. Es war zu frisch, zu zerbrechlich, zu … besonders. Was in Richfield passierte, war unsere Welt, unser Geheimnis, unsere Beziehung.

„Es tut mir leid, ich will mich deswegen nicht wie ein Arschloch verhalten", sagte sie zerknirscht klingend. „Ich mache mir nur Sorgen um dich."

„Ich weiß." Tat ich. Und sie hatte recht, sich Sorgen zu machen. Das wusste ich. Auch wenn es meine Brust verengte und meine Handflächen schwitzig werden ließ. Ich wusste, dass Devin irgendwann zurück nach New York gehen würde und ich nicht mitkommen konnte. „Obwohl ich vielleicht fantasiere, bin ich kein Idiot. Ich werde eine Gelegenheit nutzen, die sich mir nie wieder präsentieren könnte."

„Du sagst immer, dass sie praktisch ist", sagte Heath zu Cat. Dann studierte er mich. „Aber Tiffany, im Ernst, du hast nicht seine Erfahrung. Du könntest verletzt werden, weißt du."

„Oh, ich denke, es ist quasi garantiert, dass ich verletzt werde." Ich lächelte sie an. „Aber ich weiß, was ich tue. Aus welchem Grund auch immer, mag er mich vorerst. Heute. Morgen oder übermorgen oder den Tag darauf wird er keine Lust mehr auf mich haben. Das weiß ich. Aber ich kann nicht anders. Er fasziniert mich."

Tat er. Ich kannte jetzt seinen Duft, sein Lachen, seine Bewegungen, Gesichtsausdrücke. Er war mürrisch und schroff, aber er war auch liebenswürdig und großzügig. Er war introvertiert in einem extrovertierten Beruf und fälschlich oder nicht, hatte ich das Gefühl, dass er mir eine Seite zeigte, die nicht jeder sah. Den echten Devin. Nicht G Daddy. Und ich mochte Devin. Ich mochte ihn auf eine Weise, die mein Inneres wärmte, wenn ich ihn sah, und meine Gedanken wurden ganz weich und süß, also würde ich permanent ein Kätzchen streicheln. Ich war keine sentimentale Person. Heath hatte recht, wenn er nochmal betonte, wie Cat mich einschätzte: Ich war praktisch.

Aber Devin brachte mehr von mir zum Vorschein. Durch ihn fühlte ich mich wie eine Frau. Als könnten all diese Gefühle und Bedürfnisse und Wünsche, die ich unterdrückt hatte, nicht länger zurückgehalten werden. Sie mussten frei atmen.

Cat seufzte. „Alles in mir sagt, renn so schnell du kannst. Aber ich kenne dich. Du hast beschlossen, es durchzustehen."

Und wie sie mich kannte. „Habe ich."

„Obwohl du weißt, dass du verletzt werden wirst?"

Ich hatte eine Karte zu spielen und das tat ich. „Hat die Möglichkeit, verletzt zu werden, dich davon abgehalten, mit Heath zusammen zu sein?"

„Langsam", sagte er. „Wie wurde ich da hineingezogen?" Heath war Fischer und ehemaliger Marine und trug ein Flanellhemd. Nicht die Hipster-Version zu Skinny-Jeans, sondern das eines Arbeiters. Er hob die Hände, bevor er nach seinem Kaffee griff. „Ich sage, mach was immer du willst, außer irgendwelche illegalen Drogen nehmen."

„Das ist dein Ratschlag?" Cat sah ihn verzweifelt an. Dann

gab sie mir ein halbes Lächeln. „Und nein, nichts hätte mich davon abgehalten, mit Heath zusammen zu sein. Aber das war anders."

„Inwiefern?" Ich versuchte genauso wenig, ein Miststück zu sein, wie sie versuchte, ein Arschloch zu sein, aber das war Schwachsinn. Wir alle gingen eine Beziehung, oder wie auch immer man das nennen mochte, mit jemandem ein, mit dem Wissen, dass es eine sehr klare Wahrscheinlichkeit gab, verletzt zu werden. Ich wusste, dass Devin nach New York zurückkehren würde und vergessen wird, dass ich existiere. Größtenteils. Aber Cat war zu Heath zurückgekehrt, nachdem er vier Jahre lang verschwunden war, also wo war der Unterschied?

Es gab keinen.

„Er ist reich. Und älter."

„Bin ich?", witzelte Heath.

Cat zog eine Grimasse. „Solche Typen machen, was sie wollen."

„Ich glaube, er ist gerade hereingekommen", bemerkte Heath mit leiser Stimme.

„Was?" Ich drehte mich um. Er hatte recht. Devin hatte das Café betreten und ließ ungeduldig seinen Blick durch den Raum schweifen. Ich hob meine Hand zur Begrüßung, als er mich entdeckte. „Ich frage mich, wieso er so früh zurück ist."

Er hatte mich erst vor einer Dreiviertelstunde hier abgesetzt und gesagt, er würde in zwei Stunden zurückkommen. Das Café war ein hiesiger Laden, keine Kette, und gefüllt mit Müttern und ihren Kindern, Fischern und Rentnern. Devin stach unter den Stammgästen hervor und ein halbes Dutzend Augenpaare beobachtete, wie er den Raum durchquerte. Das Einzige, worüber er sich keine Sorgen machen musste, war, dass ein Einheimischer den Online-Medienseiten über seine Bewegungen Bericht erstattete. Die Leute aus Maine lebten ganz nach dem Motto „Leben und leben lassen". Sie interessierten sich kein bisschen dafür, was ein Kerl aus New York tat, doch sie starrten ihn misstrauisch an.

„Im Ernst, was will er von dir?", fragte Cat eindringlich. „Er könnte mit jeder Sex haben."

„Genau", sagte ich. „Könnte er. Das ist nicht, was er will. Er will einen Freund."

„Mit gewissen Vorzügen."

Ja. Aber es war komplizierter als das. Dachte ich. Ich warf ihr einen Blick zu, der besagen sollte „Benimm dich" und blickte zurück, um ihn anzulächeln.

Als er uns erreichte, legte er seine Hand auf die Rückenlehne meines Stuhls. „Hey, Tiff." Dann drehte er sich um und stellte sich Cat und Heath vor, indem er ihnen die Hände schüttelte.

Heath stand auf, um dem Händedruck bestimmt zu begegnen, und ich spürte, wie sie sich gegenseitig taxierten, wie Kerle das so machten. Ich sah amüsiert zu Cat, aber sie sah Devin sauer an. Ich konnte sagen, dass sie von seinem Aussehen schockiert war. Sie wusste, dass er dreißig war, aber ich hatte ihr versichert, dass er nicht annähernd den Widerling-Status erreichte. Doch es gab verschiedene Arten von Dreißig und Devin hatte kein jungenhaftes Gesicht. Es war die Art von Gesicht, das sogar an einem Fünfzehnjährigen erwachsen für sein Alter ausgesehen hätte. Er hatte keine Grübchen oder funkelnde Augen oder jungenhaften Charme. Er bestand aus rauen Kanten und harten Ecken. Er war der Boss. Das war offensichtlich.

Nachdem sich alle begrüßt hatten, blickte er vor mir auf den Tisch. „Du trinkst keinen Kaffee?“

Ich schüttelte den Kopf. Ich hatte nur fünf Dollar mitgenommen und sie bereits in der Form eines Latte Macchiato getrunken.

Aber Devin kannte mich gut genug, um das zu durchschauen. „Du bist ein Kaffee-Junkie. Was willst du? Ich werde es holen.“

„Nichts, danke.“

Er rollte mit den Augen. Dann fragte er Cat und Heath: „Braucht ihr etwas?“

Sie schüttelten ebenfalls ihre Köpfe. „Nein, danke“, sagte Cat.

Er drückte meine Schulter und ging zur Kasse, um zu bestellen. Ich errötete. Ich konnte die Hitze in meinen Wangen spüren. Ich wusste nicht einmal, warum. Vielleicht einfach, weil Devin bis vor einer Stunde mein Geheimnis gewesen war. Dass meine Freunde ihn trafen, ließ meine Verliebtheit so albern wirken, wie sie sie scheinbar fanden.

Ich sah nicht aus, als würde ich zu ihm gehören. Trotz allem, was Devin sagte, sah ich aus wie das Kind, dass er in dem *Big Brother*-Programm förderte. Er sah mich anders als jeder sonst.

„Was sollen wir mit ihm reden?“, flüsterte Cat.

Ich zuckte mit den Schultern. „Alles, was ihr wollt.“

„Kann ich ihn fragen, ob er Beyoncé kennt?“

„Sehr lustig.“

„Was?“ Sie grinste mich an. „Er kennt Prominente. Erzähl mir nicht, dass du das nicht gefragt hast.“

„Habe ich nicht. Er hat gelegentlich beiläufig Leute erwähnt, aber er benutzt ihre echten Namen wie Sean und Stephanie und Lizzie, also denke ich, ich weiß, über wen er redet, aber ich werde nicht fragen. Es ist peinlich."

„Es ist verrückt." Cat schüttelte ihren Kopf. „Ich kenn mich damit nicht aus."

„Geld zu haben, ist kein Verbrechen." Ein Blick zur Kasse zeigte, dass Devin sein Handy checkte, während er auf unsere Getränke wartete. Es war meiner Aufmerksamkeit nicht entkommen, dass er mich nicht gefragt hatte, was ich will. Ich war neugierig, ob er trotzdem richtig geraten hatte.

„Wie du ihn ansiehst …"

Ich sah zurück zu Cat. Sie starrte finster, ihre Stirn war gerunzelt. „Was meinst du?"

„Du bist in ihn verliebt. Oh mein Gott."

War ich. Ich wusste das. Ich hatte mich seit der Sekunde, in der ich ihn getroffen hatte, schrittweise in ihn verliebt. Aber das war nicht relevant. Noch nicht. „Und? Das ändert nichts."

„Sei vorsichtig", flüsterte sie eindringlich.

Schulterzuckend sagte ich: „Ich weiß, was ich mache."

Devin zog den Stuhl neben mir heraus und stellte seine langen Beine unter dem Tisch ab. Mit einem Lächeln übergab er mir eine Tasse. „Dein Karamell-Macchiato."

„Danke." Er hatte richtig geraten. Er hatte bemerkt, was ich mir zu Hause mit der Kapsel-Maschine zu machen pflegte. In Richfield. In seinem Haus. Gott. Ich dachte an sein Haus als mein Zuhause.

Cat hatte recht. Ich musste vorsichtig sein.

Aber er war so wunderschön. So eindrucksvoll. So intelligent.

Ich fragte mich, ob mein Gesicht alles zeigte, was ich fühlte.

Vielleicht wollte ich das. Vielleicht wollte ich ihn über das, was er in seinem Studio angefangen hatte, hinausstupsen.

Ich musste etwas gezeigt haben, weil Devins Lächeln verdampfte. Er streckte sich und steckte mein Haar hinter mein Ohr. Während er mich noch immer ansah, fragte er: „Ihr habt doch nichts dagegen, wenn ich euch Tiffany über Weihnachten klaue, oder?

Mit riesiger Anstrengung riss ich meinen Blick von ihm los, weil ich neugierig auf die Reaktion meiner Freunde war.

Cat sah entsetzt aus. Heath verwundert.

Ich wusste genau, wie sie sich fühlten. Ich fühlte dasselbe.

Devin plauderte zwanglos mit meinen Freunden, fragte Heath nach seinem Fischerboot und Cat nach ihren Plänen nach dem Collegeabschluss. Er erwähnte keine Prominenten beiläufig oder sprach über die Stadt. Er erzählte, wie er viele Sommer mit seinen Großeltern in Maine verbracht hatte, und dass das der Grund war, wieso er sich entschlossen hatte, hier als Erwachsener ein Haus zu kaufen. Er wollte wieder die gleichen idyllischen Sommernächte erleben.

Während er sprach, fiel seine Hand auf mein Knie und ruhte dort auf meiner Jeans. Er schob seinen Stuhl näher heran und spreizte seine Beine, sodass er mein Bein berührte, und sein Körper fühlte sich durch die Stoffe unserer Jeans warm und fest an. Seine Finger streichelten meine Kniescheibe, begannen dann allmählich einen Anstieg mein Bein hinauf, meinen Oberschenkel, wobei sie mich die ganze Zeit locker, intim, streichelten. Es war normal für ihn, mich zu berühren, aber nicht in der Öffentlichkeit, und nie ganz so abwesend, wie er jetzt war. Als täte er es, ohne nachzudenken. Ich hatte nicht das Gefühl, dass er es aus sexuellem Ansporn tat, als wollte er mich anturnen oder mich zum Höhepunkt bringen, obwohl er Ersteres tat und das Zweite vielleicht könnte. Es war eher so, dass er sich bei mir wohlfühlte bis zu dem Punkt, an dem es natürlich war.

Ein Kerl in meinem Alter hätte es zu weit getrieben. Er hätte gleich bis hoch zur Naht meiner Jeans unter den Reißverschluss gestreichelt oder meine Hand unter dem Tisch auf seine Erektion gelegt. Devin tat das nicht. Als er dem Unangemessenem gefährlich nahe kam, zog er sich zurück und drückte mein Knie ein letztes Mal, bevor er seine Hand entfernte.

„Zu schade, dass ich im Sommer nie hier bin", sagte er mit einem Schulterzucken und lenkte das Thema auf die Möglichkeit eines Schneesturms in den nächsten Tagen.

Ich sprach kaum. Ich hörte nur zu und beobachtete und fühlte.

Wären wir in einem Theaterstück gewesen, wäre Devin der Regisseur und ich die Revuetänzerin gewesen. Aber wenigstens hatte ich eine Rolle.

SPÄTER, *AUF DER FAHRT ZURÜCK* zu Devins Haus, bekam ich eine SMS von Cat.

Ich bin damit nicht einverstanden. Er ist ein Pädophiler.

Das überrumpelte mich. Wow. Sie hielt sich nicht zurück. Ich antwortete mit einem knappen *Warum?*

Du sagst dauernd, dass du so jung aussiehst. Er ist zu alt, als dass sein Interesse etwas anderes als gruselig sein könnte.

Was schmerzte, war, dass ich wusste, dass sie damit recht hatte, dass ich jung aussah. Aber ich wusste auch, dass Devin sich nicht wegen meines Aussehens zu mir hingezogen fühlte. Er mochte meine Gedanken, die Art, wie ich ihm die Stirn bot. Die Tatsache, dass ich nicht endlos über dumme Scheiße schwafelte, wenn ich sprach. Es war kompliziert. Bei Anziehung ging es nicht nur um große Titten.

Sie war die letzten paar Wochen nicht bei uns gewesen. Sie hatte die Dinge nicht gehört, die er zu mir gesagt hatte.

Wütend über sie, dass sie das in einer Nachricht äußerte, unabhängig davon, wie besorgt sie um mich war, antwortete ich nicht.

„Alles in Ordnung?“, fragte Devin, während er in Richfields Einfahrt fuhr.

Es schneite und er nahm die Kurve zu schnell, sodass wir ein wenig schlingerten. Es war lächerlich, im Dezember in Maine einen Sportwagen zu fahren, und das wusste er. Er hatte darüber gesprochen, in der Stadt einen SUV zu kaufen und den Lamborghini für den Rest des Winters in die Garage zu stellen. Beinahe, als beabsichtigte er zu bleiben.

Aus irgendeinem Grund weigerte er sich, den Truck, der bereits in seiner Garage stand, zu fahren. Ich fragte mich, ob es etwas mit Kadence zu tun hatte.

Ich nickte als Antwort auf seine Frage. „Ich wurde nur daran erinnert, dass ich auf mich alleine gestellt bin. Dass ich alleine bin.“ Normalerweise hatte ich kein Selbstmitleid mit mir, aber Cats Nachrichten fühlten sich an wie Verrat.

Seine Hand strich über mein Knie. „Du bist nicht allein. Du hast mich.“

kapitel neun

Devins Worte ärgerten mich. Er verstand nicht, was das für mich bedeutete. Für ihn war es eine gewöhnliche Aussage. Er meinte es, wie er es sagte, das wusste ich. In einer Weise, wie es jemand sagte, der eine Schar von Freunden, Familie, Wohlstand und Privilegien besaß. Er musste noch nie alleine sein. Nicht wirklich.

Für mich war es harte Realität. Ich war wirklich und wahrhaftig allein.

Würde ich morgen sterben, würden vielleicht fünf Menschen zu meiner Beerdigung kommen.

Das war kein Selbstmitleid, das war Realität. Ich war in der Schule schweigsam gewesen und hatte mich nicht an außerschulischen Aktivitäten beteiligen können. Meine Hoffnung war, wie geplant zur Pflegeschule zu gehen, sie erfolgreich abzuschließen und den Menschen so zu helfen, wie vereinzelte Pflegeeltern mir über die Jahre geholfen hatten Gütig zu sein in einer Welt, die so wenig Freundlichkeit besaß. Ich hatte keine hochtrabenden Erwartungen an Wohlstand, Reisen, nicht einmal Liebe. Vielleicht würde ich eines Tages einen Kerl finden, der mich nahm, wie ich war, und tolerierte, dass ich einen Schutzwall von der Größe der Chinesischen Mauer um meine Gefühle aufgebaut hatte.

Dieser Kerl war nicht Devin, ganz gleich, wie sehr ich mir das wünschte. Was auch immer ich für ihn fühlte, welche Gefühle er auch immer für mich hatte, sie waren flüchtig und temporär.

Letztendlich war ich alleine.

„Behandle mich nicht so herablassend!“, rief ich und zog mein Bein weg, sodass seine Hand von meinem Knie fiel.

Seine Kinnlade klappte herunter. „Das tu ich nicht. Ich sage dir nur, dass ich dein Freund bin.“ Er parkte das Auto in der Garage und drehte sich zu mir. „Was, du glaubst mir nicht? Nach alledem?“

„Ich glaube dir, dass du das bist, im Moment.“ Ich wollte ihn nicht ansehen, starrte aus dem Fenster in seine perfekte Drei-Wagen-Garage. Alles war ordentlich, mit einem eingebauten Lagersystem für Werkzeug und Zubehör, das niemand benutzte. Manchmal kam es mir vor, als sei Richfield eine Filmkulisse, nicht ein wirkliches Haus. Als würden jeden Moment Schauspieler und Crew einströmen, die Laken wegziehen, vorgeben, dass hier Leben und Vitalität herrschte, sich dann zurückziehen und es still und leer zurücklassen.

„Was ist los?“, fragte Devin, er klang frustriert. „Wer hat dir geschrieben?“

Ich bemühte mich nicht, ihm zu antworten, denn auf der

Werkbank saß diese abgefahrene Kadence-Puppe. „Was macht diese Puppe in der Garage?“, fragte ich, neugierig und ein klein wenig entnervt. Ich hasste diese Puppe. Sie war so … künstlich. Wie ihr Vorbild. Aber um es auf den Punkt zu bringen, ich verstand nicht, wieso Devin sich mit diesem Ding umgeben wollte.

„Was? Wovon sprichst du?“

Ich zeigte darauf. „Diese Puppe, die auf deinem Bett war.“

Als ich ihn ansah, spähte Devin an mir vorbei in die Tiefen der Garage. „Ich sehe nichts“, sagte er emotionslos. „Und ich habe keine Ahnung, wovon du sprichst. Ich habe keine Puppe auf meinem Bett.“

„Hast du nicht?“ Das war merkwürdig.

„Nein. Wieso sollte ich eine Puppe haben? Puppen sind sicherlich nicht mein bevorzugtes Sammelobjekt, und es ist etwas bizarr, dass du mir das zutraust.“ Mit diesen Worten öffnete er die Autotür und stieg aus.

Ich tat es ihm nach. „Diese Puppe“, sagte ich und deutete darauf. „Sie war auf deinem Bett.“

Devin kam um das Auto herum und erstarrte. „Oh Scheiße, dieses Ding? Ich dachte, meine Ex-Frau hätte sie mitgenommen. Sie wurde nach ihrem Vorbild designt.“ Er nahm sie zur Hand und drehte sie um, sodass das blonde Haar über ihr Gesicht fiel. „Ich persönlich finde sie scheußlich und gruselig.“

„Sie war auf deinem Bett“, betonte ich nochmal.

„Wann warst du in meinem Zimmer?“, fragte er.

Das war nicht der relevante Teil meiner Aussage. „Als du nicht hier warst. Weshalb spielt das eine Rolle?“

Aber er grinste, dieses selbstgefällige männliche Grinsen,

wohl wissend, dass er abgecheckt wurde. Er warf die Puppe zurück.

„Hey, komm her, Tiff." Er streckte mir seine Hand entgegen.

Ich ignorierte es. „Du solltest die Aufnahmen der Überwachungskameras prüfen. Jemand war im Haus." Ich schauderte bei dem Gedanken, dass ich während der Zeit, in der Devin zurück in New York war, möglicherweise nicht allein im Haus gewesen war. Dass jemand ins Haus gelangt war, ohne dass ich etwas davon bemerkt hatte.

„Okay." Er nahm meine Hand und zog mich an sich. „Keine Angst. Es ist nur eine hässliche Puppe."

„Es war möglicherweise ein Eindringling im Haus."

„Ich werde mich darum kümmern. Mach dir keine Sorgen. Ich möchte nicht, dass du dir jemals Sorgen machst. Du bist nicht allein. Das ist mein Ernst."

Ich war nicht in der Stimmung, mir die Beschwichtigungen anzuhören, von denen er anscheinend annahm, dass ich sie hören wollte. Also drehte ich mich einfach weg von ihm Richtung Haus. „Es ist kalt hier draußen."

Wir gingen durch die Hintertür und ich bückte mich, um Amelia zu begrüßen. „Wenn du Plätzchen willst zu Weihnachten, muss ich zum Supermarkt."

„Sprichst du mit dem Hund oder mit mir?", fragte Devin.

Klugscheißer. Er hörte sich genauso verärgert an, wie ich mich fühlte.

„Ich rede mit dir, es sei denn, der Hund kann Auto fahren."

Devin betrat hinter mir die Küche. „Übrigens, ich hab was für dich." Er griff in die Schreibtischschublade und nahm einen Umschlag heraus, der bereits geöffnet war. „Nachdem du dich bis jetzt nicht darum gekümmert hast, habe ich deine Geburtsurkunde für dich beantragt. Jetzt kannst du dir offiziell deinen vorläufigen Führerschein holen."

„Wirklich?" Ich musste zugeben, ich war überrascht. Ich hatte dieses Thema ignoriert, da ich immer noch keine Chance für den Führerschein sah. Ich hatte noch nicht mal ein Auto, um die Prüfung abzulegen, außer ich benutzte Devins, was mir lächerlich vorkam.

„Ja. Und ich dachte, du sagtest, du seist achtzehn."

„Bin ich."

„Gemäß deiner Geburtsurkunde bist du eigentlich neunzehn."

Oh, das war nicht, was ich erwartet hatte. „Was? Das ist unmöglich! Das hätte mir doch irgendjemand mal gesagt. Im Pflegesystem kann doch so etwas nicht verborgen bleiben."

„Nun, offensichtlich sind das alles Idioten, denn ich kann rechnen und dieses Papier hier sagt eindeutig, dass du neunzehn bist."

Ich faltete die Geburtsurkunde, die ich aus dem Umschlag gezogen hatte, auseinander und starrte auf das Datum. Er hatte recht. Ich war ein Jahr früher geboren, als meine Großmutter mir immer erzählt hatte. Was sollte das? Da stand noch etwas, was ich noch nie gesehen hatte … der Name meines Vaters. Randy Hart.

Er hatte einen Namen. Ich mochte, wie er klang. Es gefiel mir auch, dass meine Mutter ihn auf meiner Geburtsurkunde hatte eintragen lassen. Als wäre es wichtig gewesen. Als wäre *er* wichtig gewesen für *sie*.

„Fühlst du dich jetzt älter und weiser?" fragte er.

Nur ziemlich verwirrt. „Aber das bedeutet, dass ich ein Jahr später in die Schule kam. Das macht keinen Sinn. Ich verstehe nicht, wieso ich das nie erfahren habe."

„Vielleicht kannst du deine Großmutter danach fragen. Vielleicht gab es einen Grund dafür."

„Ich nehme an, es spielt keine Rolle." Trotzdem fühlte es sich für mich so an, als täte es das. Ich hatte ein Jahr meines Lebens verloren, ohne mir dessen überhaupt bewusst gewesen zu sein. Und wieder fühlte ich mich, als hätten andere Menschen mich und mein Schicksal achtlos und ohne mich daran teilhaben zu lassen, kontrolliert. „Das fühlt sich seltsam an. Das bedeutet, ich bin nur noch für wenige Monate neunzehn Jahre alt."

„Du bist fast zwanzig." Devin hörte sich an, als wäre er erfreut über diese Tatsache. Als würde es ihn von der Last einer möglichen Perversion befreien.

Das wäre das einzig Positive. Es könnte ihn ermutigen, das, was wir begonnen hatten, schneller voranzutreiben. „Bist du sicher, dass das gültig ist?"

„Natürlich." Er kickte seine Schuhe dorthin, wo Amelias Hundebett stand, zog sein Jackett aus und ging zum Kühlschrank. „Ich will Wein und ein Feuer im Kamin. Möchtest du etwas?"

Ich schüttelte den Kopf.

„Ich hätte dir einen Christbaum besorgen sollen, wenn ich dich schon von deinen Freunden fernhalte."

Das wäre schön gewesen, musste ich zugeben. „Macht nichts. Während meiner Zeit in den Pflegefamilien hatte ich nur zweimal einen Baum."

„Du sagst oft, es würde nichts ausmachen", sagte er, den Kopf immer noch zwischen den Ablagefächern vergraben, wo er nach keine Ahnung was suchte. Schließlich tauchte er mit einem Stück Brie-Käse wieder auf. „Ich glaube dir nicht."

„Es ist, wie es ist. Ich bin nicht verbittert."

„Ja, ich weiß. Das ist einer der Gründe, weshalb ich dich so erstaunlich finde."

Es läutete an der Tür. Verdammt! Mieses Timing. „Ich geh schon."

Devin ließ mich gehen, was mich überraschte. Üblicherweise folgte er mir, wenn ich zur Tür ging. In dieser Hinsicht war er wie ein kleines Kind oder ein Hund – er wollte nicht alleine in einem Raum zurückgelassen werden.

Als ich die Vordertür öffnete, war alles, was ich sah, Grün und ein Mann mit einer Strickmütze auf dem Kopf. „Wo sollen wir ihn hinbringen?", fragte er.

„Wen hinbringen?", fragte ich dumm zurück.

„Den Baum."

„Welchen Baum?" Obwohl ich ganz klar sehen konnte, dass er einen Christbaum in den Händen hielt.

„Diesen Baum. Dies ist doch Mr. Golds Haus, oder?"

„Ja." Endlich wurde mir klar, dass Devin mich veräppelt hatte, dass er bereits einen Christbaum in Auftrag gegeben hatte, und ich öffnete die Tür weiter und trat zur Seite. „Entschuldigen Sie, kommen Sie doch herein. Devin …", rief ich, „…wo möchtest du den Baum hin haben?"

Er erschien im Foyer, sein Gesicht strahlte zufrieden. „ Neben den Kamin, vor das Fenster." Gestikulierend zeigte er dem Kerl den richtigen Platz.

Eine Frau folgte dem Mann, sie trug drei Kunststoffbehälter hoch aufgestapelt auf ihrem Arm. Ich sah zu Devin und zog die

Augenbraue hoch.

„Dekoration", sagte er, als wäre das offensichtlich.

„Richtig." Ich musste lächeln. Er konnte sehr aufmerksam sein, wenn er wollte. Auch wenn er gerne stichelte.

„Sie werden den Baum für uns mit Lichterketten und Schmuck behängen."

Und damit war alle Freude über seine süße Überraschung verdampft. „Was? Oh, nein, ganz bestimmt nicht! Wir werden ihn dekorieren." War das sein Ernst? „Los, mach dir deine Hände schmutzig, G Daddy."

Er zog eine Grimasse. „Er wird besser aussehen, wenn jemand anderes ihn dekoriert."

„Und wieso ist es wichtig, wie er aussieht, wenn wir die Einzigen hier sind. Er sollte etwas Besonderes sein, nicht nur perfekt anzusehen." Ich hatte noch nie einen Baum geschmückt. Ich würde nicht hier stehen und zusehen, wie jemand das gegen Bezahlung übernimmt. Das ist seltsam.

Bestimmt nicht seltsamer als meine Rolle in Devins Leben.

„Fein." Er wirkte unsicher wegen der ganzen Sache, aber er half der Frau, die Kisten auf dem Boden abzustellen, während der Mann den Baum im Ständer befestigte.

Nadeln rieselten auf den Parkettboden und der Duft von Pinie erfüllte den Raum. Es fühlte sich absolut bizarr an, dass zwei völlig fremde Personen im Wohnzimmer standen und den Baum aufstellten. Ich wollte, dass sie gingen, sodass ich hier stehen konnte und mich darüber freuen konnte, einen eigenen Christbaum zu haben. Meiner. Unserer. Devin hatte ihn zwar organisiert und bezahlt, aber trotzdem war es *unser* Baum. Obwohl ich wusste, dass das seine Absicht war.

„Danke schön“, sagte ich zu dem Kerl, als er einen Schritt zurücktrat, um die Position des Baumes zu prüfen.

Er lächelte mich an. Er war um die Vierzig. „Gern geschehen. Ich hatte Ihrem Vater gesagt, dass so ein Tannenbaum viel Platz in der Höhe brauchen würde, aber dieser Raum ist wirklich perfekt.“

Mein Vater? Nett. Das war bestimmt das Letzte, was Devin jemanden sagen hören wollte. Das würde all seine Zweifel wieder aufleben lassen. Ich schaffte ein knappes Lächeln. „Ja, das ist er wirklich. Er wird wunderschön aussehen."

Devin hörte entweder nicht zu oder war entschlossen, die Worte des Mannes nicht zu kommentieren. Er unterschrieb lediglich ein paar Papiere und begleitete die beiden zur Vordertür, die er nach ihnen zuknallte.

„Ich sehe nicht aus wie dein Vater“, sagte er, als er ins Wohnzimmer zurückgestiefelt kam, wo ich gerade den Deckel von einer der Schachteln nahm. Er hörte sich eher verärgert als verlegen an.

„Nein, tust du nicht“, antwortete ich gelassen. „Aber als ich dich rief, nannte ich dich G Daddy. Er hörte wahrscheinlich nur den Daddy-Teil. Du bist älter als ich. Nimm das nicht persönlich.“ Die Menschen stellten Vermutungen an. Ungeheuerliche und irrige Vermutungen. Wie sogar meine beste Freundin, die nicht glauben konnte, dass Devins Interesse an mir normal sein könnte. Für sie war es abartig, dass er mich mochte, und das tat weh.

Obwohl ich wusste, dass ich, wenn die Rollen vertauscht wären, das Gleiche sagen würde. Ich wollte, dass sie mir vertraute. Mir vertraute, dass ich Devin kannte. Dass ich wusste, was ich tat.

„Dann solltest du mich vielleicht nicht mehr Daddy nennen."

„Kein Problem. Es fühlt sich sowieso nicht richtig an. Es fühlt sich nicht wie du für mich an." Ich wollte dem Ganzen keinen größeren Wert beimessen, als es haben sollte, also beließ ich es dabei. Ich wühlte mich durch die Schachtel. Der gesamte Baumschmuck war aus natürlichen Materialien, vorwiegend aus Holz. Typisch Maine.

„Das bin ich", sagte er schroff.

Wow. Er war in reizender Stimmung. „Hast du dir dieses Thema ausgesucht?", fragte ich. „Es gefällt mir."

„Ich wollte ein Eulen-Thema." Er lehnte sich über die Box und überraschte mich mit einem Kuss, einem sanften verehrenden Kuss. „Ich habe dir gesagt, dass sie mich an dich erinnern. Weise und immer beobachtend.

Beides, der Kuss und das Kompliment lockerten mich auf. Es fühlte sich so natürlich an, so leicht für ihn, mich zu küssen. Ich lächelte zu ihm hoch. „Danke. Das war sehr süß von dir."

„Ich habe meine Momente." Er tippte mir auf den Arm. „Zieh deinen Mantel aus. Bleib für eine Weile."

„Das würde ich gerne tun." Diese Worte hatten mehr Gewicht, als ich geplant hatte. Ich saß auf meinen Knien auf dem Teppich. Er war vorgebeugt und bei meinen Worten stoppten seine Bewegungen.

Devin strich mit einem Finger über meine Wange. „Gut", sagte er mit rauer Stimme.

Dann stellte er sich vor den Baum und inspizierte ihn.

„Also, wie wollen wir es angehen?", fragte ich und nahm meinen Hut und die Jacke ab. Ich zog eine flauschige weiße

Deko-Eule aus der Box.

„Du könntest im Internet nachsehen", scherzte er. „Oder du könntest den Schmuck einfach irgendwo hinhängen, wo du möchtest, und sehen, was passiert."

„Sehr witzig." Der Baum leuchtete bereits, der Baum-Mann hatte ihn schon angesteckt. Die warmweißen Lichter erhellten den dunklen Raum.

„Ich weiß." Er bückte sich, schnappte sich ein Tannenzapfen-Ornament und platzierte es wahllos am Baum.

Ich folgte seinem Beispiel und innerhalb von zwanzig Minuten hatten wir einen wunderschönen Weihnachtsbaum. Er würde zwar keine Preise gewinnen, aber er trug Rentiere, Eulen, Waschbären und sogar einen Elch, und alle schauten mir zu Ehren süß. Ich fühlte mich wie Schneewittchen, umgeben von ihren Freunden. „Er gefällt mir", sagte ich. „Er ist perfekt."

„Er sieht ein wenig schief aus, aber ich bin froh, dass er dir gefällt. Ich brauche noch ein Glas Wein. Möchtest du irgendetwas?"

Ich schüttelte den Kopf, ließ mich auf der Couch nieder und bewunderte den Baum. Meinen Baum. Unseren Baum. Ich war voller Dankbarkeit und Liebe und das machte mich offener und verwundbarer denn je. Ich vermutete, dass sich mein Herz in meinen Augen widerspiegelte, als Devin zurückkam, nicht nur mit einem Glas Wein, sondern auch mit einem Geschenk in der Hand.

„Ich wollte damit noch warten, aber ich habe nicht wirklich viel Geduld", sagte er und reichte es mir.

Es war in goldfarbenes Geschenkpapier eingepackt mit einer roten Schleife darauf. „Was ist das?"

„Ein Geschenk, du Dummkopf."

„Das weiß ich. Aber was ist es?" Es war eine dumme Frage, aber ich war so in Ehrfurcht erstarrt angesichts der Perfektion des Geschenkes in meiner Hand und des damit verbundenen Gefühls, dass ich nicht sicher war, was ich sagen oder tun sollte. Unsere Beziehung hatte sich zu mehr entwickelt, zu etwas Intensiverem und Realem, aber das hier war noch eine Nummer größer.

Das war ein Geschenk. Für mich.

„Also … Ich hatte mich gefragt, was könnte Tiffany sich wünschen? Und dann wurde mir klar, dass du dir nichts *wünschst*. Du denkst an Dinge, die du brauchst. Also dachte ich mir, du könntest vielleicht das hier brauchen." Offensichtlich ungeduldig wegen meines Tempos, zog er die Schleife auf. „Mach es auf!"

Ich musste schlucken, hatte plötzlich Angst. Was dachte Devin, was ich brauchen würde?

Ich nahm den Deckel ab und hatte die Antwort. Ein Satz Autoschlüssel an einem türkisfarbenen Schlüsselband mit eingeprägtem Schriftzug *Tiffany und Co.*

„Es ist Tiffany-blau", sagte er, griff in die Box, holte die Schlüssel raus und hielt sie mir vor die Nase. „Und der Jeep hat die gleiche Farbe. Ich musste ein paar Beziehungen spielen lassen, um ihn so schnell in dieser Lackierung zu bekommen, aber er ist wirklich gut geworden. Nächste Woche wird er hier sein."

Ich starrte auf die Schlüssel, die vor mir baumelten, nagelneu. Silber. Glänzend. Das Lederband des Schlüsselbundes elegant. Teuer. Zusammen gehörten sie zu einem Auto. Das, wie Devin sagte, mir gehörte. Ein Jeep. Den er mir holen, dafür bezahlen und mir schenken wollte.

„Für die langen Winter ist ein Jeep perfekt“, fügte er hinzu.

„Du hast einen Jeep für mich gekauft?“, fragte ich, mein Hals war wie zugeschnürt. Meine Stimme hörte sich nicht nach mir an. Sie klang heiser und rau und weit weg.

Ich konnte die wenigen Male, die ich ein Geschenk bekommen hatte, an einer Hand abzählen, und jedes war etwas Besonderes gewesen. Ich hätte jedes Einzelne in allen Details beschreiben können. Wie alt ich gewesen war, wo ich das Geschenk bekommen hatte, was es gewesen war. Vom Teddybär, als ich fünf war, dem Pullover im Alter von acht Jahren, zum Kaffeebecher mit fünfzehn. Aber das hier … das war unbeschreiblich. Das war jenseits eines Geschenks. Das war gigantisch.

Die Tränen in meinen Augen verschleierten meinen Blick auf ihn und ich blinzelte, wollte nicht weinen. „Warum tust du das?“, fragte ich.

Devin legte seine Hand an meine Wange. „Weil, Tiffany Ennis, ich mich in der unangenehmen Situation befinde, dass ich Gefühle für dich habe, die ich nicht ganz verstehe oder willkommen heiße. Die Person, die mein Herz in Beschlag nimmt, sollte nicht ein Jahrzehnt jünger sein als ich und auch noch weiser. Aber ich habe noch nie jemanden wie dich getroffen, noch nie jemanden so sehr bewundert wie dich. Ich wollte dir etwas schenken, das dir zeigt, wie sehr ich dich schätze.“

Ich wusste nicht, was ich sagen sollte. War nicht sicher, ob ich überhaupt ein Wort herausgebracht hätte. Er sagte mir, dass er mich liebte. Zwischen den Zeilen war es genau das, was er sagte. Dass er das nicht wollte, nicht verstand, aber ich in seinem

Herzen war. Genau so, wie er in meinem war. Ich war nicht sicher, ob ich dieses große Geschenk annehmen konnte, ob ich damit leben könnte, so ein teures Geschenk anzunehmen, wenn ich doch wusste, dass unsere Beziehung niemals auf Dauer sein konnte.

Aber in diesem Moment war es mir egal. Mir war alles egal außer Devin und die Art, wie seine Augen vor Zuneigung und Begehren leuchteten. Das Einzige, woran ich denken konnte, war, dass er an mich gedacht hatte, Telefonate geführt und Vorbereitungen getroffen hatte, alles nur meinetwegen. Dass in seinem überfüllten Kopf für mich Platz war. Dass das Mädchen, das sein ganzes Leben auf einem Fels in der Mitte des Ozeans verbracht hatte, ihm wichtig war.

„Ich weiß nicht, wie ich dir danken soll", flüsterte ich. „Es ist ein sehr großes Geschenk."

„Du könntest einfach danke sagen."

„Danke", raunte ich und schlang meine Hand um seine, um mir die Schlüssel zu holen. Ich lehnte mich zu ihm und öffnete einladend meine Lippen. Ich wollte, dass er mich küsste. Ich wollte ihn.

„Nichts zu danken." Er küsste mich sanft. „Es war mir ein Vergnügen."

Ich versuchte, mir einzureden, dass der Preis eines Autos für Devin in etwa so viel war wie für mich ein Latte Macchiato. Dass es keine große Sache war für ihn. Doch die war es. Das konnte ich in seinen Augen sehen. An der Art, wie seine Hand leicht bebte, als er mit seinem Daumen meine Unterlippe entlang fuhr. „Ist es das, was du willst?", fragte er mich, dann küsste er mich intensiver und seine Zunge spielte mit meiner. „Wirklich?"

Die Frage albern. Als er sich von mir löste, nickte ich. „Ja. Das ist alles, was ich will."

Devin nahm die Geschenkbox, die ich immer noch in Händen hielt, und warf sie auf den Boden. Sie purzelte mit einem Geräusch über den Boden, das mir viel zu laut vorkam in der Stille des Wohnzimmers. Aber bevor ich etwas sagen konnte, tat er das Gleiche mit den Schlüsseln, die wir zusammen in den Händen hielten. Er hatte einen stürmischen Ausdruck in den Augen, als er mich in seine Arme zog, seine Hände waren eher besitzergreifend und gierig als behutsam. Die Kraft seiner Umarmung hob mich hoch und ich stand nur noch auf meinen Zehenspitzen, als er mich überwältigte mit einer Serie von Küssen, die mich atemlos machten und nach Luft ringen ließen.

Ich klammerte mich an seine Schultern und feierte, dass dies wirklich passierte. Devin küsste mich mit einer Inbrunst und Leidenschaft und, darüber war ich mir verdammt sicher, ein bisschen Liebe. Wenn nicht Liebe, dann ein berauschendes Gefühl, das dem nahe kam. Mein erster richtiger Kuss im Alter von fünfzehn Jahren war nass und ungeschickt gewesen und ich hatte es weiter versucht, mich gefragt, wann es denn endlich schön werden würde, mich gefragt, ob denn alle Mädchen den Jungs nur vorspielten, sie hätten ein schönes Gefühl dabei. Mit siebzehn wurde es besser, aber das, was ich alleine im Dunkeln mit mir machte, war vollkommen anders als das, was der Junge mit mir machte, und ich fand heraus, nicht ohne ein gewisses Schuldgefühl, dass ich es mir am liebsten selbst machte.

Mit Devin waren all diese Erfahrungen vergessen. Sie waren nichts. Tatsächlich hatten sie niemals existiert. Es hatte keinen Mann vor Devin gegeben, nichts, das irgendetwas bedeutet hätte. Mit Devins erstem Kuss an diesem Morgen hatte ein neues Kapitel meines Liebeslebens begonnen, und mit jeder Berührung, jeder Zärtlichkeit, jedem Kuss fügte er ein weiteres Wort hinzu.

„Wie du mich ansiehst …“, murmelte er, „… das ist so kraftvoll.“

Ich fühlte mich kraftvoll und schwach und überwältigt, alles in einem. Ich berührte seine Wange, genoss das Gefühl seiner Bartstoppeln an meinen Fingerspitzen. Jeder Zentimeter von mir fühlte sich lebendig, elektrisiert. Meine Augen auf ihn gerichtet, nahm ich seine Hand und fädelte meine Finger durch seine. Ich hob unsere Hände und küsste seine Fingerknöchel, einen nach dem anderem. „Das ist kraftvoll. Du und ich.“

Ein Geräusch kam ganz tief aus seiner Kehle, dann grub er seine Lippen in meinen Nacken und küsste mich entlang meines Schlüsselbeins, zog an meinem Shirt, um meine Haut für seine Berührung zu entblößen. Ich schloss meine Augen und ließ meinen Kopf in den Nacken fallen, seine Hände wanderten unter mein Shirt, fanden ihren Weg zu meinen Brüsten, wo er sanft und geschickt über meine Nippel strich. Dann drückte er mich sanft hinunter und bevor ich wusste, wie mir geschah, lag ich mit dem Rücken auf der Couch, und mein Sweatshirt war über meinen Kopf gezogen.

Devin berührte mich überall und ich hatte keinerlei Hemmungen, kein Zögern, keinen Anstand. Nur er war noch wichtig, und das heiße, feuchte Verlangen, das er in mir zum Leben erweckte mit seinen Händen, seinem Mund, seinen Lippen, seinen Hüften, die sich sanft gegen meine drängten, wodurch unsere Jeans raschelten. Ich konnte seine Erektion fühlen, wenn er sich an mich drängte oder über mein Bein strich, und ich wollte instinktiv mehr davon. Wie ein tiefer akuter Schmerz, der sich bebend in mir ausbreitete und verzweifelt nach Erlösung suchte. Als er durch den Stoff meines BHs meine Nippel neckte und liebkoste, spreizte ich meine Beine und kreuzte meine Knöchel über seinen, um ihn ganz nah an mich zu ziehen. Es fühlte sich richtig an, leicht, schwach. Ich keuchte und stöhnte, bewegte meine Hüften, als seine Hand mein Geschlecht berührte. Er hörte nur kurz auf, um sein Shirt auszuziehen, und küsste mich dort unten, durch den Stoff meiner Jeans, und ich wand mich, ruhelos, überrascht, wie gut es sich anfühlte.

Die Empfindungen überwältigten mich, die Gedanken wirbelten chaotisch durcheinander, ich öffnete den Knopf an meiner Jeans. Er sah zu mir hoch, sein Gesichtsausdruck war leidenschaftlich. Ich schloss meine Augen für einen Sekundenbruchteil, war nicht sicher, wie ich sagen sollte, was ich wollte. Ich war nicht mal wirklich sicher, was ich wollte. In Wahrheit wollte ich, dass er mir zeigte, was ich brauchte.

„Bitte“, flüsterte ich.

Zärtlichkeit überzog sein Gesicht. Ich hatte diesen Ausdruck noch nie in seinem Gesicht gesehen, und ich wollte ihn fast stoppen, aus Angst, es könnte zu viel sein. Als wäre das zu viel für meinen Verstand. Ein sexy Devin Gold war die eine Sache. Devin mit süßem, liebendem Gesichtsausdruck war mehr, als ich bewältigen konnte. Aber bevor ich etwas sagen konnte, hatte er meine Jeans bis zu den Knöcheln hinuntergezogen. Kalte Luft streichelte meine Haut und ich war erschüttert, wie nackt ich plötzlich war, körperlich und seelisch. Er hatte mir meine Unterhose zusammen mit der Jeans hinuntergezogen und da war nichts mehr, das mich vor seinem Blick schützte. Ich schauerte innerlich, wie entblößt ich mich fühlte, schauerte, weil ich überhaupt nicht so war wie die Damen der Gesellschaft in New York.

„Ich bin nicht enthaart“, sagte ich, was ziemlich dumm war, weil er das ganz klar sehen konnte. Es machte keinen Sinn, dass ich mehr als die Bikinizone rasierte. Das war mir immer wie eine riesige Zeitverschwendung erschienen.

Seine Finger massierten mich unter meinem Bauchnabel, genau über meinem Schambein, und lenkten mich von meiner Sorge ab. Er war so nahe an der Stelle, wo er sein sollte, aber doch so weit weg. Und das wusste er.

„Ich mag dich lieber natürlich. Alles andere würde nicht zu dir passen.“ Er küsste einen meiner Hüftknochen, dann den anderen.

Ein Finger versank in meiner feuchten Hitze und ich hielt den Atem an. Dann, bevor ich flehen oder protestieren konnte, bedeckte er mich mit seiner Zunge.

Ich hatte noch nie so gefühlt, und diese raue Intimität, der Schauer, Ekstase, ließ mich meine Schenkel zusammenpressen und seinen Kopf darin gefangen nehmen. Devin bewegte sich noch weiter vor, sein Haar kitzelte meine nackte Haut, sein Arm drückte mein linkes Bein in das Polster der Couch und hielt ihn dort fest. Er leckte, küsste, saugte an mir, und ich hielt meine Augen geschlossen, überwältigt von diesen Gefühlen. Ich hatte noch nie so etwas Intensives gespürt, so tief und so köstlich. Der Höhepunkt stürzte über mich herein, erwischte mich völlig unvorbereitet, als er meinen ganzen Körper mit Vergnügen einnahm.

„Oh mein Gott“, stieß ich aus und es war mir egal, dass es sich anhörte wie ein Klischee. Es gab nichts, womit ich sonst hätte beschreiben können, was zur Hölle mit mir passierte.

Er hielt mich fest, bis das Beben nachließ. Als er den Kopf hob, wischte er sich mit einem selbstgefälligen Gesichtsausdruck über den Mund, ich errötete. Eine totale Grundschulröte. Meine Beine waren immer noch zu beiden Seiten seines Kopfes gespreizt und meine Jeans schoppte sich an meinen Fesseln. Meinen BH hatte ich noch an, jedoch war er vollkommen zusammengeschoben und die Nippel lagen frei. Überwältigt schaute ich von ihm weg, hin zum Weihnachtsbaum. Amelia saß dort mit dem Hintern auf dem Teppich und beobachtete uns.

„Oh mein Gott, der Hund schaut uns zu.“ Das war mir peinlicher als alles andere.

„Was?“ Devin sah hoch, drückte noch einen Kuss auf meinen Innenschenkel und setzte sich auf. Er gab ein lautes Lachen von sich. „Sie sieht beleidigt aus.“

Amelia bellte. Mein Handy begann in der Tasche meiner Jeans, die von der Lehne der Couch baumelte, zu brummen. Ich klemmte meine Beine zusammen und rollte mich auf die Seite, plötzlich verlegen darüber, was Devin gesehen hatte.

„Du musst dich nicht vor dem Hund verstecken“, sagte er und ließ seine Hand auf meiner nackten Hüfte ruhen. „Ich bin sicher, sie hat kein Problem damit. Aber wenn du möchtest, können wir hinaufgehen und die Tür verschließen.“

In sein Schlafzimmer gehen? Die Tür schließen und absperren? Das wollte ich. Das wollte ich wirklich. Aber jetzt, wo ich etwas unbeholfen hier lag, hatte ich plötzlich Angst. Ich hatte keine Ahnung, was ich getan hatte. Was gerade passiert war. Er hatte mich ausgezogen und trug selbst noch immer seine Hose. Ich hatte noch nicht einmal seinen Penis berührt oder gesehen. Nervös, weil ich keinen blassen Schimmer hatte, wie ich ihn befriedigen könnte, fand ich, ich sollte ihn warnen, damit er wusste, was er bekam. Nämlich mich, sehr willig, aber voll und ganz ahnungslos.

Ich hätte irgendwas in der Art sagen oder erklären können. Er wusste wahrscheinlich, dass ich noch Jungfrau war und hatte seine Erwartungen darauf eingestellt.

Stattdessen platzte ich heraus: „Ich bin noch Jungfrau."

Weil es das war, was jeder Kerl hören wollte, wenn die Klamotten bereits am Boden lagen.

Seine Hand war wieder zwischen meine Oberschenkel vorgedrungen und sein Daumen streichelte meine empfindliche und geschwollene Klitoris, aber bei meinen Worten erstarrte er.

„Was?"

„Ich bin Jungfrau", wiederholte ich. „Ich dachte, du solltest das wissen." Schlechtester Satz aller Zeiten.

Ich biss mir auf die Lippen, schlug instinktiv meine Beine übereinander. Die Bewegung klemmte seine Hand zwischen meine Oberschenkel. Sein Adamsapfel hüpfte, als er heftig schluckte.

„Ich -"

Dann schüttelte er den Kopf, als hätte er seine Meinung über das, was er hatte sagen wollen, geändert. Er zog seine Hand zurück und griff nach dem Weinglas auf dem Boden, aber es war leer. „Ich brauche einen Drink." Er setzte sich auf, holte tief Luft, als würde er sich selbst beruhigen, erhob sich und ging mit dem Glas in der Hand in die Küche. Seine Jeans hingen auf seinen

Hüften, er war barfuß und seine Rückenmuskeln traten hervor, als er seinen Nacken bewegte, als müsste er Verspannungen lösen.

Ich beobachtete ihn, mein Herz raste. Wow. Das hatte ich gründlich verdorben.

Ich konnte nicht fast nackt hier liegenbleiben, also zog ich zuerst meine Unterhose hoch, schüttelte dann meine Jeans von den Füßen, sodass ich sie umdrehen und wieder anziehen konnte. Mein Telefon summte erneut, also holte ich es aus der Hosentasche und schaute darauf. Ich hatte fünf Nachrichten. Die ersten beiden waren Entschuldigungen von Cat. In der nächsten bat sie mich, sie anzurufen. Es war die vierte Nachricht, die mich aufrumpeln ließ.

Deine Großmutter ist im Krankenhaus. Sie möchte dich sehen.

Im letzten Text fand ich Informationen darüber, wo sie sich befand. Es war auf dem Festland, ungefähr 20 Minuten von Richfield entfernt.

Meine Hand zitterte, als ich Cat antwortete.

Was ist passiert?

Ich weiß es nicht. Aber die Nachbarn riefen mich an und baten mich, dir Bescheid zu geben.

Ok, danke.

Lass es mich wissen, wenn ich etwas für dich tun kann.

Ich legte mein Handy für einen Moment weg, rückte meinen BH zurecht und zog mein Sweatshirt an.

Devin kam zurück, er nippte an seinem Glas, das er in der rechten Hand hatte, in der linken hielt er die Flasche. Anscheinend war dies ein Merlot-Moment. Seine Augen folgten meinen Bewegungen, als ich in meine Jeans schlüpfte.

„Waren wir fertig?"

Das hörte sich hart an. Es war hart. Ich hob meinen Hintern und zog die Jeans ganz nach oben. „Das war mein Eindruck, als du den Raum verlassen hast."

„Ich hatte Durst."

„Du warst entsetzt", konterte ich.

„Ich war überrumpelt. Du hättest diese winzige Information früher mit mir teilen können."

„Wann wäre denn die richtige Zeit, jemandem so etwas mitzuteilen?", fragte ich verärgert. Ich war also noch Jungfrau. Was zur Hölle hatte er erwartet? Als er auf mich aufmerksam geworden war, war ich noch ein Kind gewesen. Mir war zum Heulen. Ich suchte den Boden nach meinen Schuhen ab, die ich weggekickt hatte. „Als du mich küsstest? Beim Abendessen letzte Woche? Oder hätte ich es in meinem Bewerbungsschreiben erwähnen sollen?"

„Sei nicht so frech, das passt nicht zu dir", sagte er. „Ich ging in die Küche, um zu verarbeiten, was du mir gerade gesagt hattest. Benimm dich nicht, als hätte ich dich eingestellt, damit ich dich ficken kann. Ich war zu dem Zeitpunkt nicht einmal hier."

„Du hast recht." Ich stand auf, zog meine Schuhe an und ging, um meinen Mantel zu holen. „Du warst in der Stadt, um die wundervolle Bauchmuskel-Brooke zu ficken. Es tut mir leid, wenn es dich aus der Fassung bringt, dass ich nicht auch bereits jemanden gefickt habe." Ich fühlte mich mies und erbärmlich, dass ich so fluchte, aber ich konnte nicht aufhören damit. Ich machte mir Sorgen um meine Großmutter und ich war sauer, dass er sich inmitten meines Geständnisses einfach so abgewendet hatte. Es war schwer zu beschreiben, was in mir vorging, und ich hätte sein Verständnis gebraucht, nicht sein Entsetzen.

Ich hatte bereits so viel von mir mit ihm geteilt, dass es mich mehr erschreckte, ihm alles zu geben, als ich erwartet hatte. Ich hatte große Panik, zurückgewiesen zu werden, und dies hier fühlte sich sehr nach Zurückweisung an.

Er pausierte inmitten des Hinunterstürzens der übrig gebliebenen Flüssigkeit in seinem Glas. „Ich hatte Besseres von dir erwartet als diese durchgedrehte Reaktion."

Die Worte beschämten mich. Er hatte recht. Ich war kindisch. "Wenn ich wüsste, was ich tat, wäre ich keine Jungfrau. Und wie kommt es eigentlich, dass du das nicht wusstest? Es scheint mir impliziert."

Devin seufzte. Er stellte die Flasche auf den Beistelltisch. „Ich hatte nicht einmal daran gedacht, so oder so. Es ist lange her, dass ich einer Jungfrau begegnet bin."

Prima. „Also bin ich eine aussterbende Art?"

„Du bist jung", schoss er zurück. „Eine Tatsache, der ich mir sowohl sehr bewusst bin, die ich aber auch immer wieder zu ignorieren versuchte. Aber ich bin froh, dass du es mir gesagt hast. Wir können es langsam angehen. Ich will nicht, dass wir etwas tun, was du später bereuen könntest." Er schenkte mir ein reuevolles Lächeln. „Ich will nichts tun, was ich später bereuen würde. Vielleicht ist das nicht das Richtige für uns in diesem Moment. Vielleicht müssen wir ein Stück zurückweichen."

Ich denke nicht, dass er es so meinte, wie es sich anhörte. Aber es fühlte sich an wie eine zweite Zurückweisung und ich mich wie ein Idiot. Ich konnte ihn nicht ansehen, wenn ich wusste, dass er mich nackt gesehen hatte, welche Töne ich von mir gegeben hatte, an welchen Stellen seine Zunge gewesen war.

„Ich muss gehen. Meine Großmutter ist im Krankenhaus."

„Was?" Er sah mich verständnislos an.

„Meine Großmutter ist im Krankenhaus. Cat hat mir vorhin geschrieben. Ich muss nach ihr sehen."

„Warum? Sie hat nicht mehr mit dir gesprochen seit … drei Monaten?"

„Sie will mich sehen", antwortete ich schlicht.

„Und? Sie hat dich wie Scheiße behandelt, Tiffany. Du schuldest ihr nichts!"

Das wusste ich. Aber er verstand das nicht und ich erwartete es auch nicht von ihm. Seine Familie war liebevoll, umsorgend, und für ihn war das selbstverständlich. Ein Teil von mir würde sich immer nach Großmutters Zuneigung sehnen, ihrer Anerkennung. Gebraucht werden war nicht das Gleiche wie Liebe, aber trotzdem war es von Bedeutung, dass sie nach mir fragte, wenn sie krank war. Abgesehen davon, wenn ich ihr meinen Rücken zukehrte, mir sagte *Scheiß drauf*, meiner Wut nachgab, mich distanzierte, war ich dann auch nur einen Deut besser als sie? Ich wollte ein guter Mensch sein, mitfühlend, ungeachtet dessen, was man zu mir gesagt oder mir angetan hatte. Das war der Standard, den ich für mich aufrechterhalten wollte, mein Weg, all die Jahre zu überleben. Ich würde dem Hass nicht nachgeben.

„Ich weiß, dass ich ihr nichts schulde. Aber sie ist die einzige Familie, die ich habe. Wenn sie mich sehen möchte, muss ich gehen."

Devin musterte mich eine Sekunde lang, dann schüttelte er den Kopf. „Okay. Tu, was du tun musst. Wo ist sie? Ich werde dich hinfahren."

„Danke." Ich fühlte ein leises Bedauern im Bauch, als er in sein Shirt schlüpfte, sich dann auf die Couch setzte und die Socken über seine Füße zog.

Ich machte mir Sorgen um meine Großmutter. Wie würde ich mich fühlen, wenn sie starb? Was, wenn ich sie vorher nicht mehr sehen würde? Ich stellte mir ihr Gesicht vor, den finsteren Blick, den sie mir stets zugeworfen hatte. Es erschien mir unmöglich, dass jemand, der so voll mit negativen Gefühlen war, jemals würde Frieden finden können, aber ich wünschte es ihr. Ich hoffte, das war nur ein Schrecken, den ihr das Leben eingejagt hatte, damit sie erkannte, dass es wichtig war, ihr Leben wertzuschätzen. Der ihr erlauben würde, ein besseres Leben zu führen.

Zum ersten Mal, seit Devin nach Richfield zurückgekommen war, fühlte ich mich unwohl in seiner Nähe. Seine Bewegungen waren zielstrebig und arrogant. Er war mir kein Trost. Er berührte mich nicht. Nahm mich nicht in den Arm oder strich mir übers Haar und sagte mir, dass alles gut werden würde. Die Zärtlichkeit, die er kurz gezeigt hatte, war mit meiner Verkündung verpufft, und ich kannte ihn gut genug, um zu wissen, was er dachte – dass er sich nicht mit einer Jungfrau einlassen wollte. Er wusste, dass es mir zu viel bedeuten würde. Wusste, dass ich ihm zugetan sein würde.

Also distanzierte er sich.

Ich konnte ihm nichts vorwerfen. Aber das bedeutete nicht, dass es nicht wehtat.

All die Gründe, die ihn zögern ließen, die Wochen, die er gegen seine Gefühle angekämpft hatte, jetzt waren seine Ängste Realität geworden. Ich war zu jung.

Das Haus schien still, leer, als er nach seinem Mantel griff und einen letzten Schluck von seinem Wein nahm. Er sprach nicht. Ich sprach nicht.

Ich bückte mich und hob den Tiffany-Schlüsselbund mit den klimpernden Autoschlüsseln auf, hielt in fest in der Hand, bevor ich ihn in meine Manteltasche stopfte und den Reißverschluss zuzog. Er war so glücklich gewesen, als er mir dieses Geschenk machte, und ich fühlte mich irgendwie, als hätte ich alles zerstört.

Sein Telefon klingelte. Er nahm ab, ohne sich bei mir zu entschuldigen, wie er es normalerweise tat. „Hallo?"

Ich folgte ihm, strich Amelia über den Kopf, als wir hinter ihr in die Garage gingen. Die Garage war beheizt, aber es war trotzdem kühl. Ein Sturm zog auf. Als Devin das Garagentor öffnete, rauschte ein heftiger Windstoß herein.

„Die Pläne haben sich geändert", sagte er zu wem auch immer. „Ich halte dich auf dem Laufenden. Danke."

Er steckte das Handy zurück in seine Tasche. Er öffnete die Autotür für mich. Ich stieg ein. Er schloss sie.

Dann fuhren wir aus der Garage und verließen Richfield.

Ich sah den erleuchteten Weihnachtsbaum am Fenster des Wohnzimmers stehen und fragte mich plötzlich, ob ich je hierher zurückkommen würde.

kapitel zehn

G*RAM SAH FÜRCHTERLICH AUS. SIE* hatte Gewicht verloren und lag blass und schwach im Krankenhausbett. Selbst als ihre Augen sich öffneten und mich anvisierten, war da kein Funkeln, kein Zeichen von Erkenntnis.

Meine Kehle schnürte sich zusammen und ich ging vorsichtig auf sie zu, streckte mich, um ihre Hand zu berühren. „Hi, Gram."

Sie zog ihre Hand aus meiner Reichweite und schenkte mir einen gereizten Blick. Seltsamerweise war das beruhigend. „Was machst du hier?"

„Cat sagte, du wolltest mich sehen."

Für eine Sekunde antwortete sie nicht und ihre Augen waren geschlossen. Dann sagte sie: „Du musst das Haus sauber machen. Sie sagen, dass ich für eine Weile hier bleiben werde."

Sicher, Aschenputtel konnte den Kamin fegen. Ich hatte nicht das Zeug dazu, mich mit ihr zu streiten. Die Ärzte hatten mir gesagt, dass es unwahrscheinlich war, dass sie nach Hause kommen würde. Sie hatte Lungenkrebs im Endstadium und es war ein Wunder, dass sie überhaupt sprach, wenn man bedachte, wie viele Schmerzmittel sie ihr gaben. „Okay. Natürlich."

„Also wo bist du gewesen?", fragte sie. „Stimmt es, dass du die Geliebte irgendeines Reichen bist? Das sagen alle."

Meine Augen weiteten sich und ich fühlte meine Wangen brennen. Es war mir nie in den Sinn gekommen, dass jemand in Vinalhaven über Devin und mich sprechen könnte. Vielleicht hatte der Klatsch angefangen, nachdem wir in das Café gegangen waren. „Ich bin nicht die Geliebte eines reichen Kerls. Ich bin ein Haussitter."

„Wer hat dich hergebracht?"

Sie war entschlossen, mich zu beschämen. Ich hob mein Kinn. Ich würde mich nicht schuldig fühlen. Devin und ich hatten eine *Beziehung*. „Der Besitzer."

Sie schnaubte. „Natürlich. Wenn du deine Beine noch nicht breitgemacht hast, wirst du es noch früh genug tun. Genau wie deine Mutter."

Trotz der Tatsache, dass ich noch immer die feuchte Erregung, die Devin vor einer Stunde ins Leben gerufen hatte, zwischen meinen Beinen fühlen konnte, würde ich ihr die Genugtuung nicht geben, indem ich mich schmutzig fühlte. Meine Gefühle für ihn waren echt. „Was auch immer für ein Problem du mit meiner Mutter hattest, ich denke, es ist an der Zeit, dass du mich da raushältst."

„Ich habe deinen Vater angelogen, weißt du", sagte sie plötzlich schwerfällig atmend, dann hob sie ihre Hand, um die Schläuche in ihrer Nase gerade zu richten. „Als er gekommen ist, um nach dir zu sehen."

Ich krallte mich in das Seitenteil des Bettes, meine Schultern versteiften sich. „Wovon sprichst du?"

„Er ist gekommen, als du acht und in einer Pflegeunterbringung warst. Ich vermute, er hatte einen alten Freund getroffen, der im erzählte, dass deine Mutter ein Baby zur Welt gebracht hatte. Er hatte nichts davon gewusst, dass es dich gibt." Sie hustete schwach. „Ich habe ihm gesagt, du bist bei einem Autounfall ums Leben gekommen. Habe ihn sogar zu dem Friedhof geschickt, auf dem deine Mutter liegt." Sie starrte mich herausfordernd an, ihre Atmung war weiterhin schwerfällig. „Schieß los. Sag mir, dass ich böse bin. Aber er hatte kein Recht, Teil deines Lebens zu sein."

Nun hatte ich selbst Atemprobleme. Mein Vater hatte mich sehen wollen? Er hatte nach mir gesucht? Das waren die besten Neuigkeiten, auf die ich je hätte hoffen können. Dennoch konnte ich nicht verstehen, wie meine Großmutter so grausam sein konnte, ihn von mir fern zu halten. Mich von ihm. Er musste gelitten haben, als er dachte, dass er ein Kind gehabt und verloren hatte, ohne mich jemals gesehen zu haben. Tränen füllten meine Augen. So viel Hass aus einem Grund, den ich nicht erkennen konnte.

Ich wollte diese Art von Wut nicht endlos fortsetzen.

„Das ist vergangen", sagte ich. „Ich vergebe dir."

„Ich bitte dich nicht um Vergebung." Dann fing sie so stark zu keuchen an, dass es mir Angst einjagte. Es klang, als könnte sie keine Luft in ihre Lungen ziehen.

Ich drückte den Knopf, um die Schwester zu rufen, die kam und mich aus dem Zimmer scheuchte.

Ich ging den Flur zum Wartebereich hinunter, wo Devin auf einem harten Plastikstuhl saß und in sein Handy starrte. Er blickte auf. „Hey. Geht es ihr gut?“

„Nein. Sie hat höchstens noch ein paar Wochen.“ Ich war mir nicht sicher, wie ich ihm sagen sollte, was ich zu sagen hatte. „Cat trifft mich hier. Ich werde ein paar Tage nach Hause gehen, um das Haus meiner Großmutter sauber zu machen.“ Sie würde sterben. Nicht einmal Gehässigkeit konnte sie am Leben halten. Ich fühlte mich wie betäubt, aber ich wusste auch, dass ich zu diesem Haus zurückkehren wollte, dem Schauplatz von so viel Elend und Langeweile. Die Wände meiner emotionalen Gefangenschaft. Ich brauchte einen Abschluss. Ich wollte weitermachen.

„Willst du mich verarschen? Wieso solltest du das tun?“

„Weil ich muss.“

Er warf sein Haar zurück, öffnete den Mund, als wollte er etwas sagen, schloss ihn jedoch wieder. Ich schätzte die Zurückhaltung. Devin stand auf und gab mir endlich die Umarmung, die ich brauchte. Seine Arme umhüllten mich und ich lehnte mich an seine Brust, schloss meine Augen und atmete sein Rasierwasser ein.

„Kann ich etwas tun? Brauchst du Hilfe? Ich kann dich begleiten.“

Der Gedanke an Devin im Haus meiner Großmutter war schreckenerregend und skurril. Tatsächlich war das Bild von ihm in dem überhäuften und langweiligen Wohnzimmer wie ein Schlag ins Gesicht. Er gehörte nicht in meine Welt. Ich nicht in seine.

„Nein, das ist okay, aber danke.“ Ich sah zu ihm hinauf,

studierte seine Kieferpartie, seine Lippen, seine große Nase. Seine dunklen ausdrucksstarken Augen. „Ich weiß alles zu schätzen, was du für mich getan hast."

Durch Devin hatte ich mich begehrenswert gefühlt. Durch ihn hatte ich das Gefühl, dass es irgendwo auf der Welt einen Platz für mich gab. Ein Zuhause. Dass ich Worte, Gedanken, Liebe beizutragen hatte.

Er runzelte die Stirn und sein Griff um meinen Rücken wurde fester. „Wieso hört sich das nach einem Abschied an? Du kommst doch wieder zurück, oder?"

Ich nickte. Würde ich, denn ich konnte sonst nirgends hin. Aber ich war mir nicht sicher, ob ich bleiben konnte.

Er schüttelte mich ein wenig. „Versprich es mir. Wir haben noch offene Fragen."

Was auch immer das bedeutete. Aber ich konnte zu ihm nicht Nein sagen. „Ich verspreche es. Ich werde zurückkommen. Ich werde mich melden."

A*BER DAS TAT ICH NICHT,* nicht wirklich. Weil meine Großmutter am ersten Weihnachtsfeiertag im Krankenhaus starb, während ich ihre Hand hielt. Ihr mühsames Atmen hörte auf und die Maschinen pumpten wer weiß was in ihren toten Körper, wobei eine davon ein schreckliches kontinuierliches Zwitschern machte. Ich konnte den Tod im Zimmer riechen und es füllte meine Nasenlöcher, ließ mich wieder und wieder schlucken. In der einen Minute war da Leben, ein anstrengender, verwesender Kampf ums Sein, in der nächsten war es verschwunden. Der Raum war leer.

Eine Krankenschwester tauchte auf und sagte etwas. Sachen,

an die ich mich zwei Sekunden, nachdem sie sie ausgesprochen hatte, nicht mehr erinnern konnte, als ich meine Großmutter ausdruckslos anstarrte. Ihre Augen waren geschlossen und ich fühlte … nichts. Und alles.

Das Piepen meines Handys zeigte mir eine Nachricht von Devin an.

Frohe Weihnachten. Xxx

Umarmungen, aber keine Küsse. Ich starrte einen Sekunde lang auf das Display, unsicher, was ich tun sollte. Die Krankenschwester ergriff meine Hand, führte mich in den Flur. Über dem Schwesternzimmer funkelte Weihnachtsbeleuchtung und das ganze Personal trug Nikolausmützen. In der Ecke stand ein Baum mit roten und goldenen Christbaumkugeln. Ich stand im Flur und schaute über meine Schulter zu dem Zimmer zurück, in dem meine Großmutter lag.

Eine weitere Krankenschwester kam zu mir und legte ihren Arm um meine Schultern. „Gibt es jemanden, den du anrufen möchtest, Liebling?"

Ich schüttelte meinen Kopf. Es gab niemanden, den ich anrufen konnte. Es waren immer nur ich und meine Großmutter gewesen. „Nein."

In der Nacht gab es keine Fähre zur Insel, also schlief ich mit dem Mantel über mich gebreitet auf den Stühlen im Wartezimmer.

Ich wachte unter den grellen Lichtern auf, Weihnachtsmusik dröhnte um mich, jemand lachte den Gang hinunter.

Es roch nach Antiseptikum und ich schloss meine Augen wieder. Alleine.

Ich sass in Cats Wohnzimmer und starrte auf nichts. „Ich muss zurück", sagte ich zu ihr. Nach Richfield. Ich wollte zwar nicht wirklich, aber ich wusste nicht genau, warum. Vielleicht wusste ich einfach nicht, was ich Devin sagen sollte. Ich wollte nicht, dass er mich ansah und Mitleid mit mir hatte. Weil ich als Kind schlecht behandelt worden war. Weil meine Großmutter tot war. Um zu sehen, dass er letzten Endes keine Beziehung mit mir wollte, weil ich keine sexuelle und Lebenserfahrung hatte. Dass Freundschaft und Begierde in Mitleid übergehen würden.

Also wollte ich hauptsächlich bei Cat und Heath Kaffee trinken und ein Buch nach dem anderen lesen. Ich wollte nichts tun und ich wollte Devin nicht einmal antworten, dessen Nachrichten zunehmend unruhig wurden. Er hatte mich sogar zweimal angerufen. Ich bin kein einziges Mal rangegangen, was schrecklich und unreif war. Das wusste ich. Aber ich konnte mich nicht mit ihm befassen, nicht, wenn ich mit dem Tod meiner Großmutter fertigwerden musste. Ich wollte nicht zugeben, dass ich erlaubt hatte, dass meine Erwartungen über das hinausgingen, was sie jemals hätten tun sollen.

„Nein, musst du nicht", sagte Cat zu mir. Sie schnürte ihre Laufschuhe. Der versprochene Schneesturm war nicht aufgetaucht und es lag nur der gewöhnliche weiche Dezemberschnee auf dem Boden. Das hielt sie nicht vom Joggen ab. Heath war draußen und spaltete bereits Holz. „Du kannst hier bleiben. Das Haus deiner Großmutter gehört jetzt dir, weißt du. Es ist eine Bruchbude, aber es ist deine Bruchbude. Du kannst online Kurse belegen, wie du es ursprünglich vorhattest."

„Ich habe ihm versprochen, zurückzukommen."

Sie öffnete ihren Mund. Dann biss sie sich einfach auf die Lippe und stand auf, während sie eine Strickmütze und Fäustlinge anzog.

„Du glaubst nicht, dass es ihn interessieren würde, oder?", fragte ich. Ich trug eine Jogginghose und zupfte an dem losen Stoff. „Es ist trotzdem das Richtige."

„Dann geh zurück und kündige oder was auch immer. Er war nicht für dich da, als deine Großmutter starb. Du brauchst so einen Kerl nicht in deinem Leben."

„Ich habe es ihm nicht gesagt."

„Was?" Sie starrte mich an.

„Ich habe ihm nicht gesagt, dass sie gestorben ist. Es ist schon fünf Tage her und ich habe es ihm nicht gesagt."

„Wieso nicht?", fragte sie, eindeutig verwundert.

„Ich weiß es nicht." Tat ich nicht. Vielleicht hatte es etwas damit zu tun, dass ich weder sein Mitleid noch sein Desinteresse haben wollte. Ich hatte Angst vor seiner Reaktion. Ich glaubte nicht daran, dass er mir die gab, die ich brauchte.

Es war ihm gegenüber wirklich nicht fair.

Und er machte sich offensichtlich Sorgen um mich. Aber ich konnte meine Zunge nicht vom Gaumen lösen. All das diente nur zur Erläuterung, wie unterschiedlich unsere Welten, unsere Leben voneinander waren.

Es würde keine Beerdigung geben. Meine Großmutter war bereits eingeäschert worden und die Asche befand sich in einer Schachtel in einer Einkaufstüte, die ich vom Haus mitgenommen hatte. Ich hatte alles abgeschlossen und es mit abgeschalteter Heizung verlassen, da ich bezweifelte, dass ich mich jemals dazu durchringen könnte, dort zu wohnen. Ich war mir nicht sicher, wie all die rechtlichen Sachen funktionierten, aber ich konnte hoffentlich das Bestattungsunternehmen bezahlen und das Haus irgendwie loswerden. Es gab überhaupt nichts darin, was ich wollte.

Das Einzige, was ich genommen hatte, war der Topflappen, den ich gemacht hatte. Ich hatte ihn zusammen mit Kindheitsbildern meiner Mutter in dem Schrank im Schlafzimmer meiner Großmutter gefunden.

„Ich wünschte, du würdest dir von anderen helfen lassen", sagte Cat. „Ich meine, was auch immer Devin tut, er interessiert sich eindeutig für dich."

Ich hob eine Augenbraue. „Ich dachte, du sagtest, dass er mich hinhält."

Sie schürzte die Lippen. „Er hat dich zum Krankenhaus gebracht. Er bombardiert dich mit Nachrichten. Er macht sich eindeutig Sorgen."

„Ja." Die Worte meiner Großmutter hallten in meinen Kopf wieder. Die Geliebte eines reichen Mannes. Die Schlüssel für den Jeep, den er mir gekauft hatte, waren noch in meiner Manteltasche.

So hatte er das nicht beabsichtigt. Ich kannte Devin. Er hätte mir den Jeep trotzdem gegeben. Tatsächlich hatte er ihn bestellt, bevor wir uns überhaupt zum ersten Mal geküsst hatten. Es war keine Manipulation. Er konnte eine Frau ins Bett kriegen, wann oder wo immer er wollte. Mit viel weniger Aufwand und einem viel befriedigenderen Ergebnis für ihn. Mit Frauen, die wussten, was sie taten. Er war außerdem nicht der Typ, der andere manipulierte, nur um zu sehen, ob er seinen Willen durchsetzen konnte. Er wollte nur mich, aus welchem Grund auch immer.

Ich dachte an die einfache Freude auf seinem Gesicht, als er mir die Schachtel gegeben hatte. Wie eifrig er gewesen war.

Ich zog mein Handy hervor und schickte ihm eine Nachricht.

Hoffe, du hattest schöne Weihnachten. Kannst du mich vom Fähranleger abholen? Ich bin bereit, nach Richfield zurückzukommen. Tut mir leid, dass es länger gedauert hat, als ich dachte.

Das war nicht gut genug. Das wusste ich. Nicht, nachdem ich ihn fünf Tage lang ignoriert hatte.

Was offensichtlich war, als er zurückschrieb.

Ich dachte, du bist ins Meer gefallen. Ja. Wann?

Morgen? Wann immer du Zeit hast. Danke.

„Ich frage mich, ob er in New York war", grübelte ich laut. „Wenn er über Weihnachten alleine im Haus geblieben ist, bin ich wirklich ein totaler Dummkopf."

„Deine Großmutter ist gestorben, Tiffany, ich denke, er wird es verstehen."

Ich hoffte es.

Ich hoffte, dass er verstehen würde, dass das ein Weg war, den ich alleine gehen musste. Dass unsere frische und zerbrechliche Beziehung, was auch immer es genau war, von so etwas emotionalem und überwältigendem wie dem Tod getrennt werden musste. Dass ich unfähig gewesen war, ihm zu vertrauen.

Oder mir traute, nichts zu wollen, was er mir nie geben konnte. Liebe. Ein Zuhause. Familie. Für immer. Das wollte ich.

Wenn ich den Mut hätte, würde ich darum bitten.

W*AS ICH LEIDER NICHT ERWARTET* hatte, war, dass Devin mich mit zwei völlig Fremden auf dem Rücksitz von dem Fähranleger abholte. Ich war seit ungefähr zwanzig Minuten dort gestanden und hatte mich mit Marty, dem Fährtreiber unterhalten, der damals in der Highschool mit Cats Bruder befreundet gewesen war. Oder Martin, wie er es jetzt vorzog, genannt zu werden.

„Wer zum Teufel ist das?", fragte Martin, als der Lamborghini schneller als nötig in den Parkplatz schoss, Musik dröhnte hörbar, obwohl alle Fenster geschlossen waren. Es war ein treibender R&B-Rhythmus.

„Das ist mein Boss." Ich hob die Tasche zu meinen Füßen auf und lächelte Martin zu. „Danke für die Gesellschaft."

„Bist du dir sicher, dass du mit diesem Typen mitfahren solltest?" Martin richtete den Hut auf seinem Kopf und blickte finster in Devins Richtung.

Er stieg jetzt aus dem Auto, die Musik war lauter. Er schritt auf mich zu und ich begann, schnell zu gehen, da ich sie einander nicht vorstellen wollte. Ich konnte Leute auf dem Rücksitz des Autos sehen. Devin sah schlechtgelaunt aus. Ich vermutete, dass ich mit schlechtem Benehmen für mein Schweigen bestraft werden würde. Ich verdiente es wahrscheinlich. Ich wünschte nur, es würde nicht bedeuten, dass ich mit Fremden sprechen musste.

„Hey." Er streckte sich und nahm die Tasche aus meiner Hand. „Wie geht es deiner Großmutter? Besser?"

Ich schüttelte meinen Kopf.

„Nicht? Tut mir leid." In fünf Schritten waren wir beim Auto zurück und ich wollte das nicht näher ausführen. „Ich hoffe, es macht dir nichts aus, aber ich habe Jay und Sapphire schon vom Bahnhof abgeholt."

„Ähm … nein, natürlich nicht." Als wir zum Auto kamen, versuchte ich unauffällig, auf den Rücksitz zu spähen. „Ist das die Sängerin Sapphire?"

„Ja. Und ihr Ehemann, der DJ ist. Jay Ray. Schon mal von ihm gehört?"

Sofern ich nicht hinterm Mond lebte, hatte ich schon von ihnen gehört. Von ihnen beiden. „Wohnen sie im Haus?" Ich bereute meine Entscheidung, zurück nach Richfield zu kommen wirklich.

„Silvesterparty. Im Haus sind bereits drei andere Pärchen."

Fabelhaft. Wunderbar. Nicht. Mir war etwas schlecht. „Tut mir leid, ich wollte nicht stören …"

„Geh mir nicht auf die Nerven", sagte er, während er mir die Beifahrertür öffnete. „Ich bin eh schon ernsthaft über dich verärgert. Hättest du mir nicht wenigstens schreiben können und mich wissen lassen, dass es dir gut geht? Ich habe mir verdammt nochmal Sorgen um dich gemacht!"

„Tut mir leid. Es war emotional." Dann schlüpfte ich ins Auto, bevor er mich weiter ausfragen konnte. Ich drehte mich zum Rücksitz, wobei ich mich klein und gewöhnlich fühlte. „Hi. Tut mir leid, dass ihr einen Umweg machen musstet, um mich abzuholen."

„Kein Problem", sagte Sapphire und ihr Lächeln sah echt aus.

Sie war eine Platinblondine mit einem ähnlichen Hautton wie meinem, ihre Augen waren stark mit blauem Lidschatten geschminkt. Sie trug eine Kaschmirmütze und eine Lederjacke. Der Typ, welcher einen kamelfarbigen Trenchcoat trug, sah mich nicht einmal an.

„Lasst uns die Party beginnen", sagte Devin, als er hineinsprang und das Auto in den Fahrmodus legte.

Er klang nicht wie mein Devin. Er klang gekünstelt. Falsch begeistert. „Wer will den ersten Schluck Crown?"

„Oh Gott, im Ernst, G?" fragte Sapphire. „Du bist ein typisch weißer Kerl."

Jay Ray lachte und ich sah, dass er einen goldenen Grill auf seinen Vorderzähnen hatte.

Ja. Ich war überhaupt nicht in meinem Element.

Glücklicherweise, oder leider, sprach niemand mit mir. Sie zogen sich für ein paar Minuten gegenseitig mit dem Trinken auf, dann drehte sich das Gespräch um Leute, von denen ich noch nie etwas gehört hatte, die die Woche in Vail waren, und dass sie vielleicht alle dort hinfahren sollten, wenn sie schon mal alle hier waren. Sie konnten nach Westen fliegen und Mitternacht an Silvester noch einmal feiern.

„Wir können es in drei verdammten Zeitzonen feiern!", sagte Jay Ray.

„Lasst es uns tun." Devin fuhr in seine Garage, parkte und drehte sich um. „Ich werde meiner Assistentin schreiben und sie alles arrangieren lassen."

Ich saß dort, schmerzlich unbehaglich, mit der Einkaufstüte mit der Asche meiner Großmutter zu meinen Füßen. Als wir ins Haus gingen, bückte ich mich und begrüßte Amelia, dankbar für ein bekanntes Gesicht. Dankbar, meins verstecken zu können. Es kamen Stimmen aus dem Wohnzimmer, der Küche. Gelächter. Musik. Ich bewegte mich so schnell wie möglich ohne Aufmerksamkeit zu erregen, mit der Absicht, direkt in mein

Zimmer zu gehen.

„Wohin gehst du?“, fragte Devin und unterband meine Flucht. Er sah unberechenbar aus, wütend.

„In mein Zimmer.“

„Wieso?“

„Weil das deine Freunde sind und du eine Party schmeißt. Ich will mich nicht hineindrängen.“

„Ich will dich hier haben.“

Gott, wieso tat er das? Konnte er nicht sehen, wie unwohl mir dabei war? „Wieso?“ Es würde niemanden dieser Leute interessieren, ob ich dort war oder nicht. Schon konnte ich sehen, wie Sapphire uns neugierige Blicke zuwarf. Eine Frau mit einem Afro, die Frau auf einem der Bilder in diesem Paket, das geliefert worden war, blickte um Sapphire herum ebenfalls zu uns. Sie tuschelten miteinander.

Ich verlagerte unglücklich mein Gewicht von einem Fuß auf den anderen. Ich hätte bei Cat bleiben sollen. Das war klar.

„Weil ich dich hier haben will. Ich bitte nicht“, fügte er hinzu, während er mir die Tüte aus der Hand nahm und sie auf den Konsolentisch neben der Garagentür stellte. „Jetzt komm und lerne alle kennen.“

Außer, dass es niemanden besonders interessierte, mich kennenzulernen. Sie blickten mich alle flüchtig an, dann widmeten sie sich wieder ihren Unterhaltungen, ihren raffinierten Cocktails, ihrem Getue. Die Frauen waren groß und schlank, außer Sapphire, welche Wahnsinnskurven hatte und winzig war, vielleicht um die fünf Fuß groß. Sie sprachen über Leute in der Musikbranche mit Zuneigung oder Gehässigkeit oder Verachtung, abhängig von dem Thema des Klatsches.

Sie sprachen über die Zukunft von Tourneen und digitalen Downloads. Sie tranken Shots und fummelten an ihren aufwendigen Schmuckstücken herum und gingen selbstbewusst auf Tausend-Dollar-High-Heels.

Die Männer kniffen sie von Zeit zu Zeit in ihre Ärsche oder gaben ihnen zärtliche Küsse, aber auch sie sprachen über das Geschäft, tranken Shots und rauchten Zigarren in ihren teuren Pullovern und Jacken und italienischen Schuhen. Sie waren ein Mix aus Ethnien und jeder war wunderschön.

Ich saß in der Ecke neben dem Weihnachtsbaum und beobachtete, sagte jedoch nichts. Alle neun vermischten sich, manche in der Küche, manche in meiner Nähe, aßen kleine Vorspeisen und ignorierten mich völlig. Einmal legten zwei der Frauen ordentliche Lines Koks auf dem Couchtisch aus und zogen sie mit diamantüberzogenen Strohhalmen ihre Nasen hinauf. Besondere Drogenutensilien. So Hollywood. Hau einen Diamanten auf alles, was du besitzt.

Devin war vielleicht betrunken, vielleicht nicht, ich war mir nicht sicher. Er war lauter, als ich es gewohnt war, klatschte den anderen Kerlen auf den Rücken und prahlte mit seiner Surround-Anlage. „Ich kann alles über mein Handy oder ein iPad steuern", sagte er, während er Jay Ray sein Handy zeigte. Plötzlich wurde die Musik um etwa zehn Stufen lauter.

„Mach verdammt nochmal leiser!", schrie die Frau namens Lizzie. „Ich versuche, mich zu unterhalten."

Von allen Gästen machte sie auf mich den schlechtesten Eindruck. Sie hatte porzellanweiße Haut, tief weinrote Lippen und einen Heiligenschein aus honigfarbenen Locken um ihr Gesicht. Ihre Gesichtszüge waren filigran, puppenähnlich und sie war zu jugendlich für ihr Alter gekleidet, in einen winzigen Jeans-Overall, der kaum ihren Arsch bedeckte, und Socken, die bis zu den Knien reichten. Dazu Stiefel mit Fünfzehn-Zentimeter-Absätzen und sonst nur einen BH. Sie sah aus wie ein pädophiler Pornostar, aber mit beschissenem Verhalten. Die meiste Zeit des Abends hatte Lizzie finster geblickt oder widerwärtig falsch klingend gelacht. Zweimal hatten sich unsere Blicke getroffen, einmal hatte sie mir ein selbstgefälliges Grinsen geschenkt, das nächste Mal eine kühle Abweisung. Ihr Freund war ein Model, der entschlossen schien, seine Hände in ihren Overall zu schieben. Sie verscheuchte ihn, ohne die Unterhaltung mit Sapphire zu unterbrechen.

„Also wieso hast du Brooke nicht mitgebracht?", rief Lizzie laut in Devins Richtung.

Ich saß mit fest überkreuzten Beinen und angespannten Schultern in meinem Stuhl und dabei wünschte ich mir, das Kissen würde sich öffnen und mich verschlucken. Ich hatte versucht herauszufinden, wie ich unbemerkt aus dem Zimmer schleichen konnte. Ich hatte gehofft, dass Devin die Jungs mit hoch in sein Studio nehmen würde auf dem nächsten Halt seiner Angeber-Tour. Aber jetzt hatte Lizzie jedermanns Aufmerksamkeit auf ihn gelenkt.

Und wo war Brooke? Ich gebe zu, dass ich es auch wissen wollte. Er hatte nie gesagt, dass er sie nicht mehr trifft. Er hatte zugegeben, dass sie nur eine Fickfreundin war, und natürlich wusste ich, dass er sie nicht gesehen haben konnte, während er mit mir in Richfield war, aber hatte er Brooke je gesagt, dass es vorbei war? Hatte er sie gesehen, seit ich gegangen war?

„Wer ist Brooke?", fragte Devin.

Alle lachten.

„Ich dachte, ihr seid ganz eng miteinander", sagte einer der Jungs. „Sie ist eine sexy Lady."

„Es war nur eine lockere Sache", sagte Devin abwinkend. „Ich habe seit einem Monat nicht mit ihr gesprochen."

Ich seufzte erleichtert auf. Ich würde mich scheiße fühlen, wenn er noch irgendwas mit Brooke zu tun hatte. Das war eine Grenze, die ich nicht überschreiten wollte. Ich wollte nichts mit einem Kerl zu tun haben, der mit einer anderen eine Beziehung hatte. Nicht, dass ich mir sicher war, ob Devin und ich überhaupt noch eine Beziehung hatten oder nicht. Ich hoffte es trotz meiner Flucht.

Aber das Geräusch, das ich machte, war zu laut. Lizzie drehte ihren Kopf und blickte mich mit zusammengekniffenen Augen an.

Mist. Ich kannte diesen Blick. Es war der Blick, den Pflegegeschwister machten, bevor sie mir die Schuld für etwas gaben. Ich ließ meinen Fuß in der Erwartung, dass etwas Schlimmes passieren würde, auf den Boden fallen. Sie würde die Aufmerksamkeit auf mich lenken, mich blamieren. Fragen, ob Devin und ich zusammen waren.

Aber was sie tat, war viel schlimmer.

Mit einem Lächeln sagte sie: „ Wann ist denn deine Scheidung endgültig, G? Ihr müsst das Sorgerecht für eure Freunde besser verhandeln. Kadence hatte den Mumm, mich zu fragen, ob ich in ein paar Wochen mit ihr auf die Turks- und Caicosinseln fliege."

Er war noch nicht geschieden? Ich grub meine Nägel in meinen Oberschenkel, versuchte Halt zu finden, während ich auf seine Antwort wartete. Ich hatte angenommen, dass sie rechtlich geschieden waren. Angenommen. Ich bemerkte, dass er Kadence zwar öfter als seine Exfrau bezeichnet hatte, jedoch nie darüber gesprochen hatte, seit wann die Scheidung endgültig war. Ich hatte nie nachgeforscht, weil ich die Möglichkeit, dass sie noch immer verheiratet waren, nicht bedacht hatte.

„Wahrscheinlich nie", sagte er. „Zuerst stritt sie um alles. Bis hin zu dem letzten verdammten Satin-Bettlaken. Aber jetzt weigert sie sich einfach, an jeglichen Verhandlungen teilzunehmen." Er hob sein Weinglas. „Glücklicherweise ist die Scheidung in zwei Jahren durch, egal ob sie zustimmt zu unterschreiben oder nicht, das ist vom Gericht vorgeschrieben. Also bringe ich einen Toast aus. Auf Anwälte. Und ihre völlige Unfähigkeit, ihre Arbeit zu machen, während sie einen Haufen Geld bekommen."

Überall Gelächter.

Außer von mir. Ich fühlte mich, als könnte ich hyperventilieren. Mir war schlecht. Er war nicht nur noch verheiratet, er hatte auch völlig versäumt zu erwähnen, dass er mitten in einem Scheidungskampf war. Die Bilder, die zum Haus geschickt worden waren, ergaben plötzlich Sinn.

Lügner. Betrüger. Hurenbock.

Brooke, die Frau hier auf der Party mit dem hinreißenden Afro, ich. Seine Eroberungen, Geliebten, wie auch immer man uns nennen mochte. Frauen, die er gefickt hatte.

Während er verheiratet war.

Mir wurde plötzlich bewusst, dass ich keinen Dunst von irgendetwas hatte, und ich nichts war außer eine komplette Kleines-Mädchen-Idiotin, mitgerissen von einer Phantasie über Freundschaft und Liebe. Ohne einen Gedanken, was irgendjemand davon halten würde, sprang ich aus meinem Stuhl und durchquerte das Zimmer, so nah am Fenster, dass ich mich jederzeit festhalten konnte. Ich musste raus. Weg.

„Tiffany!", rief er mir nach.

Ich drehte mich nicht um. Nichts würde mich zurückbringen. Ich konnte diese Leute, diese reichen, privilegierten, selbstgefälligen Menschen nicht sehen lassen, dass ich verletzt war. Aber in letzter Sekunde änderte ich die Richtung, da ich meine Tüte von dem Konsolentisch holen wollte. Ich konnte Oma nicht einfach dort stehenlassen. Aber ich hatte mich verkalkuliert. Als ich mich mit der Tüte in der Hand umdrehte, war Devin da und runzelte die Stirn.

„Wohin gehst du?"

„Ins Bett."

Er versuchte, meinen Arm zu fassen, aber ich zuckte zurück. Amelia war mir gefolgt und sie bellte ihn warnend an. Der Blick, den er uns beiden zuwarf, war tosend. Als ich an ihm vorbeiging, stellte er sich mir in den Weg, sodass unsere Schultern zusammenstießen. Ich ließ meine Tüte fallen, da meine zitternden Hände den Halt verloren. Die Schachtel polterte heraus und öffnete sich leicht, sodass sich Asche auf dem Parkettboden verstreute.

Oh mein Gott. Mit einem Schreckensschrei fiel ich auf die Knie und richtete die Schachtel auf, sodass nicht noch mehr herausfallen konnte, und dann versuchte ich, das, was am Boden lag, mit meiner Hand zurückzuschaufeln.

„Was zum Teufel ist das?"

Ich blickte zu ihm hoch, meine Sicht verschwamm hinter den Tränen. „Es ist die Asche meiner Großmutter."

„Was? Heilige Scheiße …“Er hockte sich neben mich und versuchte zu helfen.

Ich schlug ihm auf die Hand und blaffte: „Lass es! Lass mich einfach in Ruhe!“ Ich sammelte so viel ich konnte und stand auf, mit zitternden Händen hielt ich die Schachtel an meinen Bauch gedrückt.

Jeder im Zimmer starrte uns an. Mich. Mit Entsetzen. Ekel. Von Sapphire jedoch kam Mitgefühl.

Erschrocken fing ich an, schneller und schneller zu gehen. Im Flur vor der Küche begann ich zu laufen. Tränen erstickten mich und eine Sekunde lang dachte ich, ich würde mich übergeben.

In meinem Zimmer angekommen, schlug ich die Tür hinter mir zu und sperrte ab.

Ich sank zu Boden.

kapitel elf

MIT DEM RÜCKEN ZUR TÜR gab ich meinen Gefühlen nach und weinte das erste Mal, seit meine Großmutter gestorben war.

Gedemütigt, dass seine Freunde das gesehen hatten, am Boden zerstört, da er nicht ehrlich zu mir gewesen war, hoffte ich wie verrückt, dass Devin seine Aufgaben als Gastgeber für wichtiger befand als mich.

Ich erschrak, als ein hartes Klopfen die Tür zum Wackeln brachte. „Tiffany, lass mich rein."

Aber zum ersten Mal in meinem Leben hatte ich die Wahl, und ich entschied mich, ihn zu ignorieren.

Devin war jedoch kein Mann, der fähig war, ignoriert zu werden. „Verdammt. Lass mich rein."

Ich schwieg weiter.

„Das ist mein Haus", sagte er. „Öffne die scheiß Tür."

Natürlich zog er diesen Mist ab. Er war der Boss, wenn es für ihn bequem war. Sonst mein angeblicher Freund. So funktionierte es nicht. Entweder das eine oder das andere. Ein Gleichgestellter oder nicht.

„Geh weg, Devin. Bitte." Meine Stimme zitterte.

Aber er benutzte das Lock Pop, um die Tür zu öffnen und drückte. Mein Gesicht bewegte sich zu meinen Knien und ich gab auf, rutschte aus dem Weg, sodass er hereinkommen konnte. Ich wollte nicht streiten. Ich litt zu sehr. Meine Brust fühlte sich an, als würde ein Elefant darauf sitzen, und ich hasste mich für die Dummheit, mich in einen Mann zu verlieben, der mehr als unerreichbar für mich war. Was mich betraf, konnte er sich genauso gut auf der Erdumlaufbahn befinden. Ich könnte ihn nie erreichen.

Er schlüpfte herein und schloss die Tür wieder. Dann setzte er sich neben mich, winkelte die Beine an und ließ seine Arme darauf ruhen. „Es tut mir sehr leid wegen deiner Großmutter", sagte er mit aufrichtiger, aber vorsichtiger Stimme.

„Danke." Ich umklammerte noch immer die Box. „Wir standen uns nicht nah."

„Ich weiß. Aber ich weiß auch, dass das sehr hart für dich gewesen sein muss. Wieso hast du es mir nicht erzählt?"

„Ich weiß es nicht." Aber während ich die Box und meine Knie umarmte, wusste ich, dass das nicht stimmte. „Vielleicht wollte ich nicht, dass du anbietest, mir zu helfen. Vielleicht wollte ich nicht, dass du siehst, wo ich aufgewachsen bin. Oder siehst, wie Leute mich behandeln." Als wäre ich weniger wert als sie. Er schien eine Art Respekt vor mir zu haben oder zumindest hatte ich das gedacht. Ich wollte nicht, dass er sah, dass ich ihm nicht würdig war.

„Ich würde nie wegen Armut über jemanden urteilen. So bin ich nicht. Ich weiß, dass ich Glück hatte. Schwein hatte. Wenn überhaupt, hätte ich es geschätzt, es zu sehen, weil ich weiß, dass deine Kindheit dich erschaffen hat. Und du bist stark, hast einen soliden moralischen Kompass und einige der bewundernswertesten Eigenschaften, die ich je in einem Menschen gesehen habe."

Ich fühlte mich nicht stark. Ich fühlte mich wie Baumwolle, schmächtig und weich und konnte leicht vom Wind herumgeblasen werden.

Devin drehte sich zu mir und strich mit seinem Daumen eine Träne von meiner Wange. „Du verblüffst mich", sagte er. „Jeden Tag beobachte ich dich, erstaunt, dass du so stark, so wahr, so ehrlich bist, und jeden Tag verliebe ich mich ein bisschen mehr in dich."

Mein Herz zog sich zusammen und ich hatte einen riesigen Kloß im Hals. Ich hatte nie gedacht, dass er sagen würde, dass seine Gefühle für mich so stark waren, dass man es Liebe nennen konnte. Ich hatte gehofft, wollte verzweifelt, dass er sich für mich interessierte, aber Liebe? Es schien zu fantastisch, um wahr zu sein. Ich zwang mich, die Frage zu stellen. „Wieso hast du mir nicht gesagt, dass du eigentlich nicht geschieden bist?"

„Es war kein Geheimnis. Ich habe einfach nicht wirklich viel darüber nachgedacht."

„Es fällt mir etwas schwer, das zu glauben."

Wir berührten uns beinahe, aber nicht ganz. Er zuckte mit den Schultern. „Ich habe dir von Kadence erzählt, dass sie schwierig ist. Aber vielleicht wollte ich noch nicht, dass du die beschissenen Details hörst. Es ist ein schreckliches Ende einer Ehe und ich weiß, dass du dich niemals in so einer Situation wiederfinden würdest."

Seine Logik klang nicht vernünftig, allerdings tat meine das für ihn vielleicht auch nicht. Wir hatten eine Möglichkeit - wir konnten uns entscheiden, zornig aufeinander zu sein oder wir konnten weitermachen, und ich konnte noch nie gut mit Wut umgehen. Sie hatte die Macht zu zerstören. Also ließ ich sie los. „Du hättest nicht voraussagen können, dass sie sich wegen einer Scheidung so elend fühlen würde." Immerhin hatte sie ihn betrogen.

„Ich wusste, dass sie das tun würde. Sie ist es gewohnt, ihren Willen durchzusetzen." Er seufzte frustriert. „Ich habe dich heute Abend dazu gebracht, dort zu sitzen, weil ich dich zwingen wollte, die Welt zu sehen, in der ich lebe. Ich wollte dich dazu zwingen, zu sehen, dass ich deiner nicht wert bin, weil du mich manchmal ansiehst, als wäre ich dieser perfekte Mann und ganz ehrlich, Tiff, das verdiene ich nicht."

„Es ist eine Rolle, Devin. Ich sehe dein wahres Ich."

„Tust du echt, oder?" Seine Stimme war rau. „Ich glaubte nicht, dass du jemals wieder zurückkommen würdest, und das hat mir eine Wahnsinnsangst gemacht. Ich dachte, du wärst verschwunden, dass ich alles versaut habe, indem ich mich wie ein Arschloch verhalten habe, als du mir sagtest, dass du noch Jungfrau bist." Er griff herüber und zog eine meiner Hände herunter und fädelte seine Finger durch meine. „Ich habe sogar gedacht, dass du vielleicht erfunden hast, dass deine Großmutter im Krankenhaus ist, um von mir wegzukommen, aber dann begriff ich sofort, dass du so etwas nicht tun würdest. Du würdest niemals auch nur daran denken. Aber wie verdammt traurig ist es, dass es mir überhaupt als Möglichkeit in den Sinn kam? Das ist, was die Ehe mit Kadence aus mir gemacht hat."

„Sie schickte diese Bilder." Es war keine Frage. Es war offensichtlich. Ich hätte ihn vorher bedrängen sollen, aber ich hatte ihn nicht verärgern wollen, indem ich neugierig war.

„Ja. Ich will, dass du weißt, dass ich sie nie betrogen habe. Ich hatte keine Dates, bis wir rechtmäßig getrennt waren, und wir wären bereits geschieden, wenn sie auch nur im Entferntesten deswegen zur Vernunft gekommen wäre. Ich habe mein Eheversprechen nicht so locker genommen."

Ich glaubte ihm, aber ich war mir nicht sicher, was das bedeutete. Was irgendetwas davon bedeutete. „Und jetzt?", fragte ich, weil ich wissen musste, was er dachte … was er wollte. Ich musste wissen, ob ich den Mut finden konnte, am nächsten Morgen wieder ins Wohnzimmer zu gehen und all seinen berühmten Freunden zu begegnen.

Er berührte mich nicht über unsere umschlossenen Hände hinaus. Ich wünschte, er würde es tun. Ich sehnte mich nach seiner Beruhigung, seiner Berührung. Seiner Liebe.

Es gab keine Umarmung.

Stattdessen schockierte er mich mit seinen folgenden Worten.

„Ich werde dieses Haus verkaufen. Ich habe es nie gewollt. Und wenn es erst einmal liquidiert ist, kann ich Kadence mit etwas Geld bewerfen, um die Scheidung zu beschleunigen."

Ich hörte kaum den letzten Teil, den er sagte. „Du verkaufst das Haus? Ich nehme an, du wirst dann keinen Haussitter mehr brauchen", sagte ich schockiert. Er würde mich nicht mehr brauchen. Ich würde keinen Job oder ein Zuhause haben.

Oder die Möglichkeit, ihn jeden Tag zu sehen, mit nackter Brust, einer Kaffeetasse in seiner Hand und mir lächelnd einen guten Morgen wünschend. Ich würde nicht mit ihm an der Küste spazieren gehen können, während Amelia vor uns herlief. Er würde mir nicht in seinem Auto geduldig lernen, wie man eine Linkskurve machte. Ich würde ihn nicht haben.

„Nein. Ich werde keinen Haussitter brauchen. Vielleicht kannst du zur Schule gehen", sagte er, als wäre es ihm so oder so nicht besonders wichtig. „Um Krankenschwester zu werden, wie du es geplant hattest."

„Wo soll ich leben?", fragte ich und hatte Angst, ihn anzusehen, Angst, dass er meine blanke Emotion sehen würde, meine Verletzlichkeit, meinen Schmerz. Er wollte nicht mehr, dass ich bei ihm wohnte. Ich war zu jung. Zu jungfräulich. Es schmerzte tief im Inneren, wie eine pulsierende, tiefe, ausgefranste Wunde, die mit jedem Herzschlag wehtat, während das Blut in einem heißen, qualvollen Strom pumpte. Es war schlimmer als jeder Schlag, weil der Schmerz nicht abflauen würde. Es war kein kurzer Stich, der nachlassen würde. Es würde immer weitergehen, jeden Tag, den ich von ihm weg war.

„Nun, wo willst du leben? Du kannst überall aufs College gehen, wo du willst, richtig? Wolltest du nicht immer mal Florida sehen?"

Aber ich schüttelte heftig den Kopf. „Nein. Das ist zu weit weg." Ich konnte mir nicht vorstellen, so weit von Maine und allen, die ich liebte, entfernt zu sein. Von ihm.

„Zu weit weg von was?" Er streichelte meine Hand nun sanft, langsam.

„Von Zuhause. Von dir." Ich klang erbärmlich. Ich fühlte mich erbärmlich. Es interessierte mich nicht einmal, ob meine Worte armselig oder jugendlich klangen. Der Gedanke, hunderte von Meilen von Devin entfernt zu sein, ihn nie wieder zu sehen, quälte mich.

„Gut. Weil ich Florida nicht gerade liebe. Ich hätte dort eine Eigentumswohnung gekauft, wenn du das gewollt hättest, aber es ist nicht meine erste Wahl."

Ich drehte mich, um ihn anzusehen. „Wovon redest du?"

„Ich werde dich nicht ohne mich nach Florida ziehen lassen." Er schenkte mir ein listiges Lächeln. „Was wäre der Sinn dahinter?"

„Zieh mich nicht auf", sagte ich warnend, sogar als sich Hoffnung auf begierige Weise in mir breitmachte. „Das ist gemein."

Devin lehnte sich herüber und küsste mich. „Ich ziehe dich nicht auf. Nicht jetzt. Nicht deswegen. Tiffany, alles was ich will, ist, mit dir zusammen zu sein, weil ich dich liebe. Begreifst du das?" Sein Blick brannte sich in meinen. „Ich *liebe* dich. Auf eine Weise, die so gewaltig und überwältigend ist, dass ich mir nicht einmal ganz sicher bin, was ich damit anfangen soll."

Ich starrte ihn verwundert an. Devin liebte mich. Er fühlte sie auch, diese überwältigende und ausfüllende Liebe, die zwischen uns immer weiter gewachsen war. Es war die Art von Emotion, die mich nie verließ. Sie begleitete mich überall hin, drang in jeden Gedanken ein, saß in meiner Brust wie ein Heliumballon.

Meine Kehle fühlte sich eng an. „Ich liebe dich auch."

Er packte meine Hand fester, sein Gesichtsausdruck war angestrengt, prüfend. „Ich bin wirklich froh, das zu hören. Sag es noch mal."

Mit einem Seufzen legte ich meine Hand an seine Wange und schob sie in sein Haar. „Ich liebe dich", sagte ich und das Beben in meiner Stimme war verschwunden. Ich sprach mit Selbstvertrauen und tiefer, grenzenloser Emotion. Ich musste nicht so tun, als wäre es nur Freundschaft, oder mich vor meinen Gefühlen verstecken. „Ich war noch nie glücklicher, als ich es hier mit dir gewesen bin."

„Ich bin hierhergekommen, um wegzulaufen", murmelte er. „Es sollte sowohl eine Flucht als auch eine Strafe sein und stattdessen habe ich dich gefunden."

Während ich die Box vorsichtig abstellte, rückte ich näher an ihn. „Ich kam hierher, um alleine zu sein. Aber ich bin so froh, dass ich es nicht bin."

„Ich habe selbstsüchtig gelebt, aber du machst mich zu einem besseren Menschen." Er nahm mein Gesicht in seine Hände. „Du bist so süß, weißt du das? Ich sehe dich an und frage mich, wie es kommt, dass du deinen Weg hierher, zu mir gefunden hast, mitten im Nirgendwo im Maine, wenn ich in einer Stadt mit acht Millionen Einwohnern lebe. In dieser ersten Nacht hatte ich keine Ahnung, dass du dich in mein Herz graben und dort ein Zuhause erschaffen würdest." Er lächelte. „Wie ein Streifenhörnchen. Das bist du."

Ich lachte sanft. „Wow. Danke."

„Streifenhörnchen sind bezaubernd, so wie du."

Ich konnte mich nicht über den Vergleich ärgern. Ich wusste, dass ich nicht traditionell schön war, aber dass er etwas Bezauberndes in mir sah, entzückte mich. Ich konnte sehen, dass er es ernst meinte. Er sah liebestrunken aus, wie ein Spiegelbild meiner selbst.

„Erst eine Eule, dann ein Streifenhörnchen."

„Ich bin nicht sehr romantisch, oder?", sagte er mit schroffer Stimme, während seine Stirn auf meiner ruhte. „Das ist anders als das, was ich vorher gefühlt habe. Alles was ich weiß, ist, dass du hier bist." Er klopfte an sein Herz. „Und ich denke, falls du mich verlassen würdest, würde ein Stück davon herausgerissen werden und ich würde verbluten."

„Das klingt für mich ziemlich romantisch", flüsterte ich. „Danke."

„Meine Güte, bedank dich nicht. Das lässt es so aussehen, als würde ich etwas für dich tun, dir einen Gefallen tun, wenn es in Wahrheit andersherum ist." Devin rieb seine Lippen über meine Schläfe und ich schloss kurz meine Augen.

Er fühlte sich so gut an, so maskulin, so liebevoll. So mein. Es schien unwirklich, als könnte das gerade nicht passieren. Aber das tat es. Seine Berührung war besitzergreifend, sein Kuss zärtlich.

„Ich sehe dich an und du bist zufrieden, dankbar für dein Leben, und ich denke, ich habe nicht das Recht, wegen irgendetwas ein Arschloch zu sein." Der nächste Kuss, den er mir gab, war tief und leidenschaftlich. „Gott, ich liebe dich."

„Ich liebe dich auch." Unsere Lippen trafen sich immer wieder und ich steckte mein Herz in jeden Kuss, wollte, dass er fühlte und las und verstand, dass er mich so lange haben konnte, wie er mich wollte. „Ich kann nicht glauben, dass das passiert."

„Es passiert. Das passierte seit der Minute, in der du gesprochen hast, nicht in der ich dich gesehen habe. Du hast mich mit deinen Worten gefangen."

„Und plötzlich weiß ich jetzt nicht, was ich sagen soll."

„Dann küss mich einfach."

Also tat ich es.

Er geleitete mich hinunter auf den Boden und seine Hand suchte sich ihren Weg unter mein Shirt, während unsere Küsse wilder, drängender wurden. Meine Beine wickelten sich um seine Knöchel und ich bemerkte, dass ich meine Hüften hob, um seine zu berühren, Lust überwältigte Vernunft.

Emotion und Erregung führten mich an einen Ort ohne Rückkehr, unsere Berührungen waren eher gierig und verzweifelt als verführerisch.

Ich drückte seine Schultern, bevor wir weitergingen. „Devin", hauchte ich. „Wir müssen aufhören. All deine Freunde sind im Haus."

„Und? Sie werden nichts hören." Er beugte sich hinunter, um mich erneut in der Dunkelheit zu küssen.

„Aber sie werden es wissen. Ich kann nicht wieder hinausgehen … danach."

„Wir müssen nicht vor morgen früh rausgehen."

„Dann werden sie es erst recht wissen!"

„Ist es dir peinlich, wenn sie wissen, dass wir zusammen sind?", fragte er mit zusammengezogenen Augenbrauen.

„Nein, natürlich nicht. Ich meine, ich bin mir sicher, dass sie sehr überrascht sein werden, aber wenn es für dich okay ist, das öffentlich bekannt zu geben, ist das für mich auch okay." Es stimmte. Ich könnte es tatsächlich ertragen, in ihrer Gesellschaft zu sein, wenn sie wussten, dass ich nicht nur Devins merkwürdiger kleiner Haussitter war, der nicht die Absicht hatte, bei ihrer Party zu sein. „Ich meinte nur, dass ich nicht will, dass sie wissen, dass wir gerade Sex haben."

„Haben wir?" Er wackelte mit seinen Augenbrauen. „Dann muss ich es falsch machen."

Ich lachte leise und schlug ihm auf den Arm. „Ich meine es ernst."

„Aber wenn sie nicht hier wären, würdest du mit mir Sex haben?", fragte er vorsichtig.

Ich nickte, während ich hart schluckte. Ich hatte nur ein winziges bisschen Angst, aber ich liebte ihn und vertraute ihm.

„Heilige Scheiße, okay. Ich dachte, wir knutschen nur rum. Ich kann sie rausschmeißen." Er war bereits halb aufgestanden.

„Was? Nein!" Ich setzte mich auf, während ich atemlos lachte. „Das kannst du nicht tun. Wir werden einfach zwei Tage warten müssen, bis sie abreisen. Zwei Tage, richtig? Oder wirst du wirklich Silvester in einem Jet verbringen, der jede Zeitzone überquert?"

„Nicht, wenn du nicht willst." Er streckte seine Hand aus, um mir auf die Beine zu helfen. „Ich würde bevorzugen, es mit dir alleine zu verbringen."

Ich stand auf. „Das würde mir gefallen." Plötzlich fühlte ich mich schüchtern, ich senkte meinen Blick zu Boden. Ich wusste nicht, wie ich mich als Devins Freundin benehmen sollte. War ich das? Ich war mir nicht einmal sicher.

Er berührte mein Kinn und hob meinen Kopf. „Hey", sagte er sanft. „Heirate mich."

Die Welt kippte tatsächlich. Ich schwöre, für eine Sekunde kam alles, Klang, Zeit, zu einem kreischenden Halt und kippte die Welt, wie ich sie kannte. „Was?", flüsterte ich. „Ist das dein Ernst?"

„Ich hätte es nicht gesagt, wenn ich es nicht ernst meinte." Er steckte mein Haar hinter meine Ohren. „Wir wissen bereits, dass wir ohne Streit zusammenwohnen können. Ich will nicht, dass das zwanglos ist. Ich will wissen, dass du dich mir verschrieben hast. Uns."

Ich hatte ihm bereits mein Herz anvertraut. Es gab so wenige Menschen, von denen ich wirklich angezogen wurde, denen ich mich öffnete. Ich hatte meine wahren Gefühle mit Devin geteilt, ihm erlaubt, meine Ängste und Unsicherheiten zu sehen. Ich hatte mich ihm verschrieben. Uns verschrieben. Ohne Frage, mit oder ohne Ehe. Dass er mich genauso wollte wie ich ihn, erstaunte mich und machte mich demütig.

Meine Auswahl war begrenzt. Seine grenzenlos.

Dennoch wählte er mich. Von all den Frauen, mit denen er zusammen sein konnte, wollte er mich.

„Ist das wirklich, was du willst?", fragte ich leise, womit ich ihm eine Möglichkeit gab, seine Meinung zu ändern. „Die Menschen werden reden, weißt du. Sie werden Sachen über unseren Altersunterschied sagen, dir das Leben schwer machen. Sie werden sagen, dass du dich unters gemeine Volk mischst." Und Schlimmeres.

Er nickte. „Es ist genau, was ich will. Ich will dich meine Ehefrau nennen. Du bist reifer als Frauen, die doppelt so alt sind wie du, und die Leute werden sowieso reden, also was soll's. Ich kann mit dem Klatsch umgehen."

Dann würde ich mir darüber keine Sorgen machen. Ich war mein ganzes Leben lang Klatschthema gewesen. Leute waren über meine Mutter hergezogen. Über meinen Vater. Über mich. Sollten die Klatsch-Blogger mich hässlich nennen und behaupten, dass ich nur auf sein Geld aus war. Es war nichts, was ich nicht schon gehört hatte, und was kümmerte es mich? Ich wusste, wer und was ich war. Ich legte meine Arme um ihn.

„Ja."

„Was, ja?"

„Ja. Ich werde dich heiraten", sagte ich lediglich. „Natürlich nach deiner Scheidung."

Er lachte weich und küsste meine Schläfe, seine Lippen strichen über meine Haut. „Ich werde das Honorar des Anwalts verdoppeln, um ihn in die Gänge zu bringen. Du hast mich sehr glücklich gemacht. Und nur damit du es weißt, ich werde mich später in dein Zimmer schleichen, wenn alle schlafen."

Ich lachte, es war ein Ausdruck der reinen Freude, die ich fühlte. „Tust du nicht."

„Äh, doch, tu ich. Ich werde mir das Gefühl, zum ersten Mal mit dir in meinen Armen zu schlafen, nicht verwehren lassen."

Ein Schauer aufgeregter Vorfreude lief meine Wirbelsäule hinunter. Der Gedanke daran, im Bett ohne Fragen oder Verlegenheit neben Devin rutschen und meinen Kopf auf seine Brust legen zu können, klang wie Perfektion. „Wenn du darauf bestehst", sagte ich.

„Tue ich. Kommst du jetzt wieder mit nach draußen?"

Ich nickte. „Küss mich, Devin. Noch einmal."

Er neigte seinen Kopf und seine bernsteinfarbenen Augen wurden dunkler. „Ich liebe es, meinen Namen aus deinem Mund zu hören. Meinen richtigen Namen."

„Devin", flüsterte ich.

„Tiffany", murmelte er. „Mein Herz gehört dir."

ICH HATTE NICHT ERWARTET, DASS unsere Abwesenheit unkommentiert blieb, und das tat sie nicht. Sobald wir wieder auftauchten, hörte Lizzie auf, anregend an einer Olive zu saugen und starrte auf Devins Hand in meinem Kreuz. Sie sagte: „Oh mein Gott, worum ging es da? Hast du tatsächlich die Asche einer Toten in der Einkaufstasche herumgetragen? WTF."

„Lizzie", ermahnte Devin. „Zeig verdammt noch mal etwas Mitgefühl."

Aber das war nur der Anfang. Das wusste ich. Das Zeichen der bevorstehenden Dinge. Jeder würde etwas Gemeines zu mir zu sagen haben, wenn sie erst einmal bemerkt hatten, dass das einfache Verlierermädchen aus Maine Devin aufgerissen hatte. Aber ich war so high von seiner Liebe, dass es mich nicht einmal kümmerte. Lasst sie hassen.

„Hast du jemals jemanden verloren, der dir wichtig war?", fragte ich Lizzie, während ich auf einen Hocker bei der Insel rutschte, an der sie lehnte. „Einen Elternteil oder Großeltern? Einen Freund, der gestorben ist?"

Für eine Sekunde sah sie unvorbereitet getroffen aus, aber dann wurde sie störrisch. „Natürlich. Hat jeder."

„Also verstehst du, dass es etwas schwer ist, nach nur fünf Tagen loszulassen."

„Was auch immer."

Jay, mit dem ich noch nie gesprochen hatte, schüttelte seinen Kopf. „Lizzie, manchmal bist du einfach ein Miststück, ist dir das klar?"

„Fick dich", war ihre Antwort darauf. „Also was ist eigentlich los mit euch beiden?", fragte sie dann und gestikulierte zwischen Devin und mir. „G, ist das ernsthaft deine neue kleine Fickfreundin? Pädophilenalarm."

„Du bist diejenige, die wie eine zwölfjährige Nutte angezogen ist", sagte er zu ihr. „Und du musst entweder deine Meinung für dich behalten oder wieder in die Stadt zurückkehren, weil ich dir nicht dabei zuhören werde, wie du Tiffany beleidigst."

„Rawr", sagte sie und machte spöttische Krallenbewegungen. „Sorry. Mir war nicht klar, dass du so an deinem neuen Spielzeug hängst."

„Liz, komm schon", sagte ihr Freund, während er ihre Hand nahm und sie von der Insel wegzerrte. „Lass uns nach oben gehen."

„Wieso?"

„Um dich von Ärger fernzuhalten." Er lächelte sie an und klatschte auf ihren Hintern. „Und um ein bisschen Action zu bekommen. Komm, Baby."

Ich war mir nicht sicher, ob er es aus Freundlichkeit tat oder er wirklich einfach nur Sex wollte, aber er schaffte es, sie weg und hinauf zu locken und Lizzie kicherte auf dem Weg nach oben. Nachdem sie verschwunden war, löste sich die Spannung im Raum. Sonst stellte niemand Fragen und ich saß dort, nippte an einem Softdrink und lauschte ihrer Unterhaltung über das Geschäft, während ich den Drang zu grinsen bekämpfte. Ich hörte das Plaudern in der Küche, aber ich war größtenteils auf meine Gedanken fokussiert, auf Devins Worte in meinem Zimmer. Er liebte mich. Nur das zählte.

Sapphire setzte sich neben mich und schenkte mir ein Lächeln. „Kümmere dich nicht um Lizzie", sagte sie. „Sie hasst es einfach, wenn sie nicht im Mittelpunkt steht. Es ist eine verbreitete Persönlichkeitseigenschaft in dieser Branche. Die meisten von uns sehnen sich nach Aufmerksamkeit."

Ich lächelte zurück, dankbar, dass sie sich bemühte, sich mit mir zu unterhalten. „Es ist okay. Ich verstehe, dass sich alle fragen, wieso ein Niemand auf ihrer Party ist."

„Mädchen, mach dich nicht so klein. Jeder ist jemand." Sie musterte mich. „Aber sei vorsichtig, okay? Männer wie G sind es gewohnt, zu bekommen, was sie wollen. Heißt nicht, dass sie keine guten Männer sind. Aber niemand verweigert ihnen etwas."

Obwohl die Warnung offensichtlich gut gemeint war, wollte ich sie nicht hören. Nicht jetzt. Nicht, wenn ich einfach nur Devins Worte um mich wickeln wollte wie eine warme Decke und sie an mich halten. „Ich habe nicht vor, Nein zu sagen", sagte ich ganz einfach.

Ihre Augenbrauen schossen hoch. „Na gut. Ich schätze, du weißt, was du tust."

„Tu ich." Ich streckte die Hand aus und berührte ihren Arm, wollte, dass sie verstand, dass ich ihre Warnung wirklich schätzte. „Danke. Du bist wirklich nett zu mir. Dafür bin ich dankbar."

„Du scheinst anders", sagte sie. „Mir gefällt, was ich sehe. Ich will das nur nicht zerstört sehen." Ihre langen spitzigen Fingernägel glätteten ihr platinfarbenes Haar an der Seite ihres Kopfes. „Aber G ist ein guter Mann."

Devin hörte ihren letzten Kommentar, als er von hinten auf mich zukam und mir einen Kuss auf den Kopf gab. „Danke, Süße", sagte er. „Hat Tiffany dir erzählt, dass wir heiraten werden?"

Ihre Hand fiel auf die Marmorarbeitsplatte. „Entschuldige? Nein, hat sie nicht."

Seine Arme hatten mich von hinten umwickelt und ich fühlte mich eingehüllt, gestützt, sogar als ich versuchte, mich durch Sapphires Antwort nicht unwohl zu fühlen. Natürlich reagierte sie überrascht. Es waren schockierende Neuigkeiten.

„Jap. Sie war klug genug, Ja zu sagen und jetzt ist sie verpflichtet. Ich werde sie niemals gehen lassen."

Ich grinste. Ich konnte nicht anders. Er klang so enthusiastisch, so glücklich. Seine Umarmung war stark, warm. Ich lehnte mich an seine Brust zurück.

„Nun. Glückwunsch", sagte sie, während sie ihr Cocktailglas hob. „Alles Gute."

„Auf was stoßen wir an?", fragte Ray, der mit einer Flasche Scotch herüberwanderte.

„G und Tiffany sind verlobt", erzählte ihm Sapphire.

„Verarschst du mich?" Er klang ein wenig betrunken, was bestätigt wurde, als er sich bewegte, um Devin auf die Schulter zu klopfen und dabei etwas stolperte. „Glückwunsch, Bruder."

„Danke. Ich hätte mir kein besseres Mädchen aussuchen können." Devin ließ mich endlich los und griff nach dem Glas, das er zuvor abgestellt hatte.

„Mann, du hättest irgendwen aussuchen können und sie wäre besser als Kadence", sagte Jay. „Diese Schlampe ist verrückt."

Es war nicht gerade eine eindringliche Anerkennung für mich, aber ich würde es zählen lassen.

Die andere Frau, Cassandra, war herübergewandert und während sie erfreut einen weiteren Cocktail entgegennahm, sah sie nicht so aus, als würden sie Devins Pläne mit mir auch nur im Geringsten interessieren. Wenn man ihre glasigen Augen betrachtete, konnte man davon ausgehen, dass das Kokain und der Alkohol noch mit einer dritten Substanz gemischt worden waren. Ich tippte auf Heroin, wusste durch ein früheres Pflegegeschwister ein wenig darüber Bescheid, wie so etwas aussah. Aber sicher war ich nicht. Ich wusste aber, dass ich froh war, als sie und ihr Ehemann nach weiteren zwanzig Minuten verschwanden.

„Lass uns gehen, Babe", sagte Jay zu Sapphire. Er gähnte gekünstelt, dann zwinkerte er. „Ich bin müde. Beweg deinen sexy Arsch diese Treppe hoch."

Sie rollte mit den Augen, stand jedoch auf. „Gute Nacht, G." Dann überraschte sie mich, indem sie sich herüberlehnte und mich umarmte. „Gute Nacht, Tiffany."

„Gute Nacht." Zufrieden erwiderte ich ihre Umarmung. Ich wusste, dass sie nicht so viel älter als ich war, höchstens fünfundzwanzig, aber sie schien so viel erfahrener, weise. Ich fühlte mich gut, dass sie bereit war, meine Beziehung mit Devin zu akzeptieren.

Wir blieben alleine in der Küche zurück, Devin küsste meinen Hals. „Nun, ich vermute, das bedeutet, dass ich mich gar nicht in dein Zimmer schleichen muss."

„Sollten wir nicht sauber machen?", fragte ich und ließ meinen Blick über all die klebrigen Oberflächen, die halb gegessenen Vorspeisen, die schmutzigen Weinkelche und Martinigläser streifen.

„Spinnst du? Nein." Devin arbeitete sich tiefer, zerrte am Kragen meines Sweatshirts. „Das kann die Haushälterin machen."

„Ich bin die Haushälterin."

„Nicht mehr. Jetzt bist du meine Freundin."

Ich schauderte. Ich hatte nicht darüber nachgedacht, was das bedeutete. Nicht genau. Wollte ich auch nicht. Dafür war später Zeit. Jetzt wollte ich mich mit Devin in mein Zimmer zurückziehen, weg von grellen Lichtern und potentiell neugierigen Augen. Ich rutschte von dem Barhocker mit der Intention, mit ihm in mein Zimmer zu gehen, aber dadurch zog ich mich aus seiner Reichweite. Er runzelte die Stirn.

„Wenn du anfängst, diese Küche sauber zu machen, schwöre ich, werfe ich dich über meine Schulter und schleppe dich tretend und schreiend von hier raus."

Ich hob eine Augenbraue. „Das ist etwas lächerlich und dramatisch. Ich bin nur aufgestanden."

„Oh. Gut." Er lächelte. Grinste, genauer gesagt. „Lass uns in dein Zimmer gehen."

„Das hatte ich vor. Und fürs Protokoll, solltest du jemals versuchen, mich über deine Schulter zu werfen und mich irgendwo hinzuschleppen, werde ich meine Sachen packen und gehen." Ich wusste, dass er mich neckte, aber gleichzeitig musste er sich erinnern, wer ich war. Dieser Unsinn würde mich nicht überzeugen. Ich war mein ganzes Leben anderen ausgeliefert gewesen. Ich hatte keine Fantasien darüber, von einem Mann dominiert zu werden.

Er wurde nicht wütend.

Stattdessen fädelte er seine Finger durch meine und hob unsere Hände, sodass er meine Knöchel küssen konnte. „Ich werde dich niemals dazu zwingen, etwas zu tun, was du nicht tun möchtest. Darauf hast du mein Wort."

Seine Zusicherung bedeutete mir alles. „Gut. Weil ich definitiv nicht nach Florida ziehen will."

„Niemand zieht nach Florida." Er küsste mich, auf diese liebevolle, sinnliche Art, dich mich seufzen ließ.

„Verkaufst du wirklich dieses Haus?"

„Ja. Lass uns von Neuem anfangen mit einem Haus, mit dem man keine schlechten Erinnerungen verbindet."

„Aber alle meine Erinnerungen hier sind gut." Ich wollte Richfield nicht verlassen. Ich war dort glücklich gewesen. Ich hatte ihn getroffen, hatte meine Freiheit gewonnen. Wir hatten zusammen ein Zuhause erschaffen, komplett mit einem Weihnachtsbaum und unserem Hund. Weil ich Amelia wirklich gefühlsmäßig adoptiert hatte und sie hatte mich ebenfalls angenommen.

„Dann werden wir es behalten." Er küsste mein Ohrläppchen, zog es sanft zwischen seine Zähne. „Was immer du willst, Liebling. Alles, was du willst, gehört dir."

„Alles, was ich will, bist du", flüsterte ich.

kapitel zwölf

W*IR GINGEN IN MEIN ZIMMER* und Devin schloss sorgfältig die Tür hinter uns und sperrte zu. Amelia war leise mit uns hinein getappt und sie legte sich auf eine Decke in der Ecke, die ich vor ein paar Wochen dort für sie hingelegt hatte. Das Zimmer war dunkel und ich stand dort, unsicher, was ich tun sollte. Devin ging ums Bett herum ins Bad und machte das Licht an, was den Raum mit einem hellen Lichtstrahl flutete.

Es blendete mich und ich kniff die Augen zusammen, aber er zog sofort die Badezimmertür zu und ließ nur einen Spalt offen, gerade genug, dass wir nicht in völliger Dunkelheit waren.

Ich stand dort, unbeholfen, die Hände in meine Taschen gesteckt, und wippte auf den Fußballen vor und zurück. Aber dann erinnerte ich mich an die Box, die ich auf dem Boden gelassen hatte, und bückte mich und hob sie auf, bevor sie wieder aus Versehen berührt wurde. Ich war mir nicht sicher, was ich mit der Asche meiner Großmutter anfangen würde, aber ich hatte den Gedanken, dass ich vielleicht kommenden Frühling an den Strand hinuntergehen und sie in das Meer streuen würde. Ich konnte mir nicht vorstellen, sie für immer behalten zu wollen, aber ich war auch nicht bereit, sie gleich loszuwerden. Also zog ich vorsichtig die oberste Schublade meiner Kommode auf und schob die Box hinein.

„Es tut mir wirklich leid“, sagte Devin. „Wegen deiner Großmutter, dass ich die Tasche aus deiner Hand geschlagen habe.“

„Ich weiß.“ Ich schloss die Schublade. „Es ist okay.“

„Wenn es irgendetwas gibt, wobei ich helfen kann, lass es mich wissen.“

Ich nickte. „Ich schätze das. Wir können später darüber reden. Ich bin nicht wirklich bereit, damit umzugehen, aber es bedeutet mir viel, dass du für mich da bist.“ Es war ein neues Gefühl und ich sonnte mich ebenso in dem Gedanken, wie ich mich auch davor scheute. Ich wusste nicht, wie man liebenswürdig Hilfe annahm. Sie war mir nicht sehr oft angeboten worden und manchmal, auch wenn sie mir angeboten worden war, war sie an Bedingungen geknüpft gewesen.

Als ich mich umdrehte, lächelte er mit ausgestrecktem Arm. Ich nahm die Hand, die er mir entgegenstreckte. Er führte mich zum Bett und mein Herz raste vor Aufregung und Vorfreude. Ich wollte ihn nicht wieder enttäuschen. Ich wusste, dass ich das vor Weihnachten getan hatte. Nicht dass er das jemals sagen würde, aber ich wusste es.

Er drängte mich aufs Bett und küsste mich, bevor er eine

Pause machte, um sein Hemd auszuziehen. Ich griff hinauf und berührte seine Brust, endlos fasziniert von den Muskeln, die er dort hatte. Er hatte keine Tattoos auf seiner Brust und ich war froh darüber. Ich wollte keine Ablenkung. Ich wollte nur seine glatte Haut und die harte, maskuline, unterliegende Bewegung. Devin beugte sich über mich, seine Gürtelschnalle schlug gegen den Knopf meiner Jeans, er hatte sich auf seine Arme gestützt, sodass er mich nicht erdrückte. Seine Haare fielen nach vorne und ich griff hinein, schob meine Finger in die seidenen Strähnen.

Als sein Mund meinen bedeckte, öffnete ich automatisch meine Lippen, wollte dieses intime Fegen seiner Zunge über meine. Er fügte sich nicht einfach, er liebte meinen Mund mit seiner Berührung, hinterließ mich atemlos, meinen Körper ruhelos, brennend. Er berührte mich nirgends, sondern küsste mich nur endlos, als könnte er unmöglich genug von meinem Geschmack bekommen. Ich bewegte meine Hände auf seinen Rücken und zog ihn näher an mich.

Endlich, als meine Lippen geschwollen waren und meine Atmung abgehackt, ging er zurück auf seine Knie. Er zog an meinem Pulli und sagte: „Setz dich auf. Lass uns das ausziehen."

Ich setzte mich halb auf und ließ ihn meinen Pulli über meinen Kopf ziehen. Aber er machte keine Anstalten, auch meinen BH auszuziehen. Meine Halskette schlug gegen meine Brust. Es war ein winziges Herz an einer billigen Kette.

„Was ist das?", fragte er. „Ich habe dich das noch nie tragen sehen."

„Sie ist immer unter meinem Shirt." Sie war so klein, dass es wahrscheinlich war, dass er sie nicht einmal bemerkt hatte, als wir uns teilweise ausgezogen hatten im Wohnzimmer, nachdem wir den Weihnachtsbaum aufgestellt hatten.

„Woher hast du sie?“ Er fasste sie an, das winzige Herz verkümmerte in seinen langen Fingern.

„Ich habe es zu Weihnachten bekommen, in dem Jahr, in dem ich zehn wurde. Von meiner Pflegemutter. Sie war zuckerkrank und nicht mobil, also habe ich dort eine Menge Hausarbeiten erledigt, aber sie war sehr nett zu mir.“ Als Devin die Halskette fallen ließ, rollte ich sie zwischen meinen Fingern. „Sie sagte mir, dass ich die zwei besten Geschenke hatte, auf die ein Mädchen hoffen konnte – Intelligenz und ein gutes Herz.“

„Sie hatte recht.“ Er strich mit dem Daumen über meine Lippe. „Sie beide sind gewaltig. Was ist mit ihr passiert?“

„Sie starb.“

„Herrgott.“ Devin legte sich neben mich. Er zog mich eng an sich. „Du erstaunst mich.“

„Wieso?“ Ich wünschte, er hätte nicht nach der Halskette gefragt. Oder dass ich nicht geantwortet hätte. Es hatte die Stimmung von verführerisch zu ernst verändert.

Aber Barb war eine sehr besondere Frau gewesen und ich konnte ihr Geschenk nicht auf eine spätere Unterhaltung verbannen. Sie war eine jener Stationen auf dem Weg, die mir Stärke und Mut und Hoffnung gegeben hatten. Ich stellte mir vor, dass sie das irgendwo wusste, oder zumindest hoffte ich das.

„Weil du ein paar wirklich beschissene Situationen überstanden hast.“ Seine Finger fuhren träge über meinen Bauch. „Wir müssen das nicht die ganze Nacht machen, weißt du. Wir können einen Schritt nach dem anderen machen, um ans Ziel zu kommen.“

Er sprach über Sex. „Bitte behandle mich nicht, als wäre ich zerbrechlich. Das bin ich nicht."

„Das meinte ich nicht. Aber du bist unerfahren."

„Warst du auch einmal. Und wie hast du Erfahrung gesammelt?", fragte ich. „Indem du es getan hast."

Er küsste mich, zog meine Unterlippe in seinen Mund und ließ wieder los. Seine bernsteinfarbenen Augen waren in dem gedämpften Licht dunkel. „Bist du dir sicher, dass du das tun willst?"

„Bist du dir sicher, dass *du* das tun willst? Weil ich mich das langsam frage." Ein Mädchen konnte nicht anders, als einen Komplex zu bekommen, wenn ein Kerl so lange zögerte.

„Natürlich. Ich will dich so sehr, dass es mich umbringt", murmelte er. „Aber ich habe Angst, dich zu verletzen. Es zu weit zu treiben."

„Ich vertraue dir." Tat ich. „Und ich verspreche, dieses Mal nicht währenddessen mit peinlichen Geständnissen herauszuplatzen.

„Habe niemals Angst davor, deine Gefühle zu teilen." Seine Finger waren tiefer gewandert, über die Vorderseite meiner Jeans, um mich zwischen meinen Oberschenkeln zu streicheln. „Du kannst mir alles sagen."

Gott, das fühlte sich gut an, aber es war kaum etwas. So ein unerfüllendes Reizen. „Dann sage ich dir, dass ich dich will. Jetzt."

Seine Finger tanzten nur über meine Oberschenkel, kratzten leicht über meine Schamlippen, meine Klitoris, sogar noch tiefer. Ich bekam davon überall Gänsehaut und ein Schmerz wurde zum Leben erweckt. „Gut", sagte er mit neckendem Ton. „Himmel. Herrisch."

Ich streckte ihm meine Zunge heraus.

Während er den Knopf meiner Jeans öffnete, grub er seinen Kopf in meinen Hals und ließ seine Zunge über meine Haut schnalzen. „Quälgeist."

„Wenn ich ein Quälgeist bin, dann bist du ein Arschloch", murmelte ich zurück.

Er lachte leise, während er meinen Reißverschluss öffnete. „Ich habe nie das Gegenteil behauptet. Wir rennen beide mit vor der Brust gekreuzten Armen herum, nicht? Ich vermute, deshalb verstehen wir einander."

„Ja. Tun wir." Ich sog einen Atemzug ein, als er seine Hand in mein Höschen bewegte. Das hatte ich nicht erwartet und seine langen, warmen Finger, die durch meine feuchte Hitze strichen, entlockten mir ein leises Stöhnen.

„Gefällt dir das?" Seine Zunge tauchte in meinen Bauchnabel, während sein Finger in mich sank.

Ich nickte, auch wenn ich wusste, dass er mich nicht sehen konnte. Aber er blickte zu mir hinauf und zog sofort seine Hand weg.

„Oh", sagte ich enttäuscht.

„Zieh deine Sachen aus", sagte er. „Steh auf und zieh dich für mich aus. Beweise mir, dass du das wirklich willst."

Ich zögerte sofort. „Ich bin keine Stripperin."

„Ich verlange dabei keine Tanzeinlage." Er setzte sich auf. „Hier, ich werde dir zeigen, was ich will." Devin erhob sich vom Bett und stellte sich daneben, sodass er mich ansah.

Ich rollte auf die Seite, um besser sehen zu können, was er tat, und meine Handflächen schwitzten vor Nervosität. Ich konnte auf keinen Fall einfach vor ihm stehen und strippen. Ich konnte mich nicht so entblößen. Aber das bedeutete nicht, dass ich nicht mit ihm zusammen sein wollte, dass ich nicht wollte, dass er mich entjungferte. Denn das tat ich. Und ich wusste, dass er mir Vergnügen bereiten würde. Ich wollte nur, dass es dabei dunkel war, dass er mich mit seinem Körper bedeckte. Ich wusste nicht, wie man offen sexy war.

Er öffnete seinen Reißverschluss und wurde seine Jeans los, indem er sie von seinen Füßen trat. Dann streifte er seine Boxerslips ab und stand komplett nackt vor mir. Seine Schenkel waren muskulös, genau wie sein Bauch, fit und mit faszinierenden Linien, die ich mit meiner Zunge erkunden wollte. Ich schluckte hart, als ein heißer Ansturm von Begierde sowohl meinen Mund als auch mein Höschen flutete. Er war hart und sexy und er gehörte mir.

Mehr als mein Liebhaber. Mehr als mein Freund. Mein zukünftiger *Ehemann.*

Der Mann, den ich liebte. Ich würde seine Frau sein und das war unglaublicher als all das.

Seine Erektion hüpfte ein wenig, als er mir näher kam und ich starrte darauf. Es war faszinierend, ganz glatte Haut, pralle Hoden, die den unteren Teil seines Schaftes bedeckten. Ohne nachzudenken streckte ich mich und berührte sie, neugierig, wie es sich anfühlen würde. Als er stöhnte, blickte ich fragend zu ihm hoch. „Was?"

Er beantwortete die Frage nicht. Er sagte nur: „Streichle ihn. Bitte."

Ich war mir nicht sicher, wie genau, aber ich experimentierte, ergriff ihn und ließ meine Hand seine Länge hinauf und hinab gleiten. Ich wusste, wann er zustimmte, weil er ein Geräusch in seiner Kehle machte und seine Erektion tatsächlich ein wenig in meiner Hand sprang. Aber es gab zu viel Reibung, um ihn bequem noch schneller streicheln zu können, also bedeckte ich versuchsweise die Spitze mit meinem Mund, da ich wusste, dass Speichel hilfreich sein würde. Ich mochte vielleicht kein Sexualexperte gewesen sein, aber es war nicht so, als hätte ich keine Ahnung, was was war. Ich hatte mir aus Neugier Filme angesehen, sogar welche, die als Porno gelten konnten. Ich hatte Blowjobs gesehen, oder Nachahmungen davon. Ich ging nie in eine Situation ohne meine Recherche. Aber es anzusehen war leichter, als es zu tun.

Devin murmelte meinen Namen. „Genau so, Baby, das gefällt mir sehr."

Das war all die Ermutigung, die ich brauchte. Ich versuchte, ihn ganz in den Mund zu nehmen, aber ich öffnete meine Kehle nicht und kam nicht sehr weit. Ich schaffte es allerdings, ihn mit Speichel einzureiben, also ging ich wieder dazu über, ihn mit meiner Hand zu befriedigen, dieses Mal jedoch viel erfolgreicher. Ich probierte, ihn fester zu drücken und wurde mit einem schwachen Fluch belohnt. Ich erforschte seine Eier, kraulte sie, staunte über ihre straffe Haut.

Aber Devin legt seine Hände auf meinen Kopf und neigte ihn hoch, sodass ich gezwungen war, ihn anzusehen. „Wenn du das tust, um dem Ausziehen zu entgehen, kannst du gleich aufhören. Ich ändere meine Meinung deswegen nicht."

„Nein", sagte ich schockiert. „Ich tat es, weil ich ihn berühren wollte. Dich." Ich glaubte immer noch nicht, dass ich vor ihm stehen und mich komplett entblößen könnte, aber mein Körper reagierte bereits auf seinen, auf das Empfinden seiner Haut, seines Dufts. Auf seine deutliche Erregung.

„Gut. Aber nur damit du es weißt, ich ziehe dich nicht aus. Wenn du deine Klamotten also loswerden willst, musst du es tun. Aufstehen. Ich muss wissen, dass du das nicht nur tust, um mir zu gefallen."

„Vertraust du mir nicht?", fragte ich, auch wenn meine Nippel bei seinen Worten spannten. Er klang, als würde er mich hinunterwerfen und hart ficken wollen, aber er hielt sich komplett zurück. Ich war mir nicht sicher, wie wir dort gelandet waren, aber ich wusste, dass ich zu hundert Prozent angeturnt war und bereit, mit ihm Sex zu haben. „Ich werde dich nicht manipulieren. So bin ich nicht."

„Du hast recht. Tut mir leid. Natürlich bist du nicht so." Er beugte sich vor und küsste mich, fest. „Ich muss ein Kondom holen."

„Ich habe welche."

„Tust du?" Devin sah empört aus.

Ich kletterte vom Bett und ging ins Bad. „Es schien mir gut, vorbereitet zu sein." Für ihn. Ich hatte sie aus einem Impuls heraus auf einer Fahrt in die Stadt gekauft. Impuls und Optimismus.

„Ich weiß nicht einmal, was ich davon halten soll."

Ich holte sie schnell heraus und ging zurück ins Schlafzimmer. Devin lag ausgestreckt auf dem Bett, herrlich nackt, die Hände hinter dem Kopf. Der Anblick brachte mich plötzlich zum Anhalten. Er war heiß. Ich war mir nicht sicher, ob mir dieser sexy Mann wirklich zustand.

Aber ich wusste, dass ich aus einem Grund nach Richfield geführt worden war. Weil er und seine Liebe mir zustanden. Weil er vielleicht meine Belohnung für ein ganzes Leben voller

Einsamkeit war.

„Denk nicht über alles nach. Benutz es einfach." Ich warf das Kondom neben ihm auf das Nachtkästchen.

Dann holte ich tief Luft und stellte mich neben das Bett. Ich kannte ihn gut genug, um zu wissen, dass er nicht nachgeben würde, und wenn er nicht nachgiebig war, würde er nicht einlenken. Aus irgendeinem Grund wollte er, dass ich meine Klamotten selbst auszog. Mir behagte das nicht, aber ich musste. Ich musste ihm beweisen, dass ich erwachsen genug war, ihn zu befriedigen, dass ich eine Frau war. Dass ich nicht bereit war, nur zu seinem Vergnügen mit ihm Sex zu haben. Ich selbst wollte ebenfalls Vergnügen.

Also fing ich an, meine Jeans herunterzuziehen, wackelte etwas mit den Hüften, damit sie herunterrutschte. Devin beobachtete mich nur langsam, sorgfältig. Als sie zu meinen Füßen lag, bückte ich mich und zog sie aus. Das war nicht so schwer. Ich fühlte mich nicht unwohl. Ich schälte auch meine Socken ab, dann griff ich hinter mich nach dem BH-Verschluss. Aber dann bemerkte ich, dass es besser wäre, das im Stehen zu tun, nicht bückend. Ich wurde etwas aufgeregt, als ich mich wieder gerade aufstellte, mit meinen Ellbogen eigenartig angewinkelt, meine Hände noch immer auf meinem Rücken.

Ohne Eile griff Devin zum Nachtkästchen hinüber und zog die Kondompackung an sich.

„Was machst du?", fragte ich.

„Ich bin erregt. Ich will dich dringend. Ich ziehe ein Kondom über, um mir dabei zu helfen, mich zu beherrschen."

„Willst du mich wirklich?", fragte ich und hasste mich für die Frage. Aber ich tat es trotzdem.

„Gott, ja. Ich will dich so, wie ich noch nie jemanden wollte."

Das reichte mir, um meinen BH zu öffnen und die Träger über meine Arme zu streifen. In einem letzten Versuch der Sittsamkeit hielt ich die Cups an meine Brüste gepresst. Ein Versuch, mich vor ihm zu verstecken. Aber dann bemerkte ich, dass Devin bereits alles an mir gesehen hatte. Er hatte in mich hineingesehen. Er hatte meinen Gedanken gelauscht, meinem Herzen. Es machte völlig Sinn, dass er der eine Mann sein sollte, dem ich vertrauen konnte, meinen Körper komplett nackt zu sehen.

Also ließ ich den BH fallen.

Zog mein Höschen aus.

Und stand mit rasendem Herzen und heißem Mund, aber selbstbewusst, vor ihm.

„Du bist wunderschön", sagte er. „Ich bin der glücklichste Mann der Welt."

Irgendwie glaubte ich ihm, als er das sagte.

Als er mir seine Hand entgegenstreckte, nahm ich sie und kletterte auf ihn. Ich wusste nicht genau, was ich tat, ich wusste nur, dass ich seine Haut auf meiner spüren wollte. Ich legte mich mit der Brust auf ihn, die Beine über seine, wobei die weichen Haare auf seinen Schenkeln mein Fleisch kitzelten. Wir seufzten beide. Es fühlte sich köstlich an. Intim. Alles, was ich mir immer vorgestellt hatte.

Er zog meinen Kopf zu sich und es stand nichts zwischen uns, kein Hindernis, weder körperlich noch emotional. Ich küsste ihn nicht sofort. Ich berührte nur sein Gesicht, schob meinen Fuß über seine Wade, ließ meine Lippen über sein Ohrläppchen wandern, atmete seinen Duft ein. Als ich ihn küsste, war es langsam, sanft, unser Verständnis voneinander war vollständig, unsere Bedürfnisse im Einklang.

Aber als meine Hüften anfingen, forschend gegen ihn zu schaukeln, als ich spürte, wie seine Erektion in meinen Oberschenkel drückte, drehte er mich plötzlich auf den Rücken.

„Was?“, fragte ich.

„Ich habe das Kondom noch nicht übergezogen“, sagte er, wobei er meinen Nippel in den Mund nahm und daran saugte. „Es ist zu gefährlich in dieser Position.“

„Oh.“ Darüber hatte ich nicht einmal nachgedacht. Als er sich zwischen meine Schenkel bewegte, spreizte ich instinktiv meine Beine. Eine Sekunde lang spannte ich mich an, in der Erwartung, dass er in mich eindringen würde, aber er fuhr nur damit fort, meine Brust und meinen Nippel zu lecken und zu saugen, während ich das Rascheln der Kondomverpackung hörte.

„Entspann dich“, murmelte er, während er mit seiner Zunge zu meinem Bauch wanderte und in meinen Bauchnabel tauchte. „Wir sind noch nicht so weit.“

In gewisser Hinsicht wollte ich es nur hinter mich bringen. Um die Angst zu töten, die Ungewissheit, ob es vielleicht wehtun würde, dass ich es vielleicht hassen würde, dass er vielleicht enttäuscht sein würde.

Aber ich vergaß langsam, darüber nachzudenken, als er meinen Körper mit seinen Händen erforschte, seinem Mund, während sein Haar meine Brust kitzelte, seine Finger kurz in mich tauchten, bevor sie wieder verschwanden. Er schien es nicht eilig zu haben, ohne besonderen Plan im Kopf. Er streichelte einfach und saugte und küsste und berührte, bis sich meine

Nägel in seine Schultern gruben und ich vor Verlangen keuchte. Mein Kopf fiel zur Seite, als er an meiner geschwollenen Klitoris saugte, und ein leises Stöhnen entkam meinem Mund.

Er zog meine Schamlippen auseinander, ließ seinen Atem darüberstreichen, dann bearbeitete er mich mit seiner Zunge, bis meine Fersen sich ins Bett gruben und meine Hüften sich hoben.

Da hörte er auf.

Genau bevor ich kommen konnte. Die plötzliche Veränderung ließ mich vor Bestürzung aufschreien.

Aber dann bemerkte ich, wieso. Er kam höher, zwischen meine Beine, seine Erektion stupste mich an. Mit einer Hand stütze er sich ab, mit der anderen hielt er mich feucht. Er stieß hinein, nur ein wenig, und ich wand mich auf dem Bett, teils von der seltsamen Empfindung und dem Unbehagen, teils von dem körperlichen Bedürfnis nach mehr. Nach Vollendung. Er stieß ein paar Mal hinein und hinaus, nur mit der Spitze seines Schwanzes in mir, sein Blick traf meinen.

Dann zog er ihn komplett heraus und ich war überrascht, dass ich die seltsame Fülle, das kleine Eindringen vermisste.

„Devin…“ Ich verstand nicht, was er tat. Er bearbeitete mich wieder mit seiner Zunge, massierte meine Falten mit den Fingern, während seine Zunge tief in mich tauchte. „Oh mein Gott.“ Ich biss mir auf die Unterlippe, während mein ganzer Körper vor Vergnügen zitterte.

Als meine Hüften anfingen, sich an ihn zu drängen, und mein Stöhnen lauter wurde, verließ Devin mich wieder.

Völlig frustriert drückte ich seinen Arm. Er führte mich weiter an die Grenze.

Aber als er dieses Mal gegen mich drückte, begrüßte ich es.

Ich wollte diesen Druck, dieses heiße Stoßen seines Schwanzes. Dieses Mal stieß er etwas tiefer, tauchte hinein und hinaus, während seine Finger mich zusätzlich weiteten, was es mir erlaubte, ihn tiefer aufzunehmen. Ich dachte, dass er mich dann ganz nehmen würde, aber das tat er nicht. Er zog komplett heraus, aber dieses Mal versuchte ich, ihn dort zu behalten, fühlte mich wild. Ich wollte ihn tief in mir.

Meine Hüften folgten ihm, aber nichts konnte ihn abhalten, sich zurückzuziehen. „Das ist nicht fair", beschwerte ich mich, während ich seine festen Pobacken umklammerte und versuchte, ihn wieder an seinen Platz zu bringen. Er war jedoch viel stärker als ich und ich konnte ihn nicht einmal zu einer Bewegung animieren.

Seine Augen waren dunkel, seine Haare fielen darüber. „Was ist nicht fair, Liebste?" Seine Stimme klang rau.

Ich schüttelte den Kopf. Ich wusste nicht, wie ich meine Gefühle deutlich aussprechen sollte. Ich war mir nicht einmal sicher, was genau passierte. Ich wusste nur, dass ich keine Gedanken in meinem Kopf halten konnte, meine Oberschenkel zitterten und meine Stimme heiser vom Stöhnen war. Also ging er wieder zu seinem offensichtlich ursprünglichen Plan über. Sein Mund näherte sich zum dritten Mal meiner Klitoris, wobei sein Bart mich entlang meiner Vagina kitzelte. All meine Nervenenden schienen verstärkt worden zu sein und ich fühlte mich, als würde ich in tausend Stücke zerbrechen, wenn er mich nicht bald erlöste.

Da ich einen Orgasmus brauchte, versuchte ich, mein Stöhnen zurückzuhalten, meine Hüften nicht zu sehr zu bewegen, sodass er nicht bemerken würde, wie nah ich war, und ich kommen konnte, bevor er sich wieder zurückzog. Aber Devin wusste, was er tat, und gerade, als ich dachte, ich dürfte explodieren, entfernte er seinen Mund und lächelte mich listig an. „Netter Versuch."

Als er sich diesmal zwischen meine Beine bewegte, begrüßte ich ihn. Ich hob meine Hüften für ihn, wickelte meine Beine um seine Knöchel. Ich packte seinen Hintern und ermutigte ihn, näher zu kommen. Er fing nicht so an wie vorher, neckend und langsam. Dieses Mal tauchte er einfach in mich und mir stockte schockiert der Atem, bei der plötzlichen Fülle der Penetration. Aber es war nicht schmerzhaft. Es war, was ich gewollt hatte, worauf ich gewartet hatte und als er hinein- und herausstieß, mit heißem und wildem Atem, zogen sich meine inneren Muskeln zusammen und ich explodierte in einem festen, intensiven Orgasmus.

Ich klammerte mich überwältigt an ihn, unfähig zu atmen, oder einen Ton von mir zu geben, als mich die Ekstase überschwemmte. Er sah genauso schockiert aus, wie ich mich fühlte.

„Heilige Scheiße", war sein Kommentar, als seine Stöße schneller wurden und seine Augen sich kurz schlossen.

Der Raum fing an, sich hinter ihm zu drehen und ich bemerkte, dass ich meine Vagina in einer instinktiven Reaktion auf sein Vergnügen um seinen Schwanz klammerte.

„Atme, Tiff", befahl er mir barsch.

Ich hatte nicht einmal bemerkt, dass ich das nicht tat und ich ließ ein riesiges Zischen hinaus und sog einen weiteren riesen Zug ein, während mein Körper schlaff auf die Matratze fiel. „Devin … "

Er stöhnte fest und sein Rhythmus veränderte sich, seine Augen kniffen sich zusammen. Als sie sich eine Minute später wieder öffneten, fragte ich: „Bist du …?“

Ich wusste nicht, wie sich der Orgasmus eines Mannes anfühlte. Es schien, als hätte er einen gehabt, aber ich war mir nicht sicher.

„Verdammt, ja“, sagte er.

Er ließ eine Sekunde lang seine Stirn auf meiner ruhen und ich fühlte seine heiße Haut, hörte seine abgehackte Atmung. In mir gab es Nachbeben, obwohl er sich nicht so groß anfühlte. Devin küsste mich und zog sich dann zurück und brach neben mir auf dem Bett zusammen. „Geht's dir gut?“, fragte er. „Hat es wehgetan?“

Ich nickte, fühlte mich plötzlich, als würde ich zu heulen anfangen. Es fühlte sich an, als wäre mir gerade etwas ungeheuer Monumentales passiert. Das war echt. Wir waren echt.

„Heißt das ja, dir geht es gut, oder ja, es hat wehgetan. Oder ein Ja auf beides?“

„Es geht mir gut. Es hat nicht wirklich wehgetan.“ Es gab jetzt ein Pochen, ein Bewusstsein meiner Vagina, das ich nicht gewohnt war, aber es war kein schlechtes Gefühl. Mein Körper fühlte sich befriedigt, noch immer kribbelnd. „Ich bin gekommen“, fügte ich hinzu, obwohl ich gleich bemerkte, dass er das wusste.

Er musterte mich aufmerksam, während er auf seinen Ellbogen gestützt war. „Ich bin darüber sehr froh. Küss mich.“

Tat ich, aber es war ein schneller Kuss. Ich fühlte mich zu überwältigt. Tränen rollten leise meine Wangen hinunter.

Devin wischte sie weg. „Hey“, sagte er sanft. „Du kannst mir sagen, wenn es wehgetan hat oder es dir nicht gefallen hat. Du bist ehrlich zu mir, erinnerst du dich?“

„Und du lügst mich an?“ Ich schniefte. Ich war mir nicht sicher, wieso ich weinte. Ich wusste nur, dass sich alles verändert hatte, dass ich der Mauer um mein Herz erlaubte hatte einzustürzen. Es fühlte sich unglaublich und wunderbar an, mit Devin zusammen zu sein, aber es war so mächtig, dass es war, als könnte ich es nicht in mir behalten. Es platzte in unerklärlichen Tränen und Worten, die misstrauisch klangen, heraus.

„Nein. Natürlich nicht.“ Er streichelte mein Haar. „Ich meinte nur, dass du mir alles sagen kannst. Beschönige es nicht, wenn du es nicht genossen hast. Ich will dir Vergnügen bereiten. Dich glücklich machen.“

„Tust du.“ Ich wickelte meine Beine um seine, wollte ihn näher bei mir. „Ich war vorher nur noch nicht verliebt.“

„Ich auch nicht“, sagte er heiser.

Ich bezweifelte nicht, dass er es meinte. Ich studierte die Umrisse seiner Lippen, fuhr mit meinen Fingerspitzen seinen Arm hinunter. „Ich fühle mich … darin eingehüllt. Ergibt das Sinn?“

„Absolut.“ Er legte sich wieder zurück und zog meine Hüfte herüber, sodass wir aneinandergekuschelt waren.

Ich hatte vorher noch nie nackt geschlafen, aber ich wollte mich nicht wieder anziehen. Ich wollte, dass der Augenblick endlos dauerte. Devin zog das Kondom ab und warf es in ein Papiertaschentuch auf dem Nachtkästchen. Er deckte mich zu.

„Geht es Amelia gut?“, fragte ich, während ich zu dem Hund hinüber spähte.

„Verarschst du mich? Sie schnarcht.“

Als ich lauschte, bemerkte ich, dass er recht hatte. Sie schnaufte leise in der Ecke. „Sie braucht hier auch ein Hundebett."

Er küsste meine Stirn. „Bestell eins online für sie, wenn du willst, Wunderschöne. Oder wir besorgen eines, wenn wir das nächste Mal in der Stadt sind."

Alles schien so normal. Als würde alles so sein, wie Devin und ich bereits gelebt hatten, nur dass ich jetzt wusste, dass er mich liebte. Wenn ich vorher glücklich gewesen war, würde ich jetzt in Perfektion leben.

Unser Haus, unser Hund, unsere Liebe. Unsere Leben.

Perfekt. Zusammen.

Ich schlief in Devins Armen ein, ohne vorherzusehen, dass es das einzige Mal sein würde.

kapitel dreizehn

Ein festes Klopfen an der Tür riss mich aus dem Schlaf. Eine Sekunde lang war ich verwirrt, wieso ich ein schweres Gewicht auf meinem Bauch spürte, aber ich bemerkte, dass es Devins Hand war, die dort ruhte. Mein Herz raste, da ich aus dem Schlaf gerissen worden war, und ich drehte meinen Kopf zu ihm, um zu sehen, ob er wach war. Vielleicht hatte ich das Klopfen geträumt.

Er atmete tief durch seine Nase, seine Augen flatterten auf. „Was zur Hölle war das?", nuschelte er.

Es klopfte erneut, womit bewiesen war, dass es real war. „Jemand ist an der Tür", sagte ich und sprach das Offensichtliche aus. „Ich kann nicht aufmachen. Ich bin nackt."

„Was willst du?", rief Devin laut. Er verlagerte sich ein wenig und küsste meine Schulter.

Da ich mich entblößt fühlte, zog ich die Decke enger über

mich, auch wenn es nicht möglich war, dass jemand einfach hereinspazierte. Devin hatte abgesperrt. Ich tastete nach meinem Handy und blinzelte, um zu sehen, wie viel Uhr es war. Sechs Uhr früh. Das war nicht gerade der romantische Morgen danach, auf den ich gehofft hätte, aber mir gefiel das Gefühl von Devins Körper neben meinem.

„Ich bin's, Lizzie."

Wunderbar. Ich sah Devin fragend an.

Er zuckte nur mit den Schultern und seufzte deutlich. „Was gibt's?"

„Cass hat eine Überdosis genommen. Sam hat gerade einen Krankenwagen gerufen."

„Scheiße." Devin setzte sich rasch auf. „Sind sie auf dem Weg?", rief er ihr zu. „Atmet sie noch?"

„Ja und ja." Lizzies Stimme hatte die Attitüde von voriger Nacht verloren. Sie klang müde, traurig.

Ich setzte mich ebenfalls entsetzt auf. Ich hätte Devin sagen sollen, dass Cassandra schlecht ausgesehen hatte. Sie war mehr als betrunken gewesen. Devin schlüpfte bereits in seine Hose, die Unterhose sparte er sich. „In welches Krankenhaus würden sie sie bringen?", fragte er mich.

„*Guter Samariter* ist das einzige in der Stadt", sagte ich, während ich aus dem Bett kletterte.

Er wartete, bis ich das Bad erreicht hatte und hineingeschlüpft war, dann hörte ich, wie er die Schlafzimmertür öffnete und in den Flur hinausging, seine Stimme war gedämpft, als er mit Lizzie sprach.

Ich zuckte bei dem grellen Licht zusammen und beeilte mich mit meinem Geschäft, in dem Bewusstsein, wie empfindlich ich weiter südlich war. Als ich meine Hände wusch, hielt ich kurz inne, um mich im Spiegel zu betrachten. Ich sah überhaupt nicht anders aus. Lustig, dass ich trotzdem irgendwelche sichtbaren Veränderungen in meinen Gesichtszügen erwartete, obwohl es lächerlich war, dass ich es täte. Oder einen älteren und weiseren Ausdruck. Ein Mitglied des Clubs.

Aber nein. Ich sah noch immer aus wie ich. Größtenteils fühlte ich mich wie ich.

Ich sputete mich, kehrte ins Schlafzimmer zurück und zog mich an. Als ich in die Küche strebte, sah ich, wie Devin sein T-Shirt anzog und seine Füße in die Schuhe zwängte. „Ich fahre ins Krankenhaus. Macht es dir etwas aus, mit den anderen hierzubleiben?"

Ich schüttelte den Kopf. „Nein, macht mir nichts aus." Ich wollte sowieso nicht ins Krankenhaus. Dort war meine Großmutter gerade erst gestorben und ich glaubte nicht, dass ich mit diesen Korridoren, dem Pflegepersonal, konfrontiert werden wollte.

Lizzie hatte die Arme um sich geschlungen, sie trug nichts außer einem engen T-Shirt, auf dem *Fuck Off* stand, und einem pinkfarbenen Höschen. Sapphire und Jay saßen auf der Couch und unterhielten sich leise. Sapphire hatte einen großen flauschigen Bademantel an und Jay hatte seinen Arm um sie gelegt. Lizzies Freund war nicht da. „Wo ist dein Freund?", fragte ich sie.

„Schläft."

Schön.

Devin zog seinen Mantel an und kam zu mir herüber und drückte meine Hand. „Ich werde anrufen oder schreiben, sobald ich etwas weiß." Dann drehte er sich zu den anderen. „Keine sozialen Medien. Niemand sagt irgendetwas zu jemandem, bis wir Schadensbegrenzung machen können. Ich hab die PR-Leute bereits informiert.

Es folgte halbherziges Nicken.

Das wäre mir niemals eingefallen. Schadensbegrenzung. Als wäre es nicht schädlich genug, eine Drogenüberdosis zu nehmen, standen auch noch Karrieren, Existenzen auf dem Spiel. Ihre Gedanken kreisten ständig und das war eine Welt, die ich nicht verstand. Obwohl ich dachte, dass jeder das Gleiche tat, nur auf einem niedrigeren Level. Die meisten Menschen wollten nicht, dass andere von ihren Süchten und Problemen etwas mitbekamen.

Trotzdem machte es mich traurig. Alles daran machte mich traurig. Cassandra war wunderschön und talentiert. Erfolgreich, wohlhabend. Wieso musste sie Entkommen suchen? Ich verurteilte sie nicht, sie tat mir nur leid.

Devin verschwand durch die Garage und ich stand da und wusste nicht, was ich sagen oder tun sollte. Plötzlich machte Lizzie würgende Geräusche, sie rannte zum Spülbecken und übergab sich, wobei ihr die Haare ins Gesicht fielen. Ich stellte mich neben sie und hielt ihre Haare aus dem Gesicht, während ich ihren Rücken rieb. „Es ist okay", murmelte ich. „Cassandra wird wieder."

Lizzie stellte sich wieder aufrecht hin, aber sie klammerte sich mit wässrigen Augen an den Rand der Spüle. Mit dem Handrücken wischte sie sich über den Mund. „Ich habe einen fetten Kater. Und ich fühle mich verdammt schuldig. Ich habe dieses Heroin mitgebracht. Kadence hatte es mir gegeben, als ich sie vor ein paar Wochen gesehen habe, und ich nehme nichts. Aber ich wusste, das Cass es tut und es war als ein Neujahrsgeschenk an sie gedacht.“ Sie sah mich an und lachte harsch. „Ich habe ihr etwas geschenkt, das sie hätte umbringen können. Was zum Teufel stimmt nicht mit mir?“

Ich war mir nicht sicher, was ich darauf sagen sollte. Ich riss nur ein Papiertuch von der Rolle und machte es nass. Sapphire war hereingekommen und verschränkte die Arme vor der Brust.

„Hör mal, es ist nicht deine Schuld, Lizzie. Sicher, du hast diese Scheiße mitgebracht, aber Cass hätte es sich wo anders besorgt, wenn du es ihr nicht gegeben hättest. Dieser ganze beiläufige Drogenkonsum ist Schwachsinn. Niemand kann es kontrollieren. Niemand ist unbesiegbar.“

Ich reichte Lizzie das Papiertuch und sie machte damit ihren Mund und ihre Hände sauber. „Das wird in ungefähr fünf Sekunden überall im Internet stehen. Devin kann es nicht kontrollieren. Irgendjemand im Krankenhaus wird reden.“

„Und die Downloads ihrer Alben werden steigen.“ Sapphire schüttelte ihren Kopf. „Wir leben in einer kaputten Welt.“

Da ich mich nicht fühlte, als hätte ich irgendetwas zu der Konversation beizutragen, fing ich an, die Küche sauber zu machen. Überall standen Flaschen und Teller und Gläser herum. Lizzie starrte mich dabei an. Ich glaubte nicht, dass sie das überhaupt bemerkte, aber sie lehnte einfach an der Theke und beobachtete mich, während ihre Nippel die Baumwolle ihres T-Shirts dehnten. Sapphire fing an, mir zu helfen, indem sie ein paar Teller nahm und sie zum Geschirrspüler trug.

„Du musst das nicht tun“, sagte ich zu ihr. „Ich mach das schon.“

„Ich bin nicht in Reichtum groß geworden. Ich kann eine verdammte Geschirrspülmaschine einräumen", sagte sie.

Ihr platinblondes Haar fiel in einem geschmeidigen Vorhang nach vorne, als sie genau das tat und ihre verrückt langen Fingernägel klickten gegen die Gestelle, als sie sie füllte.

„Danke."

„Keine Ursache."

Lizzie machte keine Anstalten, uns zu helfen. Sie sah aus, als stünde sie unter Schock. „Will jemand Kaffee?", fragte ich.

„Gott, gerne", sagte Sapphire.

Lizzie nickte, während sie an ihrem Fingernagel kaute. Dann sagte sie ohne Vorwarnung: „Glaubt ihr, dass das Heroin schlecht war? Wie dieses schwarze Heroin oder so?"

Sapphire zuckte mit den Schultern. „Ich weiß es nicht. Es ist möglich. Jedes Mal, wenn man sich Scheiße spritzt, ist es möglicherweise schlecht."

Ich war damit fertig, die Küche zu kehren und den Müll einzusammeln, und nachdem ich meine Hände gewaschen hatte, schaltete ich die Kaffeemaschine ein. Ich tastete nach meinem Handy in der Hosentasche und versicherte mich, dass es dort war. Keine Nachricht von Devin, aber er kam vermutlich gerade erst am Krankenhaus an.

„Ich dachte gerade, ob Kadence vielleicht versucht hat, G umzubringen. Oder einen Skandal auszulösen, indem jemand in seinem Haus stirbt."

Ich hörte auf damit, Kaffeesatz aus der Tüte zu löffeln, um Sapphires Meinung zu hören. Niemand war so verrückt. Oder?

Es war eine dumme Frage. Natürlich waren sie das. Ich war in meinem Leben schon reichlich auf verrückt, grausam, egoistisch gestoßen.

„Wer zum Teufel weiß das?", sagte Sapphire. „Aber das scheint eine blöde Art zu sein, einen Mann zurückzubekommen."

Ich fühlte mich unwohl, ihnen dabei zuzuhören, wie sie über seine mir fremde Frau sprachen. Ich wünschte inbrünstig, er wäre tatsächlich geschieden, aber plötzlich fühlte ich mich, als hätte ich einen Fehler gemacht. Ich hatte mit einem verheirateten Mann geschlafen. Auch wenn er versuchte, nicht mehr verheiratet zu sein. Er war noch immer verheiratet. Man konnte nicht einfach beschließen, nicht mehr verheiratet zu sein. Nur das Gericht konnte das. Es schien wie eine Rechtfertigung, dass er emotional abgeschlossen hatte, und alles, was ich gefühlt hatte, all diese warmen und glücklichen Gedanken, schienen von der Existenz Kadences gedämpft. Und Cassandras.

So viel zur Glückseligkeit.

„G kommt vielleicht wieder mit ihr zusammen. Man kann nie wissen."

„Mädel, du hast überhaupt kein Taktgefühl", sagte Sapphire frustriert. „Siehst du nicht, dass Tiffany genau hier steht und deinem dünnen Arsch Kaffee macht? Sie will deine Meinung über G und Kadence nicht hören."

Nun, da hatte sie recht. Wollte ich definitiv nicht. Doch gleichzeitig, auch wenn es peinlich war, war ich neugierig, was Devins Freunde über Kadence und seine Beziehung mit ihr dachten. Falls das seine Freunde waren. Es war schwer zu sagen, ob es echte Freundschaften waren oder ob sie nur Klienten waren.

„Oh. Sorry", entschuldigte sich Lizzie. Sie sah mich an, während sie noch immer auf ihrem Nagel biss. „Wie hast du G getroffen?“

„Ich bin hier die Hausverwalterin“, sagte ich, nahm die Karaffe und füllte sie mit Wasser. Ich würde mich nicht von Lizzies Unhöflichkeit ärgern lassen. Es war noch nicht einmal das Schlimmste von dem, was mir voraussichtlich in der Zukunft passieren würde. Ich dachte, ich sollte vorbereitet sein. „Haussitter. Wie auch immer du mich nennen magst.“

„Und du fickst ihn? Ich meine, nicht dass ich dir Vorwürfe mache, würde ich sicher auch, aber du weißt, dass er gerade erst aus seiner Ehe kommt. Er wird herumdaten wollen.“

Meine Wangen wurden warm. Ich wollte nicht naiv oder verteidigend klingen, also schenkte ich einfach das Wasser ein und sagte vorsichtig: „Devin und ich haben über unsere Beziehung gesprochen.“ Was wir gesagt hatten, ging sie nichts an. Ich glaubte wirklich und zutiefst, dass er mich liebte. Sie würde mir nicht ruinieren, wie besonders sich das anfühlte.

„Was bist du, Anwältin?“

Jay kam in die Küche. „Wer ist Anwältin? Und rieche ich Kaffee?“

Mein Handy vibrierte in der Hosentasche. Ich zog es heraus und ließ sie weitersprechen, dankbar, dass Jay Lizzie unterbrochen hatte. Ich hatte das Gefühl, sie fing gerade erst an, mich auszufragen, und ich hatte kein Interesse daran.

Es war eine Nachricht von Devin.

Cass ist okay. Übergeben sie morgen in die Entziehungskur. Schicke ein Auto, um alle zum Flughafen zu bringen. Müssen um 3 fertig sein.

„Ist das G?“, fragte Sapphire.

Ich nickte. „ Er sagt, Cassandra ist okay und sie bringen sie morgen in eine Reha-Einrichtung. Er schickt für heute 15 Uhr ein Auto, um euch alle zum Flughafen zu bringen."

„Die Party ist vorbei", sagte Jay kopfschüttelnd. „Ich frage mich, ob der Jet für morgen überhaupt arrangiert worden war."

Es kam eine zweite Nachricht von Devin.

Dein Jeep kommt heute. Halte Ausschau nach dem Lieferkerl. Xoxo

Mir gefielen die hinzugefügten Umarmungen und Küsse. Sie schafften es, dass ich mich trotz der ganzen merkwürdigen Situation besser fühlte. Letzte Nacht schien wie ein Traum. Als wäre das alles nicht real gewesen.

Während ich mir Kaffee einschenkte, sagte ich: „Ich werde duschen gehen. Braucht irgendjemand etwas, bevor ich gehe?"

Sie alle schüttelten ihre Köpfe und Jay griff bereits nach seiner Kaffeetasse.

Zurück in meinem Zimmer, sah ich das benutzte Kondom auf dem Nachtkästchen. Ich hob es vorsichtig auf und trug es mit gekräuselten Lippen ins Bad. Als ich saubere Klamotten und Unterwäsche aus der Kommode holen wollte, entdeckte ich einen Blutfleck auf dem makellos weißen Bettlaken. Anscheinend hatte ich geblutet und es nicht bemerkt. Ich riss das Laken herunter und bündelte es zusammen. Irgendetwas an dem Fleck schien brutal. Wieso war Sex im Tageslicht nicht so romantisch wie in der Nacht?

Aber ich wusste, dass es nicht daran lag. Es war das unwohle Gefühl, dass ich alleine war. Dass ich das, anstatt dass Devin seine Arme um mich legte oder er mich beim Beseitigen des Kondoms neckte, allein tat. Es gab kein gemütliches gemeinsames Frühstück, keinen Morgensex. Ich fühlte mich egoistisch und unreif, überhaupt über mich nachzudenken, wenn Cassandra im Krankenhaus lag, aber ich schien mich nicht bremsen zu können.

Frisch geduscht, in sauberen Klamotten und etwas besserer Stimmung, ging ich zurück zu den anderen. Lizzie hatte sich ebenfalls angekleidet, sie trug Lederleggings und einen Oversize-Pulli, der eine Schulter freiließ. Sie hatte eine Strickmütze auf dem Kopf und trank ein Glas Weißwein. „Irgendein Kerl hat gerade einen Jeep abgeladen. Er sagte, G hat ihn bestellt. Jay hat unterschrieben."

„Oh, okay, danke." Ich war irgendwie froh, dass ich mich nicht mit dem Liefermann beschäftigen musste. Es fühlte sich so überzogen an, einen Jeep an die Maine-Küste geliefert zu bekommen.

„Ist er für dich?", fragte sie verschlagen.

„Ja."

„Ich wusste es. Aber es war irgendwie offensichtlich, nachdem das Kennzeichen TIFFANY ist." Sie grinste mich an. „Ich schätze, Haussitter zu sein ist kein schlechter Job."

„Es ist ein Weihnachtsgeschenk", sagte ich. „Devin ist sehr großzügig."

„So könnte man es nennen."

Ich würde mich ihretwegen nicht billig wegen seines Geschenks fühlen. Ich ging, um es mir vom Vorderfenster aus anzusehen. Da war er. Ein Tiffany-blauer Jeep in der Auffahrt und er sah sehr glänzend und neu aus. Lizzie hatte recht. Auf dem Maine-Kfz-Kennzeichen stand TIFFANY. Das war etwas peinlich. Sehr peinlich. Überhaupt nicht ich.

„Es ist ein süßes Auto", sagte Lizzie.

Verdammt. Konnte sie mich nicht einmal fünf Minuten in

Ruhe lassen? „Es ist sehr schön."

„Freust du dich nie über irgendetwas?" Sie klang verärgert. „Es ist ein verdammtes Auto!"

Ihr Ärger ärgerte mich. „Was soll ich denn tun? Ein Rad schlagen? Devin ist nicht einmal hier, um es zu sehen. Und das ist sowieso nicht meine Persönlichkeit."

„Welche Persönlichkeit?" Sie stampfte verärgert davon.

Ich hatte keine Ahnung, wieso irgendetwas, was ich sagte oder tat, auch nur im Geringsten für sie von Bedeutung war, aber es verletzte meine Gefühle. Ich hatte Persönlichkeit. Ich hatte nur gelernt, mich zu beherrschen. Es brachte nichts außer Ärger, im Pflegesystem auf sich aufmerksam zu machen. Ich konnte es nicht erwarten, dass Lizzie zurück nach New York flog. Nach dieser absurden Hausparty würde ich die Stille wieder begrüßen.

Ich schrieb Devin.

Der Jeep ist wunderschön. Danke. Xoxo

Sobald die Gäste weg waren, würde ich in die Auffahrt hinausgehen und mich hineinsetzen. Die Neuheit riechen. Die Sitze berühren und das Armaturenbrett. Darüber staunen, dass er mir gehörte. Aber ich wollte nicht, dass Lizzie mich dabei angaffte.

Bin froh, dass er dir gefällt. Sobald wir aus NYC zurück sind, können wir deinen Führerschein abholen.

Augenblick mal.

Zurück aus NYC? Ich dachte, ich bleibe hier.

Was? Nein, natürlich nicht. Du fährst mit den anderen um 3. Das Auto wird dich vom Flughafen in mein Apartment bringen und ich werde dich morgen dort treffen.

Ich wusste nicht, ob ich Angst haben oder aufgeregt sein

sollte. Ich flog nach New York City. Einfach so.

Wie lange?

Ein paar Tage.

Was zum Teufel sollte ich einpacken? Angst ergriff mich. Ich rief Cat an. Sie hob beim dritten Klingeln ab.

„Er bringt mich nach New York. Ich werde kotzen."

„Was? OMG. Das ist unglaublich. Ich meine, außer du willst nicht nach New York."

„Ich will, aber ich weiß nicht, was ich einpacken soll. Ich habe keine Stadtgarderobe. Ich habe Secondhand-Shop-Garderobe."

„Du hast Glück, das ist jetzt modisch." Sie fügte hinzu: „ Also … Es lief anscheinend alles gut, als du zurückgegangen bist."

Ich wollte ihr Details erzählen, aber ich stand im Foyer bei der Haupttreppe und es könnte jederzeit jemand vorbeigehen. Ich wollte meine Neuigkeiten nicht dort teilen, wo vielleicht jemand mithören konnte. „Ja, definitiv. Ich werde dich heute Abend anrufen und dir alles erzählen. Aber ich musste dir das einfach erzählen, weil ich ausflippe."

„Nun, Scheiße, viel Spaß! Nicht ausflippen. Genieß es einfach!"

„Du hast recht. Danke." Es war kein Urlaub, da Devin Vorbereitungen für Cassandra traf und wahrscheinlich auch arbeiten musste, aber es war dennoch aufregend. Ich verließ Maine. Zum ersten Mal überhaupt."

Nachdem ich aufgelegt hatte, schickte ich Devin eine weitere Nachricht. Es war wichtig, daran zu denken, dass nichts davon passieren würde, wenn Cassandra keine Überdosis genommen hätte. Ich hoffte, sie hatte sich vollständig erholt.

Geht es Cass gut?

Ja. Sie hatte diesmal Glück.

Ich bin froh, das zu hören.

Ich auch. Ich vermisse dich.

Das ließ mein Herz anschwellen. Ich vermisste ihn auch. Wahnsinnig. Ich wusste nicht, wie ich mit seinen Freunden umgehen sollte. Ich fühlte mich wie das arme Mädchen aus der hintersten Provinz, das ich war.

Vermiss dich auch. Soll ich dir ein Selfie senden? :)

Witzig. Lieb dich, Eule.

FLIEGEN WAR FURCHTBAR. *ES WÄRE* schon furchteinflößend genug gewesen mit jemandem, mit dem ich mich wohlfühlte, aber in einer Gruppe Fremder, die reich und abgestumpft waren, war es schrecklich. Ich dachte, dass ich ihnen nicht sagen konnte, dass ich besorgt war und ich fühlte mich bei jedem Schritt auf dem Weg dorthin bescheuert, weil ich den Ablauf nicht kannte oder verstand.

„Was machst du?", blaffte Lizzie mich einmal an, als ich zögerte, in das Flugzeug zu steigen.

Sie war in mich hineingerannt, als ich stehen blieb.

Es war ein Wunder, dass sie mich überhaupt das Flugzeug besteigen ließen, nachdem ich nur meine Geburtsurkunde und meinen Highschool-Ausweis mit einem Bild von mir hatte. Aber es war ein Privatjet, also nahm ich an, die Regeln waren anders. Er war jedoch so klein, dass ich in Panik geriet, als es Zeit war, sich zu ducken und hineinzugehen.

„Geh vor", sagte ich, als ich auf den Stufen zur Seite trat.

„OMG." Sie zog mit springenden Locken verärgert an mir

vorbei.

Sapphire sah mich stirnrunzelnd an. „Bist du schon jemals geflogen?“

Ich schüttelte meinen Kopf und schluckte schwer. „Aber es geht mir gut.“ Es war, als würde man in eine neue Pflegestelle kommen. Ich musste nur meine Wirbelsäule aufrichten und es tun.

Also tat ich es. Aber das bedeutete nicht, dass ich den ewig langen Flug genoss. Der Start war unnatürlich und furchterregend. Ich wollte hyperventilieren, wenn ich aus dem Fenster sah. Lizzie und ihr Freund, dessen Name ich immer noch nicht kannte, zankten sich die ganze Zeit. Sapphire und Jay schliefen. Ich hatte meinen Laptop mitgenommen und versuchte, an meiner Geschichte zu arbeiten, aber ich wurde von jedem Geräusch und jeder Bewegung, die das Flugzeug machte, abgelenkt, da ich mir sicher war, dass wir vom Himmel fallen und in ein Feld krachen würden.

Als wir endlich landeten, entspannte ich meine Schultern zum ersten Mal seit dem Start. Ich hielt mich zurück und beobachtete und folgte den anderen, als wir aus dem Jet stiegen, Gepäck abholten und den Mann mit dem Schild mit der Aufschrift GOLD fanden. Es waren eine Menge Leute dort. Möglicherweise mehr Leute, als ich jemals zur gleichen Zeit an einem Ort getroffen hatte. Ich umklammerte meine Handtasche, hatte meinen Rucksack geschultert und fühlte mich sehr klein, unbedeutend. Lizzie hatte schon nach meinem Mangel an Gepäck gefragt, aber alles, was ich besaß, war meine Reisetasche und mein Rucksack, also hatte ich mich für den Rucksack als weniger auffällig entschieden. Devin hatte gesagt, wir bleiben nur ein paar Tage, also wie viel brauchte ich schon?

Aber mit Lizzies, Sapphires und dem abgeholten Gepäck aus Cassandras Zimmer hatten wir acht riesige Koffer dabei. Designerkoffer. Ich las genügend Klatsch-Blogs, um zu erkennen, wie teuer das Gepäck war.

Dann, als wir durch den Flughafen gingen, bemerkte ich, dass Lizzie und Sapphire eine Menge Aufmerksamkeit auf sich zogen. Sie trugen beide High-Heels, vollständiges Make-up und große Sonnenbrillen. Dutzende von Leuten gafften, zeigten auf sie, schossen Fotos mit ihren Handys. Und es waren Paparazzi da. Ich erkannte sie an den gewaltigen Kameras, die sie hielten, Blitze lösten aus, als Sapphire sich drehte und ihnen zuwinkte, wobei sowohl ihre Nägel als auch ihr teurer Schmuck funkelten.

Jay und der Freund ohne Namen schlenderten hinterher, wobei Jay in seinem Kaschmirmantel genau wie der Millionär aussah, der er war.

Im Gegensatz dazu mussten die Leute denken, dass ich ein draufgängerischer Fan war, der sich ihnen angeschlossen hatte.

Oder dass sie mich à la Jolie-Pitt adoptiert hatten, nachdem ich neben all ihrem Glamour wie eine Vierzehnjährige aussah.

„Ich liebe dich, Lizzie!“, schrie irgendein zwanzigjähriger Typ.

Sie warf ihm eine Kusshand zu.

Es fühlte sich alles lächerlich an.

Das Auto, das auf uns wartete, war eine Limo. Ich starrte sie erstaunt an.

„Flipp nicht aus deswegen“, sagte Sapphire, während sie mich lächelnd mit dem Ellbogen anstieß. „Es ist einfach der einfachste Weg, uns alle von hier wegzubringen. Außerdem sind die Scheiben getönt."

„Hast du es nicht manchmal satt, dass dich die Leute anstarren?", fragte ich sie. Ich meinte es vollkommen ernst. Mir würde es keinen Spaß machen. Nicht, dass ich es nicht genießen würde, dass Leute mein Talent würdigten, denn das würde ich. Wenn ich eine Kurzgeschichte oder einen Roman verkaufen könnte, wäre ich absolut hingerissen. Aber ich wollte nicht, dass Leute jeden meiner Schritte verfolgen und jedes Mal Fotos von mir schossen, wenn ich das Haus verließ.

„Nicht wirklich. Ich schätze, ich bin es gewohnt." Sie schlüpfte in die Limousine und ich folgte ihr. „Außerdem trage ich diese Perücke nicht für Jay."

Lizzie sank in den Sitz gegenüber von uns. Sobald sich die Tür hinter den Kerlen schloss, nahm sie ihre Sonnenbrille ab und rieb ihre Schläfen. „Heilige Scheiße, hab ich Kopfschmerzen. Ich brauche einen Drink."

„Vielleicht musst du etwas essen", sagte ihr Freund. „Du wirst immer zickig, wenn du hungrig bist."

„Fick dich, Alex", sagte sie.

Alex? Ich hätte nie gedacht, dass sein Name Alex war. Er sah aus wie ein Joaquin oder so mit seinem exotischen Aussehen. Alex musste sein richtiger Name gewesen sein.

„Sag ich doch", meinte er.

Wir fuhren aus dem Flughafenterminal und ich strengte mich an, alles um mich herum zu sehen, als wir abfuhren. Aber alles, was ich sehen konnte, waren andere Menschen und Wohnblöcke, die den Highway säumten. Ich hatte noch nie Gebäude gesehen, die so nah aneinander oder so nah an den Straßen standen. Es war klaustrophobisch. Von der Bewegung des Autos wurde mir ebenfalls schlecht, da es erst schneller wurde und dann ruckartig abbremste. Der Fahrer sah niemals nach hinten, sprach niemals mit uns. Im Beifahrersitz saß ein Mann, der eine Art Sicherheitsbeamter zu sein schien, wenn man bedachte, dass er uns am Flugzeug getroffen und uns den ganzen Weg begleitet hatte.

Ich atmete bewusst durch die Nase und lehnte mich gegen das Fenster.

Nachdem wir durch einen Tunnel gefahren waren, kamen wir inmitten von Gebäuden heraus. Sie waren einfach überall um uns. Ich sah aus dem Fenster und versuchte, meinen Hals zu recken, um den Himmel zu sehen, aber ich erreichte nicht den richtigen Winkel. Ich wusste, dass ich wie ein Hinterwäldler aussah, weil ich alles mit großen Augen anstarrte, aber ich konnte nicht anders. Ich hatte das alles im Fernsehen gesehen, aber ich hatte nie gedacht, dass es sich so … komprimiert anfühlen würde. Sogar aus dem Auto. Ich bemerkte jedoch, dass die Vielfalt der Menschen genauso war, wie im TV dargestellt. Es gab jede menschenmögliche Größe, Form, Farbe und umfassende und ungewöhnliche modische Auswahl.

Mein Handy vibrierte.

Bist du in der Stadt?

Ja. Sie ist verdammt belebt. Lol.

Der Portier weiß, dass du kommst und wird dich hineinlassen.

Ok. Danke.

Wir setzten Lizzie und Alex als Erstes ab, als wir an einem Hochhaus mit winzigen Balkons hielten, die in Richtung des Flusses ragten. Nach weiteren Übelkeit erregenden zwanzig Minuten im Stop-and-Go-Verkehr, setzten wir Sapphire und

Jay ab. Bevor sie ausstieg, drückte sie meine Hand und gab mir ihre Handynummer. „Ruf mich an, wenn du etwas brauchst. Im Ernst. Du brauchst dir nicht blöd vorkommen, irgendwelche Fragen zu stellen oder wenn dir einfach langweilig ist oder was auch immer."

„Danke." Ich drückte ebenfalls ihre Hand. „Das weiß ich echt zu schätzen." Tat ich. Aber ich würde sie nicht anrufen. Es mochte vielleicht einschüchternd sein, aber ich würde das alleine bewältigen. Ich würde alleine in Devins Apartment bleiben und wenn alles gut ging, würde ich am Morgen meinen Vater treffen. Ich hatte im Internet recherchiert, indem ich seinen Namen und sein Alter eingegeben hatte und war mir ziemlich sicher, dass ich den richtigen Mann gefunden hatte. Nachdem ich in eingehend online gestalkt hatte, hatte ich ermittelt, dass er in einem Büro in Mid-Town Manhattan arbeitete. Ich wollte ihn einfach sehen. Nur einmal. Aus der Ferne. Nur um zu sehen, ob ich etwas fühlen würde.

Wenn er nett aussah, würde ich vielleicht den Schritt wagen, ihn online zu kontaktieren und schauen, ob er einem persönlichen Treffen gegenüber empfänglich war. Ich wollte ihn wenigstens wissen lassen, dass ich nicht tot war, trotz dem, was meine Großmutter ihm erzählt hatte.

Ich hatte nicht gedacht, dass ich so bald die Möglichkeit haben würde, ihn zu sehen, aber wenn ich schon mal hier war, alleine, wollte ich das in Angriff nehmen.

Gleichzeitig aber stellte ich fest, dass ich Devin verzweifelt vermisste. Ich wollte ihn bei mir haben, meine erste Kostprobe von New York mit ihm teilen.

Nachdem wir Sapphire und Jay abgesetzt hatten, kamen wir

endlich zu Devins Apartment, oder zumindest nahm ich das an. Ich war mir nicht ganz sicher. Der Fahrer drehte sich zu mir, als ich keine Anstalten machte, das Auto zu verlassen.

„Wir sind angekommen, Miss."

„Okay. Danke." Ich griff meinen Rucksack vom Sitz und erschrak, als der Security-Typ mir die Tür öffnete. „Oh, danke." Als ich auf den Bürgersteig trat, starrte ich schockiert hinauf. Das Gebäude war eine Glasskulptur zwischen rötlich braune Sandsteine gequetscht. Es war ein modernes Design und das ganze Teil schien sich auf eine Art in Richtung Straße zu neigen, die sowohl cool als auch furchteinflößend war. Es war eindeutig auch eine schicke Gegend, angesichts der Leute, die ich spazieren sah, und den zahlreichen Cafés an der Straße.

Ich ging zur Tür und wollte sie gerade öffnen, als sie aufschwang. Ein Mann in Uniform lächelte mich an. „Sie müssen Tiffany sein. Mr. Gold sagte mir, dass er sie erwartet. Ich werde sie hochbringen."

Ich lächelte zurück. „Danke."

Er plauderte die ganze Fahrt im Aufzug nach oben und ich versuchte, angemessene Antworten zu geben, aber in Wahrheit war ich erschöpft und überwältigt. Ich lächelte und nickte und sagte ihm, dass ich einen angenehmen Flug hatte, als er fragte. Ich war keine gute Gesellschaft. Er übernahm jedoch die Führung, erzählte mir, welche Annehmlichkeiten das Gebäude bot und wann das Dienstmädchen putzte und dass ich den Portier um alles bitten konnte, inklusive Essensbestellungen oder Sachen für die chemische Reinigung entsenden zu lassen. Bei dem Gedanken, Klamotten zum Waschen entsenden zu lassen, wollte ich lachen.

„Oh, und Mrs. Gold ist im Apartment, aber sie sagte, sie wird in ungefähr zwanzig Minuten verschwinden. Sie packt nur ein paar Kleidungsstücke zusammen."

Verarschte er mich? Kadence war im Apartment? Devin konnte das unmöglich wissen. Ich wollte gerade protestieren, vielleicht den Pförtner fragen, ob er mich zu einem Coffee-Shop führen konnte, damit ich Devin anrufen konnte, aber wir waren bereits angekommen und er hielt mir die Tür auf.

kapitel vierzehn

„Mrs. Gold“, rief der Pförtner. „Mr. Golds Gast ist hier.“

„Danke“, antwortete eine Frauenstimme von irgendwo aus dem Apartment.

Dann war sie plötzlich da. Devins Frau. Sie sah in echt älter aus als auf Fotos, aber sie sah gleichzeitig auch weniger künstlich aus. Sie lächelte und überrumpelte mich, indem sie mir ihre Hand reichte.

„Hi, ich bin Kadence. Tut mir leid, dass ich immer noch hier bin. Ich hatte gehofft, wieder weg zu sein, bevor du kommst, aber mir war nicht bewusst, dass ich noch so viele Pullover im Apartment hatte.“ Sie lachte. „Ich nehme an, ich könnte einfach neue kaufen, aber ich mag einige davon, weißt du? Pullover sind wie Woobies. Sie sind tröstend.“

Sie trug tatsächlich einen Pullover zu schwarzen Skinny-Jeans und hochhackigen Stiefeln. „Komm rein und ich verspreche, im Nu aus dem Weg zu sein."

„Danke", sagte ich, denn was zum Teufel hätte ich sonst sagen sollen? „Ich bin Tiffany." Ich schüttelte ihre ausgestreckte Hand. „Mr. Golds Haussitter."

Nach dem, was man hörte, war sie verrückt, also wollte ich ihr nicht auf die Nerven gehen. Ich konnte einfach abwarten, bis sie verschwand, die Tür absperren und ein Nickerchen machen.

„Haussitter?" Sie zwinkerte mir zu. „Okay, dann nennen wir es eben so." Dann winkte sie dem Pagen. „Danke, Joshua. Ich werde Sie vermissen."

„Ich Sie auch, Mrs. Gold. Kommen Sie mal vorbei und sagen Hi." Er lächelte uns beide an, winkte, ging und schloss die Tür hinter sich.

Ich wartete darauf, dass Kadence in der Minute, in der die Tür ins Schloss fiel und unser Zuschauer verschwunden war, bissig wurde, aber es passierte nicht. „Devin sagte mir, dass ihr euch trefft", sagte sie unbekümmert, während sie den Flur hinunterging. „Ich würde sagen, du bist definitiv eine Verbesserung gegenüber diesem Miststück Brooke. Devin prahlt damit, wie intelligent du bist."

Das waren Neuigkeiten für mich. Ich meine WTF. Devin sprach gelegentlich mit Kadence über mich? Sie akzeptierte das? Das war nicht die Art, wie mir ihre Beziehung dargelegt worden war. Es musste ein Schwindel sein. Sie hätte mich unschädlich machen müssen, sodass sie zum entscheidenden Schlag ausholen konnte. „Danke", antwortete ich argwöhnisch, aber ich wollte sie nicht wissen lassen, dass ich es war. „Ich habe Brooke nie getroffen, aber die Meinung im Internet ist, das sie unglaubliche

Bauchmuskeln hat.“

Kadence lachte. „Das ist so ziemlich alles, was für sie spricht. Mein Maltipoo hat mehr Grips als sie.“ Sie ging in die Küche, welche schlicht, glänzend und modern war, das genaue Gegenteil von der in Richfield. „Wein?“

„Sicher.“ Zum Teufel damit. Ich brauchte etwas, um diesen Unsinn durchzustehen. Ich ließ meinen Rucksack auf den Boden fallen und lehnte mich an die Theke. „Also, was ist da bei Prada passiert?“, fragte ich ganz neugierig. Wenn ich schon mit Kadence hier sein musste, konnte ich genauso gut hören, was sie zu sagen hatte.

„Oh mein Gott, diese Schlampe wusste, dass ich dort sein würde. Ich hatte einen Termin und Devin erwähnte es anscheinend im lockeren Gespräch. Dann sind wir also alle dort – wie peinlich –, weil er völlig vergessen hatte, dass ich zu dieser Zeit dort sein würde und dann fängt sie mit diesem Quengeln an.“ Kadence nahm einen Schluck von dem Wein und räusperte sich dann. „Daddy“, sagte sie in perfekter Imitation von Brookes Stimme. „Kauf mir etwas!“

Ich lachte. Ich konnte nicht anders. „Ich habe ihre spezielle Stimme im Hintergrund eines Telefongesprächs gehört. So widerwärtig.“

„Nicht wahr?“ Kadence schüttelte ihren Kopf. „Gott, ich kann nicht verstehen, wie jemand fünf Minuten mit ihr verbringen kann, ohne sie in die Vagina schlagen zu wollen. Aber das scheint für Männer nicht wichtig zu sein. Möpse über Intelligenz, allemal.“

Angesichts der Tatsache, dass sie selbst ein paar Doppel-Ds zur Schau stellte, die höchstwahrscheinlich nicht echt waren, fand ich das etwas ironisch. „Dann bin ich wohl am Arsch", sagte ich seltsam vergnügt.

Nachdem ich mich im Apartment umgeblickt hatte, war ich mir nicht sicher, wer es eingerichtet hatte. Ich war mir nicht einmal sicher, was genau Devins Geschmack war. Dieses Apartment war sehr modern, mit eleganten Möbeln und sehr wenig Farbe. Es gab überwiegend Holztöne, Glas, Chrom. Die einzigen Farbakzente kamen von den Vasen und Dekokissen in neutralen Grün- und Brauntönen. Es war kleiner, als ich erwartet hätte, aber das war nicht Maine. Ich realisierte, dass ich mich an den Platz in Richfield gewöhnt hatte. Das war noch paradoxer als Kadence's Körbchengröße.

„Nun, Devin scheint mit dir glücklich zu sein, also bleib so natürlich, wie du bist." Sie reichte mir ein Glas Weißwein. „Wenn ich nochmal beginnen könnte, würde ich wahrscheinlich die Brust-OP auslassen und einen Magister machen. Männer, die deinen Geist respektieren, kümmert es nicht, wenn er altert."

Deutete sie an, dass Devin sie wegen ihres Alters verlassen hatte? Er hatte gesagt, dass sie ihn angelogen hatte, als sie sich zum ersten Mal getroffen hatten, gesagt, dass sie jünger wäre. Ich nahm den Wein. „Ich würde lächerlich aussehen mit großen Brüsten. Es ist, wie es ist."

„Du hast die Art von Gesicht, das mit fünfzig immer noch frisch aussehen wird. Denk nur daran, Sonnencreme zu verwenden."

„Werde ich machen. Also wer hat das Apartment ausgesucht?", fragte ich neugierig. Ich hätte mich in ihrer Gegenwart unwohl fühlen sollen, aber das tat ich überhaupt nicht. Ich fühlte mich in keiner Weise bedroht. Ich nahm jedoch an, dass ich sie in der

Nähe der Messerschublade beobachten sollte, wenn ich an die Bilder mit den zornigen Wörtern darauf dachte.

„Devin hat das Apartment ausgesucht. Er wollte wegen der Atmosphäre im East Village wohnen. Aber ich habe es eingerichtet. Er hat einen wirklich beschissenen Geschmack. Wenn man ihm freie Hand lassen würde, wäre alles neonfarben. Er hat mir ein gelbes Auto gekauft. Es war so hässlich, aber ich habe es immer noch, weil ich seine Gefühle nicht verletzen wollte. Er meint es gut. Er ist trotz seiner üblichen Gereiztheit ein großzügiger Kerl."

Nichts von dem, was sie sagte, schien unwahr zu sein. Ich zögerte, aber dann stellte ich die möglicherweise sehr geladene Frage. „Also, wieso seid ihr noch nicht geschieden?" Aber dann hörte ich, wie unverschämt das klang und nahm einen Schluck Wein. „Tut mir leid, ich vermute, das geht mich nichts an."

Ihre Augen verengten sich, aber sie schnappte nicht über. „Weil das Teilen von Besitz immer schwierig ist. Falls du online Geschichten über mich gelesen hast, dass ich verrückt bin, ignorier sie einfach. Ich schwöre bei Gott, eine Frau kann nicht aufgebracht über das Ende ihrer Ehe sein, ohne dass jeder sie für verrückt hält. Ich wollte keine Scheidung. Ich war traurig, betrübt. Ich wollte kämpfen, damit es funktioniert. Ich glaube nicht, dass das so unerwartet kommt, nachdem wir sechs Jahre zusammen waren."

Es klang alles so … vernünftig. So glaubhaft. War sie wirklich eine so gute Lügnerin?

„Ich missgönne Devin sein Glück nicht. Ich wünschte nur, er hätte es mit mir haben können." Sie zuckte mit den Schultern und winkte ab. „Aber Gott, wieso sprechen wir darüber? Es ist bald ein neues Jahr. Auf Neuanfänge."

„Darauf trinke ich." Ich war an einer komplett anderen Stelle als zwölf Monate zuvor. Mein Leben war gänzlich auf den Kopf gestellt, und während ich in der Nacht zuvor dachte, dass ich alles verstanden hatte und ekstatisch war, war ich jetzt völlig verwirrt.

Was war Wahrheit und was war Fiktion?

Ich erinnerte mich daran, dass Devin mir sagte, wenn ich ehrlich zu ihm wäre, würde er mich anlügen. Es war ein Scherz, ein Necken. Aber jetzt schien es plötzlich, als kannte ich den Mann nicht, dem ich versprochen hatte, ihn zu heiraten.

Der noch immer verheiratet war.

Mit einer Frau, die alles andere als verrückt zu sein schien.

„Hast du Heroin?", fragte ich sie, nachdem ich mein halbes Weinglas geleert hatte.

Sie stutzte und sah mich an, als wäre ich von allen guten Geistern verlassen. „Entschuldige? Ähm, nein. Und ich werde ehrlich mit dir sein, wenn du heroinsüchtig bist, werde ich Devin warnen müssen. Einen Junkie zu daten, ist eine emotionale Achterbahnfahrt, ganz zu schweigen von teuer."

Okay, jetzt war ich wirklich unsicher, was was war und wer wer. „Nein, nein, ich nehme auch keine Drogen. Mir hat nur jemand erzählt, du hättest welche."

Kadence runzelte die Stirn. „Weißt du, die Leute müssten zur Abwechslung mal ihre verdammte Klappe halten. Ich schwöre, sind wir denn noch alle in der Schule?"

Da musste ich ihr zustimmen. „Für manche Menschen scheint das ein Hobby zu sein."

„Ich habe Besseres zu tun, als über andere zu reden. Du nicht?"

„Ähm, ja." Ich hatte meine Meinungen, aber ich war nie wirklich in der Lage gewesen, jemanden schlecht zu machen.

„Okay, nun, ich habe mich gerade über Brooke lustig gemacht. Aber das war was anderes. Ich denke die trottelige Freundin deines Exmannes ist zum Abschuss freigegeben."

Der Wein stieg mir bereits zu Kopf. Ich hatte die Nacht zuvor nicht genug geschlafen, weil, nun, ich meine Jungfräulichkeit an den Noch-Ehemann dieser Frau verloren hatte. Der zwischen ihr und mir einen Trottel gedatet hatte. Die Angst wegen Cassandras Überdosis, mit Lizzie klarzukommen, das erste Mal in einen Flieger zu steigen und mich zum ersten Mal aus Maine und in Manhattan wiederzufinden, hatte mich körperlich und emotional ausgelaugt. Obendrein hatte ich sehr wenig gegessen, sodass ich nach nur einem Glas bereits ziemlich stark angetrunken war.

„Ich bin mir ziemlich sicher, dass Brooke über dich spricht, also denke ich, hast du alles Recht dazu."

„Warte, bis sie von dir hört." Kadence hob ihre Augenbrauen. „Bist du bereit, mit den Hatern umzugehen?"

„Ich hatte mein ganzes Leben lang mit Hatern zu tun." Ich lächelte, weil ich schneller betrunken wurde, als ich es für möglich erachtet hätte. „Scheiß auf sie."

Sie lachte. „Ein Toast. Auf unsere Hater." Sie hob ihr Glas. „Scheiß auf sie."

„Mein Glas ist leer."

„Nun, Scheiße." Sie schenkte nach.

Und so endete ich betrunken mit der Frau meines Verlobten.

Kadence verschwand eine Stunde später, aber da war ich praktisch schon zu. Ich legte mich mit dem Gesicht nach unten auf die Couch, hatte meine Klamotten noch an, meine Schuhe, keine Decke über mir.

Sie hatte einen Trolley voller Pullover mitgenommen.

Ich hatte mir zu Herzen genommen, dass nicht immer alles so schwarz und weiß war, wie ich dachte.

Bevor sie ging, zeigte sie mir die Puppe von sich. Die allergleiche Puppe, die ich in Richfield gesehen hatte. Sie tanzte vor meinen Augen, der ganze Raum hinter dem blondem Haar und dem Plastiklächeln drehte sich. Eine Sekunde lang dachte ich, ich würde mich übergeben, aber ich schluckte heftig und behielt alles bei mir.

„Ist das nicht gruselig?", fragte sie. „Aber Michael hatte sie vor drei Jahren als Weihnachtsgeschenk für mich designen lassen und ich konnte ihm nicht sagen, dass ich sie abscheulich fand."

„Das war nett von ihm", sagte ich gähnend, während mein Kopf auf der Armlehne der Couch ruhte. Es ergab für mich überhaupt keinen Sinn, dass die Puppe im Apartment war. Ich hätte schwören können, dass ich sie erst vor ein paar Wochen in Richfield gesehen hatte. Auf Devins Bett. Dann in seiner Garage.

„Ich frage mich, wieso Devin dieses Ding behält." Sie zuckte mit den Schultern. „Aber gut. Ich nehme sie mit. Sie ist immerhin *ich*. Ich glaube nicht, dass du sie hier haben willst."

„Nein", sagte ich ehrlich. „Nicht wirklich." Aber dann fühlte ich mich schuldig, weil ich ihre Puppe nicht wollte, also ergänzte ich: „Es ist eine sehr schöne Puppe. Ich glaube nur nicht, dass ich ein Puppen-Mensch bin."

„Ich glaube auch nicht, dass du das bist." Sie winkte mir mit dem Arm der Puppe zu. „Bye. Vielleicht können wir uns mal zum Mittagessen treffen, wenn du länger in der Stadt bleibst. Es war wirklich nett, mit dir abzuhängen."

„Ich habe mich auch gefreut, dich kennenzulernen.“ Es war überraschenderweise viel leichter, Kadence um sich zu haben als Lizzie.

Dann schlief ich ein.

ALS ICH AUFWACHTE, HATTE ICH Sabber in meinem Gesicht und rasende Kopfschmerzen. „Oh mein Gott“, stöhnte ich in das leere Apartment. Ich musste so dringend pinkeln, dass ich dachte, ich würde mir in die Hose machen, aber aufstehen und gehen schien unmöglich. Ich wusste nicht einmal, wo das Bad war. Ich würgte, als ich meinen Kopf hob. Also gab ich auf und blieb einfach liegen, während ich wiederholt schluckte.

Als das Bedürfnis, mich zu übergeben, verschwunden war, schob ich vorsichtig mit zitternden Fingern mein Handy aus meiner Hosentasche. Vor zwanzig Minuten hatte ich eine Nachricht von Devin bekommen, dass er auf dem Weg ins Apartment war. Fabelhaft. Es war bereits elf Uhr. Ich hatte mehr als zwölf Stunden geschlafen. Oder war bewusstlos gewesen, wie immer man es nennen mochte.

Die Tür zum Apartment öffnete sich. „Tiffany, Baby? Ich bin zuhause.“

„Hey“, sagte ich schwach, als er mit seiner Tasche über der Schulter den Flur entlang kam. Amelia rannte zu mir herüber und schleckte mein Gesicht ab.

Ich drehte meinen Kopf, um ihrem geifernden Kuss zu entkommen, streckte aber meine Hand aus und versuchte, sie zu streicheln.

„Tiff? Was ist los?“ Devin kam zu mir herüber und fühlte

meine Stirn, als könnte ich Fieber haben.

„Ich habe einen Kater", gab ich zu. Meine Stimme klang heiser und fremd in meinen Ohren.

„Einen Kater von was?" Er klang schockiert.

„Wein. Kadence und ich habe uns zwei Flaschen geteilt."

Er hatte sich über mich gebeugt und erhob sich jetzt wieder, strich sich das Haar aus dem Gesicht. „Entschuldige? Du hast dich mit meiner Frau betrunken?"

Witzig, dass sie plötzlich seine Frau, nicht seine Exfrau war. Wann war das denn passiert? „Ich dachte, sie wäre deine Exfrau."

„Du weißt, was ich meine. Du hast Zeit mit Kadence verbracht?"

„Sie war hier, im Apartment, als ich hergekommen bin. Sie packte Pullover zusammen."

„Also habt ihr euch einfach betrunken?" Er klang entsetzt.

„Sie spielte die Gastgeberin. Ich wusste nicht, was ich tun sollte, außer mit ihr zu reden. Ich hatte kein Recht, sie rauszuschmeißen. Sie hatte offensichtlich einen Schlüssel oder was auch immer und sie hatte noch immer Klamotten hier." Und wieso musste ich mich verteidigen? Das ärgerte mich ernsthaft.

Ich schaffte es, mich aufzusetzen, obwohl sich der Raum drehte und Gallenflüssigkeit meine Kehle hinaufkroch.

„Oh mein Gott. Dass ist wieder klassisch Kadence. Also, welchen Schwachsinn hat sie dir über mich erzählt?"

„Eigentlich hat sie über dich nur gesagt, dass du einen schlechten Geschmack hast, was Einrichtung betrifft."

Seine Augenbrauen schossen hoch. „Was? Nein, habe ich nicht. Und im Ernst? Das kann nicht alles sein, was sie gesagt hat."

„Sie sagte, dass sie nie wollte, dass eure Ehe endet und sie dafür kämpfen wollte, aber du hast sie bereits verlassen und angefangen, Brooke zu treffen. Sie sagte, Brooke sei eine Idiotin, wobei ich ihr zustimmte. Aber auch, dass du und sie über mich gesprochen habt und du mich und meine Intelligenz gern zu haben scheinst."

„Im Moment nicht", murmelte er.

Autsch. Das stach. Ich wollte ihn ermahnen, aber ich hatte nicht die Energie.

„Wieso hast du mich nicht einfach angerufen? Ich wäre früher zurückgekommen."

Ich schloss kurz meine Augen und sagte: „Bis du gekommen wärst, wäre sie schon weg gewesen."

„Ich hätte sie anrufen können."

„Und ihr was sagen? Dass sie verschwinden soll? Was hätte das für einen Sinn gemacht? Du hättest sie nur gegen dich aufgebracht. Es war letztlich keine große Sache. Was so merkwürdig daran ist." Ich ließ meinen Kopf auf meinen Handflächen ruhen. „Heilige Scheiße, mein Gesicht fühlt sich an, als würde es explodieren."

Devin ging in die Küche. Er nahm ein Glas und füllte es mit Wasser, kam zurück und reichte es mir. „Hier. Ich werde nach unten gehen und dir eine Aspirin am Empfang holen."

„Danke." Ich schlürfte gierig. Mein Mund war dick und trocken, mit einem sauren Geschmack. Das Wasser war jedoch zu kalt für meinen Magen. Ich würgte und hustete. „Das ist schrecklich. Ich hatte noch nie einen Kater. Ich mag es nicht."

Er schüttelte seinen Kopf. „Unglaublich. Sie ist ganz schön nervig. Das nächste Mal, wenn sie hier ist und du nicht mit ihr streiten willst, dreh dich einfach um und gehe. Geh nach unten und ruf mich an. Aber ich werde die Schlösser austauschen lassen und mir den Pförtner zur Brust nehmen."

„Er schien sie zu mögen."

„Weil sie ihm regelmäßig einen geblasen hat. Das habe ich vor ein paar Monaten herausgefunden."

Ich runzelte die Stirn. Das klang so primitiv. Ich tat mich schwer, all die Dinge, die er über Kadence gesagt hatte, mit der Frau, die ich am Abend zuvor kennengelernt hatte, in Einklang zu bringen. Ich mochte auch nicht, dass ich manchmal das Gefühl hatte, das Devin mir vorschrieb, was ich tun sollte. Ich wusste, dass er mehr Lebenserfahrung hatte, aber es fühlte sich einfach an, als würde er bestimmen und ich wäre … seine Angestellte. Obwohl ich das nicht mehr war. Dachte ich.

„Wo ist das Bad?", fragte ich, während ich mich zwang, aufzustehen, allerdings in etwas gekrümmter Haltung.

„Du warst noch nicht im Bad?" Er schüttelte den Kopf. „Ich nehme an, das war eine schlechte Idee. Ich hätte dich in Richfield lassen sollen."

Als ob ich genau das jetzt hören wollte. Wollte ich nicht. „Wieso? Weil ich noch nie in New York gewesen bin und die Anstandsregel dafür nicht kannte, sogenannte Exfrauen aus dem teuren Apartment meines Freundes zu schmeißen? Ich bin gestern zum ersten Mal geflogen, mit Leuten, die mich nicht einmal mögen. Ich hatte mir Sorgen über Cassandra gemacht, über dich, hatte den ganzen Tag nichts gegessen. Ich war müde, gestresst und völlig unvorbereitet, Kadence zu treffen, also glaube ich, dass ich mich im Großen und Ganzen gut geschlagen habe."

Er sah sofort zerknirscht aus. „Es tut mir leid. Ich ärgere

mich nicht über dich.“

„Wow, danke.“

Devin zog eine Grimasse. Er berührte meine Haarspitzen und lächelte mich an. „Ich freue mich darauf, dir die Stadt zu zeigen. Das wird lustig. Und ich bin nicht dein Freund. Ich bin dein Verlobter, erinnerst du dich?“

„Wann wirst du geschieden sein, Devin?“ Das plagte mich. Lastete wirklich schwer auf mir.

„Sobald Kadence vernünftig ist. Gott, ich kann sie und ihre Manipulationen einfach nicht ertragen. Es ist, als würde sie es genießen, mich zu schikanieren.“

Ich nickte, aber mir gefiel nicht, was ich hörte. Er war wütend. Kadence hatte alles andere als das geklungen. Ich kannte nicht die ganze Geschichte. Ich nahm an, dass keiner das wirklich tat, außer die beiden. Es störte mich, dass ich mir nicht sicher war, ob er mir die ganze Wahrheit sagte. Es störte mich auch, dass ich möglicherweise Monate, Jahre mit ihm als seine Geliebte leben könnte. Denn das war ich. Wenn er verheiratet war, war ich die Geliebte.

Devin zeigte mir das Badezimmer und ich schlurfte hinein und schloss die Tür hinter mir. Mit zitternden Fingern zog ich meine Jeans herunter und sank mit einem Seufzen auf die Toilette. Wein war eindeutig nicht mein Freund. Ich verstand nicht einmal, wieso Leute ihn tranken, wenn das die Folge war. Ich pinkelte ungefähr zwölf Minuten durchgehend, meine Blase war offensichtlich über ihrem Fassungsvermögen. Ich sah mich im Raum um. Noch mehr modernes Design. Dunkles Holz und glänzende weiße Fliesen. Es war ordentlich, nichts stand auf irgendeiner Oberfläche. Keine Tempobox. Keine Duftkerze.

Kein Zeitschriftengestell.

Das einzige Zeichen, dass dies kein Hotel war, war der Abfallkorb, in den eine Schachtel gestopft war. Eine weiße Schachtel mit einem pinken Streifen darüber.

Das war ein Schwangerschaftstest. Ich hatte die Marke oft genug im Regal neben den Tampons stehen sehen. Er war geöffnet worden. Ich beendete mein Geschäft, wusch mir die Hände, nahm dann etwas Toilettenpapier und zog die Schachtel aus dem Abfallkorb. Die Folie innendrin war geöffnet worden und der Teststreifen klapperte einfach herum. Zögernd zog ich ihn mithilfe des Klopapiers wieder heraus. Der Test war positiv.

Oh. Mein. Gott. Ich drehte mich und verlor schließlich den Kampf gegen meinen Magen und übergab mich in die Toilette. Ich spülte schnell, sodass Devin es nicht hören würde, aber er klopfte bereits an die Tür.

„Geht's dir gut? Ich komme rein." Ich hatte die Tür nicht zugesperrt und er öffnete sie und fluchte, als er mich halb über die Toilette gebeugt sah. „Du musst etwas essen, sonst wird das den ganzen Tag anhalten."

Aber ich wischte mir nur den Mund an meinem Ärmel ab und stand auf. „Wer ist schwanger?", fragte ich.

„Hä?" Er blickte mich verständnislos an. „Ich habe keine Ahnung."

Ich hob den Test mit dem positiven Streifen darauf auf und wedelte damit vor ihm rum. „Das war im Abfall! Wer zum Teufel ist schwanger?"

„Ich habe keine Ahnung." Er starrte entsetzt auf dem Test hinunter. „Der war hier drin?"

„Ja. Also gehört er entweder Kadence oder es gibt noch

andere Frauen, die in dein Apartment kommen dürfen, wenn du nicht hier bist, von denen ich nichts weiß."

„Niemand kommt hier rein. Das ist mein Apartment, kein Hotel."

„Dann ist Kadence schwanger." Ich warf ihn auf die Ablage. Er schlitterte über die glänzende Marmoroberfläche und fiel in das Waschbecken.

„Dann schätze ich, sollten wir ihr ein Geschenk senden." Er starrte auf den Test, während ein Lächeln um seine Lippen spielte. „Wenn sie schwanger ist, dann hat sie offensichtlich einen neuen Kerl, den sie in die Falle zu locken versucht. Das bedeutet, dass sie mit der Scheidung eher einverstanden sein wird."

„Bist du dir sicher, dass es nicht deins ist?" Das war meine wahre Angst. Dass sie den Test nicht hier gemacht hätte, wenn es nicht Devins wäre. Sie hätte ihn in ihrem eigenen Apartment gemacht.

„Ja. Ich bin mir sicher", sagte er kühl. Aber dann kreuzte ein Flackern von Bedenken sein Gesicht.

„Wann hattest du das letzte Mal Sex mit ihr?"

„Kurz bevor ich nach Richfield gekommen bin. Wir hatten einen Schlichtungstermin. Es wurde heftig, emotional."

Er sah nicht weg oder brachte Scham oder Reue zum Ausdruck. Er zwang mich nur nieder mit seinem Blick, aufsässig.

Das war erst vor ein paar Monaten gewesen. Als ich ihn kennengelernt hatte, kam er gerade frisch von einem Nostalgie-Fick mit Kadence. „Dann weißt du nicht, ob es von dir sein könnte oder nicht." Ich warf den Schwangerschaftstest zurück in den Abfall und wusch meine Hände, spritzte mir Wasser ins Gesicht.

„Ich schätze nicht. Aber höchstwahrscheinlich ist es nicht von mir. Das war vor Monaten. Das hätte sie mir gesagt. Man würde es ihr anmerken."

„Das war erst vor zehn Wochen." Ich trocknete mein Gesicht mit dem Handtuch. Ich fühlte mich plötzlich ruhig, entfernt. Ich konnte das nicht. Ich konnte diese Person nicht sein. Hineingezogen in Drama und Lügen, seine Welt voll von Drogen und Geld und Manipulation.

Ich bin nach Richfield gekommen mit nichts außer meiner Würde, Intelligenz und meinem Moralkodex. Ich konnte nicht mit weniger dort bleiben. Ich konnte nichts davon gegen Liebe eintauschen. Es fühlte sich wundervoll an, von Devin gehalten zu werden, in seine Augen zu sehen und zu wissen, dass er mich liebte. Dass ich besonders war.

Aber ich konnte nicht mit mir leben, wenn ich die Übereinkunft akzeptierte, wie sie war. Letztendlich würde ich mich für mich selbst schämen und ich würde mich unsicher fühlen. Ich würde von ihm abhängig sein, klammernd. Er würde den Laden schmeißen und ich würde hinter den Kulissen arbeiten. Ja, ich liebte ihn. Ich liebte ihn mehr als jeden anderen Menschen, den ich je getroffen hatte, mit einer Liebe, die so tief war, dass sie gleichzeitig schmerzte und heilte, dennoch konnte ich so nicht seine Partnerin sein.

Es fühlte sich an wie ein Spiel, zu dem ich die Regeln nicht kannte, mit wütenden Expresslieferungen, Anwälten, übertriebenen Geschenken. „Ich muss nach Hause", sagte ich zu ihm.

Seine Augenbrauen schossen hoch. „Zurück nach Richfield? Nicht heute. Wir können morgen zurück. Willst du denn die

Stadt nicht sehen?“

„Nein, ich meine nach Vinalhaven. Ich gehe nicht nach Richfield zurück und ich bleibe nicht hier bei dir.“

„Was meinst du genau?“ Seine Stimme wurde tiefer, seine Augen verengten sich. Ich konnte sehen, wie sich Ärger zusammenbraute.

„Devin.“ Ich langte hinauf und berührte sein Kinn, fuhr mit meinem Daumen über seine unrasierte Haut. „Ich liebe dich. Aber ich kann das nicht. Das bin ich nicht. Ich kann nicht mit dir zusammenleben, solange du eine Frau hast und vielleicht ein Baby und Freunde, die in unserem Wohnzimmer eine Überdosis nehmen.“

Er nahm meine Hand und hielt sie fest an sich. „Ich liebe dich auch. Zählt das denn gar nicht?“

„Tut es. Tut es wirklich.“ Tränen füllten meine Augen. „Aber ich fühle mich, als würde ich mich verlieren. Oder vielleicht kannte ich mich nie. Ich bin neunzehn und nicht achtzehn und ich habe noch nie etwas gesehen oder getan. Ich will zum ersten Mal in meinem Leben nach meinen Bedingungen leben, keinen Kompromiss eingehen.“

„Du kannst mit mir alles tun, was du willst“, beharrte er. „Tu das nicht. Ich werde keine Hauspartys schmeißen. Ich werde mit Kadence sprechen, wir werden sicherstellen, dass sie nicht ins Apartment kommt.“

„Und wenn das dein Baby ist?“

„Dann werde ich mich darum kümmern. Ich bin kein komplettes Arschloch. Ich versuche, das Richtige zu tun, weshalb ich mich Kadence gegenüber nie unfair verhalten habe. Das hätte ich gekonnt, weißt du.“

„Ich bin mir sicher, dass du das hättest tun können. Ich denke, du bist ein guter Mann, das glaube ich wirklich, und deshalb liebe ich dich." Tränen liefen über meine Wangen. „Wenn du willst, ruf mich an, wenn die Scheidung rechtskräftig ist."

Er küsste meine Hand. „Du verlässt mich nicht. Ich werde dich nicht lassen. Du bist das Beste, was mir je passiert ist."

Es war das Härteste, was ich jemals getan hatte, aber ich trat zurück und ging an ihm vorbei. Ich konnte das nicht. Ich konnte nicht bleiben und mich verlieren. Ich mochte es vielleicht jetzt genießen, aber in zwei, fünf Jahren, würde ich aufwachen und mich dafür hassen.

Devin griff nach meinem Arm, aber ich ging schneller, während die Tränen stärker wurden. Ich prüfte meine Hosentasche, ob mein Handy darin war, und während ich das Apartment durchquerte, hob ich meinen Rucksack vom Boden auf und warf ihn über meinen Arm und krallte mir meinen Mantel von der Küchentheke.

„Tiffany, was machst du? Du wirst nicht einfach abhauen." Devin klang nicht überzeugt, dass ich das wirklich einfach tat.

„Ich muss", flehte ich. „Ich kann mich nicht in Richfield verstecken und so tun, als würde nichts sonst existieren. Genau das haben wir getan."

„Nichts anderes muss existieren."

„Ruf mich an, wenn du geschieden bist", verlangte ich.

„Was soll ich tun? Ich kann es nicht beschleunigen. Ich habe keinerlei Gefühle für sie. Habe ich nicht deutlich gemacht, wie sehr ich dich liebe?"

Ich suchte nicht nach irgendeinem dramatischen Liebesschwur von ihm. Das war nicht der Punkt. Der Punkt war, wenn man eine Linie verwischte, hört sie auf, in irgendeiner Weise zu existieren, die wichtig war. In der nächsten Runde machte man sich also nicht einmal die Mühe, eine zu ziehen.

„Hast du. Aber du liebst mich zum Teil, weil ich ehrlich bin, und genau das mache ich gerade. Ich sage dir die Wahrheit. Jetzt ist nicht die richtige Zeit für uns." Ich zog die Tür auf, bevor ich es mir anders überlegen konnte.

Ich war verzweifelt, wollte schreien *Zum Teufel damit* und mich einfach umdrehen und in seinen Armen vergraben. Aber wer wäre ich dann? Devin Golds Freundin. Devin Golds kleine Freundin. Devin Golds arme kleine Freundin. Ich wäre die Person, die jeder ansieht und bemitleidet und schließlich, eines Tages, würde Devin das Interesse an mir verlieren, wie ich es an Weihnachten zu Cat gesagt hatte. Er konnte mich lieben, aber er konnte trotzdem das Interesse an mir verlieren, wenn alles immer nach seinen Bedingungen lief. Ich konnte nur mit ihm zusammen sein, wenn ich seine gleichwertige Partnerin wäre, seine Ehefrau.

Also lief ich. Denn würde ich stehen bleiben, um ihn anzusehen, um den Schmerz zu sehen, den ich ihm zufügte, den entsprechenden Schmerz in meinem eigenen Herzen fühlen würde, würde ich bleiben. Und eines Tages würde ich diese Entscheidung bereuen.

Er rief mir nach. „Tiffany, warte! Sei vernünftig. Wohin zum Teufel gehst du überhaupt?"

Ich drückte den Knopf für den Aufzug und er öffnete sich sofort. Während ich eintrat und auf L für Lobby drückte, lief er mir den Flur entlang nach. Sobald er bemerkte, dass der Aufzug schon hier war, fluchte er und begann, schneller zu laufen. Die

Tür schloss sich bereits und ich befürchtete, dass er seinen Arm hereinstrecken würde, aber stattdessen stand er einfach da, seine Augen auf mich gerichtet und ließ sie schließen.

„Tiffany", sagte er. Das war's. Nur mein Name. Tränen in seinen Augen.

Und als sich die Tür vollständig geschlossen hatte, meine Sicht auf ihn versperrte, löste sich ein ersticktes Schluchzen aus meinem Inneren.

Draußen auf dem Bürgersteig bat ich den Pförtner um ein Taxi und stieg atemlos ein, gab dem Fahrer die Adresse auf meinem Handy. Nach einer schwindelerregenden zwanzigminütigen Fahrt kamen wir in Mid-Town an, am Bürogebäude von Randy Hart. Meinem Vater. Ich wusste nicht, was ich glaubte, was ich tun würde, aber ich gab dem Taxifahrer den Großteil meines Bargeldes, das ich in meiner Tasche hatte. Ich war nicht auf Reisen eingestellt gewesen. Alles, was ich hatte, waren zwanzig Dollar.

Es gab einen Sitzbereich außerhalb des Gebäudes, wo Mitarbeiter rauchten und im Sommer wahrscheinlich auch ihren Imbiss zu sich nahmen. Aber jetzt war es eiskalt. Windig. Ich setzte mich auf eine Bank, neben eine zitternde Frau mittleren Alters, die eine Zigarette im Mund hatte. Ich saß dort drei Stunden lang, bis meine Finger taub wurden und mir schwindelig wurde. Ich hatte seit vierundzwanzig Stunden nichts gegessen und ich fühlte mich noch immer schrecklich von dem Wein. Aber ich hatte kein Geld, mir Mittagessen zu kaufen. Devin sprengte mein Handy mit Nachrichten, aber ich antwortete nicht.

Endlich, gegen zwei, kam ein Mann aus der Vordertür. Ich wusste sofort, dass er es war. Ich hatte Fotos von ihm in sozialen

Netzwerken gesehen. Hatte seine Gesichtszüge studiert, um zu sehen, ob ich mich selbst in ihm sehen konnte.

Ich stand auf und näherte mich ihm. Er lächelte mich an, aber sagte dann: „Sieh mal, ich hab kein Kleingeld für dich."

Er dachte, ich wäre eine Bettlerin. Ein obdachloses Kind. Er hatte ein freundliches Gesicht mit warmen braunen Augen. Er war nicht sehr alt und er war fit, sah gut aus in seinem Hemd und der Krawatte. „Sind Sie Randy Hart?"

Er runzelte die Stirn. Ich sprach schnell weiter, bevor er ins Gebäude zurückging oder die Polizei rief. „Kannten Sie eine Frau namens Charlene Ennis? Und haben Sie eine Tochter mit ihr namens Tiffany?" Ich streckte mich, um mich an der Betonwand des Gebäudes festzuhalten. Alles schwankte jetzt und ich schluckte fest, da die heiße Spucke in meinem Mund mehr wurde.

„Um was zum Teufel geht es hier?", fragte er verhalten.

„Ich bin Tiffany Ennis. Ich glaube, ich bin deine Tochter." Ich verlor den Fokus auf ihn, als alles vor mir verschwamm, dunkel wurde.

Dann gaben meine Knie nach und ich fiel in Ohnmacht.

kapitel fünfzehn

Sechs Monate später

„DAS WAR'S", SAGTE MEIN VATER, während er einen Karton zuklebte. „Letzter Karton."

Ich lächelte ihn an. „Danke, dass du mir hilfst." Es gab nur sehr wenig, was ich aus dem Haus meiner Großmutter hatte behalten wollen, aber ich entschied mich, praktisch zu denken und das Geschirr, Gläser, Handtücher wieder mit zu Cat zu nehmen. Der Rest war für wohltätige Zwecke gespendet oder weggeworfen worden, aber es war eine Menge Arbeit gewesen, sich darum zu kümmern. Mein Vater war jetzt zwei Mal hier gewesen, um mir beim Durchsehen von Kram zu helfen und ich schätzte das sehr.

„Das ist das Mindeste, was ich tun kann, verdammt." Er zuckte reumütig mit den Schultern.

Die Schuld, die er mit sich trug, war beträchtlich und ich versicherte ihm immer wieder, dass nichts davon seine Schuld war. Alles was für mich zählte, war zu wissen, dass er mich aufgenommen hätte, wenn er von mir gewusst hätte. Er fühlte sich immer noch schlecht, dass er die Geschichte meiner Großmutter nicht nachgeprüft hatte, aber wer zum Teufel würde denken, dass eine Großmutter den Tod ihres Enkels erfinden würde? Niemand, der ein Herz hatte, das war sicher.

„Es bedeutet mir viel." Ich ging zu ihm und umarmte ihn. Je mehr Zeit ich mit ihm und seiner Frau Tamara verbracht hatte, desto mehr von mir hatte ich in seinen Gesichtszügen, seinen Eigenheiten erkannt. Wir hatten die gleichen Augen, den gleichen kleinen Körperbau, das gleiche Lachen.

Er hielt mich fest. Er und Tamara hatten einen vierjährigen Jungen, meinen kleinen Halbbruder Tyrell, der ein Energiebündel und ein Meister im Frechsein war. Er hatte mich genauso akzeptiert wie seine Eltern, und wenn ich ihn ansah, schmolz mein Herz dahin. Ich hatte eine Familie, wenn auch nicht eine traditionelle. Aber genug für mich. Mehr, als ich je erwartet hatte.

Mit Cat und Heath zu leben war für eine Weile okay, und im Herbst fing ich mit dem College an. Ich konnte es mir nicht leisten, alleine zu leben, und obwohl es in Vinalhaven keinen Markt für heruntergekommene Häuser gab, hatte ich es geschafft, Omas Haus an den neuen Fährschiff-Betreiber zu vermieten, einem alleinstehenden Kerl, den es nicht zu interessieren schien, dass es eine Bruchbude war. Ihm gefiel einfach die günstige Miete. Mir gefiel das Geld in meiner Tasche. Cat verlangte keine Miete von mir, aber ich wusste, dass ich es ihr eines Tages zurückzahlen würde. In weniger als zwei Jahren würde ich Hilfskrankenschwester sein und mein Vater hatte angeboten, mir bei den Studiengebühren zu helfen.

Ich fühlte mich optimistischer, als ich mich vorher gefühlt hatte, seit ich letzten Herbst zum ersten Mal nach Richfield gekommen war.

Es war ein harter Winter gewesen. Ich hatte Devin jede Sekunde jeden Tages vermisst, aber ich war meiner Entscheidung treu geblieben. Ich musste mir mein eigenes Leben aufbauen. Ich musste dem Drama seines Lebens fernbleiben. Ich hatte noch immer Google-Alerts über ihn und verfolgte so, was er tat, was seine Freunde vorhatten.

Cassandra war gesund aus der Reha gekommen und laut den Klatsch-Websites wieder zurück im Studio. Sapphire hatte eine Sommer-Tour begonnen. Lizzie und Alex hatten sich getrennt und sie datete einen professionellen UFC-Fighter und plante einen einjährigen Aufenthalt in Vegas. Kadence datete einen der Besitzer der Knicks und auf den Fotos, die sie häufig am Spielfeldrand zeigten, sah sie nicht schwanger aus.

Devins Scheidung schien noch nicht rechtskräftig zu sein. Ich fand keine offizielle Meldung dazu in den öffentlichen Gerichtsakten.

Es gab ein paar Fotos von ihm bei Events der Musikbranche und eine Erwähnung über einen Strandurlaub im Februar mit Jay und Sapphire. Nichts darüber, dass er mit einer Frau zusammen war.

Er hatte mir nicht geschrieben. Nicht seit der ersten Woche, nachdem ich ihn in dem Flur vor dem Aufzug verlassen hatte.

Und seitdem hatte ich mich jeden Tag gefragt, ob ich das Richtige getan hatte, obwohl ich wusste, dass es so war.

„Lass uns die raus ins Auto bringen“, sagte Randy.

Ich konnte mich immer noch nicht wirklich dazu

überwinden, ihn „Dad" zu nennen. Es fühlte sich gezwungen an. Also nannte ich ihn vorerst Randy. „Klingt gut."

Wir traten hinaus und ich atmete tief ein. Die Juni-Luft war sauber und warm. Am alten Himbeerbusch an der Ecke des Hauses wuchsen junge Früchte und ich konnte die Süße praktisch auf meiner Zunge schmecken. Lustig, wie ich mir vorgestellt hatte, mich New York anzupassen, aber Maine war mein Zuhause. So war es einfach. Es war in mir und ich wollte dort bleiben.

„Was ist das?", fragte Randy mit zwei Kisten im Arm, als wir die Stufen zur Kiesauffahrt hinuntergingen. „Sieht aus, als würde da drüben etwas brennen."

Ich blickte in die Richtung, in die er zeigte, und mein Herz blieb beinahe stehen. Das war beinahe genau dort, wo Richfield war. Ich wusste das, weil ich das Internet benutzt hatte, um genau herauszufinden, wo sich Richfield im Bezug zu mir befand. Das Haus war von der Insel aus nicht zu sehen, aber ich hatte die Küstenlinie auf den ungefähren Standort eingeschränkt und war viele Nächte dort gestanden, mit verschränkten Armen, schmerzendem Herzen, und hatte über das Meer dort hingestarrt, obwohl ich gewusst hatte, dass Devin höchstwahrscheinlich nicht einmal dort war.

„Das ist ein großes Feuer", kommentierte ich. Rauch bauschte sich rasch auf, in einer wütenden schwarzen Wolke. Es musste Richfield sein. In der Gegend gab es sonst kein einziges Haus, das groß genug wäre, so eine Rauchwolke zu bilden.

Ich zog mein Handy aus der Hosentasche und wählte die 911. Ich war mir sicher, dass jemand es schon gemeldet hatte, aber ich musste wissen, ob ich recht hatte oder falsch lag. Ich betete, dass ich mich irrte. „Ja, ähm, da ist ein Feuer auf dem Festland, auf halber Strecke zwischen Stadt und der Landspitze. Ich wollte nur sicher gehen, dass jemand bereits Bescheid gegeben hat und die Feuerwehr auf dem Weg ist."

„Ja, wir wissen von dem Feuer, danke."

„Wo genau ist es? Sind irgendwelche Straßen gesperrt?"

Sie leierte die Adresse herunter. „Bitte bleiben sie weg von der Gegend, sodass die Einsatzfahrzeuge freien Zugang haben."

Ich murmelte „Danke" und legte auf. Es war Richfield. Brannte in irrsinniger Weise. Ich ließ die Kiste, die ich hielt, auf den Boden fallen und wandte mich an Randy. „Das ist das Anwesen, wo ich früher als Haussitter gearbeitet habe. Es brennt."

Ich hatte meinem Vater das Meiste erzählt, was mit Devin passiert war, außer dass ich mit ihm Sex hatte. Ich war so bestürzt und empfindlich gewesen, dass ich nicht hatte verhindern können, alles auszuschwatzen. Außerdem hatte Randy eine Erklärung dafür gewollt, wieso ich vor ihm beinahe festgefroren in Ohnmacht gefallen war.

„Im Ernst?" Randy öffnete den Kofferraum seines Autos und stellte die Kisten hinein. „Aber Devin ist nicht dort, oder? Er ist meistens in der Stadt."

„Ja. Ich denke nicht, dass er jetzt dort ist. Das ist wahrscheinlich der Grund, wieso das Feuer so außer Kontrolle geraten konnte. Es ist niemand da, um es zu überwachen." Aber trotzdem war ich besorgt.

Und der Gedanke, dass das Haus, in das ich mich verliebt hatte, zerstört war, füllte meine Augen mit Tränen. Es war, als wäre nie irgendetwas davon geschehen. Als hätte ich nie dort gelebt. Als hätten Devin und ich in der Küche keinen Kaffee getrunken und Donuts gegessen. Als hätte er mir dort nicht gelernt, wie man Auto fährt, als hätten wir nicht mit Amelia auf der Couch gekuschelt, oder diese eine Nacht außerhalb der Küche in meinem Zimmer verbracht.

Ich tat, was ich seit sechs Monaten nicht getan hatte. Ich schrieb Devin.

Wo bist du?

Er antwortete nicht, obwohl ich sofort sehen konnte, dass er es gelesen hatte. Ich bemerkte, dass meine Nachricht aus dem nichts kam, also schrieb ich noch eine zweite.

Richfield scheint zu brennen. Bist du in Sicherheit?

Ja.

Das war's. Nur ein Ja.

Wo bist du?

Außerhalb Richfields.

Ich musste gehen. Es gab keine andere Option. „Ich muss dort rüber und sichergehen, dass alles okay ist. Devin sagt, er ist am Haus." Mir war schlecht. Wenn ihm etwas passiert war.

„Sicher, okay. Lass uns die Fähre nehmen. Wir können das Zeug vorher bei Caitlyn und Heath abladen."

Ich blickte auf die Uhr. „Okay, gut. Danke."

„Wenn er dir geantwortet hat, geht es ihm offensichtlich gut", sagte Randy, eindeutig, um mich zu beruhigen.

„Ja." Ich schrieb Devin erneut.

Bitte lass mich wissen, was passiert.

Sicher.

Das war's. Nur eine beiläufige, kalte Antwort. Nicht, dass ich es ihm verübeln konnte. Er hatte überhaupt nicht von mir gehört.

Während wir auf die Fähre warteten, zusammen mit einer Gruppe Sommerurlauber über das Wasser fuhren und zu Devins Haus fuhren, schlotterten meine Knie vor Angst auf und ab. Meine Handflächen waren feucht und ich biss in meine Unterlippe. Der Rauch war erheblich zurückgegangen, was entweder gut oder schlecht sein konnte.

Überall waren Feuerwehrautos. Ich erwartete, dass uns jemand wegscheuchte, aber es waren alle zu beschäftigt. Das Feuer war größtenteils gelöscht.

Aber von dem Haus war fast nichts mehr übrig. „Oh mein Gott“, hauchte ich mit Tränen in den Augen.

Alles, was noch da war, war die Garage und das halbe Wohnzimmer. Der Rest war nichts als ein verkohlter, schwelender Haufen. Das Garagentor stand offen und mein Jeep stand darin. Der Jeep, den ich niemals gefahren hatte. Der blaue Lack war unter einer Schicht Asche noch immer zu sehen. Er hatte ihn nicht an den Händler zurückgegeben oder im Internet verkauft. Meine Augen überflogen den Hof und suchten nach Devin.

Er saß auf einer Krankentrage, wimmelte einen Sanitäter ab und sah … bezwungen aus. Es war ein Ausdruck, den ich nur einmal an ihm gesehen hatte. Auf der anderen Seite einer sich schließenden Aufzugtür. Ich lief. Ich ließ einfach meine Arme fallen und rannte. Seine Haare waren länger, aber er sah hinreißend aus. Mein Herz schmerzte, als ich mich näherte, und ich wurde langsamer, obwohl ich mich in seine Arme werfen wollte.

Als er zu mir herüberblickte, erstarrte er. „Was machst du hier?“, fragte er knapp.

„Ich musste sichergehen, dass es dir gut geht." Ich blieb vor ihm stehen. Ich trug Flipflops, die auf dem Gras rutschten. „Geht es dir gut?"

„Ging mir schon besser." Er zuckte mit den Schultern. „Aber ich werd's überleben." Als er seine Hand von seinem Bauch hob, sah ich, dass sein Hemd offen stand und er einen Verband trug. „Ich bin mir nicht sicher, wieso es dich interessiert."

Er klang gereizt und ich konnte es ihm nicht verübeln, aber das war im Moment nicht meine Sorge. Ich wollte wissen, wie schwer er verletzt war. „Was ist passiert? Hast du dich verbrannt? Wodurch wurde das Feuer ausgelöst?"

Der Sanitäter wich nicht von der Seite und Devin wandte sich an ihn. „Hey, können Sie uns eine Minute geben?"

„Sicher. Gehen Sie nicht weg", sagte er zu Devin und klatschte ihm scherzhaft aufs Bein.

„Ich verspreche, keinen Marathon zu laufen." Als der Mann übers Gras davon ging, musterte Devin mich. „Du siehst wunderschön aus, Tiffany." Aber dann schüttelte er seinen Kopf, seufzte frustriert. „Es muss also erst mein Haus abbrennen, damit ich von dir höre?"

Meine Unterlippe bebte. „Wieso trägst du einen Verband?"

„Kadence hätte mich fast erschossen."

„Oh mein Gott! *Was?*" Ich konnte mich nicht zusammenreißen. Ich streckte mich und schob ihm die Haare aus der Stirn. Sie waren länger, als sie an Weihnachten gewesen waren. „Sie hat dich angeschossen? Wieso?"

Er zuckte mit den Schultern, zog den Kopf aus meiner Berührung. „Sie hatte gedroht, sich umzubringen. Ich versuchte, sie aufzuhalten, sie schoss mich an. Aber die Kugel hat mich nur gestreift. Es schmerzt höllisch, aber es wird wieder."

„Ich weiß nicht, was ich sagen soll." Aber ich fing zu heulen an. „Wenn dir etwas passiert wäre ..."

„Dürftest du ohne mich weiterleben", sagte er schroff. „Wie du es bereits getan hast."

„Sag das nicht. Ich will dich nicht loshaben. Und wenn du leidest, leide ich."

„Das ist paradox, denn ich leide nur, wenn du nicht bei mir bist."

Ich berührte ihn erneut, diesmal selbstbewusster, da er nicht schwer verletzt war und weil es falsch wäre, ihn erneut zu verlassen, obwohl ich das erste Mal das Recht dazu hatte. „Also lass uns nicht mehr leiden."

Er antwortete nicht, grübelte nur. Glücklich, ihn zu sehen, glücklich, zu wissen, dass er mich vermisst hatte, sprach ich weiter. „Kadence hatte mich eingewickelt, oder?" Die Fotos, die Puppe, der Schwangerschaftstest, all das war Manipulation gewesen. Ich schauderte, als ich daran dachte, mit ihr allein gewesen zu sein. Was sie mir hätte antun können. Ich fragte mich, ob sie in Richfield gewesen war, ohne dass ich es gewusst hatte. Ob sie mich beobachtet hatte. Es war verstörend und ich fühlte mich wie ein Idiot. Es hatte sie nur eine Stunde gekostet, mich zu überzeugen, dass sie zurechnungsfähig war, obwohl sie offensichtlich alles andere als das war.

„Sie ist eine Soziopathin, Tiff. Sie ist gut im Lügen. Pathologisch gut darin." Er nahm meine Hand von seiner Schulter und küsste sie, während er mich vorsichtig ansah. „Wir sind offiziell geschieden. Waren gestern bei Gericht und alles ist erledigt."

Ich hatte sechs Monate lang darauf gewartet, das zu hören. „Wirklich? Das sind gute Neuigkeiten. Das freut mich für dich." Ich beugte mich näher zu ihm. Die Luft war beißend vom Rauch. „Also, wo ist sie? Bitte sag mir, dass sie sie verhaftet haben."

„Haben sie. Aber sie könnten vielleicht beschließen, dass es ein Unfall war. Aber die Brandstiftung? Ich glaube nicht, dass sie da rauskommt. Sie hat alles mit Benzin übergossen. Das Lustige ist, dass sie versucht hatte, deinen Jeep zu zerstören. Dieses TIFFANY-Kennzeichen hatte sie rasend gemacht. Aber der Jeep steht noch."

„Wie du." Wie ich. Hoffentlich sogar wie wir. Ich küsste seine Stirn, ungemein erleichtert, dass es ihm gut ging. Wenn sie ihn geradewegs angeschossen und ihn getötet hätte, wüsste ich nicht, was ich tun würde.

„Ich weiß nicht. Ich fühle mich ziemlich geschlagen. Und ich habe gerade etwa drei Millionen Dollar an dem Haus und alles, was darin war, verloren. Es war nicht mehr versichert. Ich hatte die Versicherung ablaufen lassen. Deswegen und wegen der Scheidungsvereinbarung bin ich knapp bei Kasse. Ich werde das Apartment in der Stadt vielleicht verkaufen müssen."

„Das tut mir wirklich leid, Devin." Tat es. Ich wusste, dass er verdammt hart für alles, was er besaß, gearbeitet hatte. Aber ich zweifelte keine Sekunde, dass er sich erholen würde. Wenn er sich nur dazu entschloss.

„Ich sehe grässlich aus, Tiff. Pleite. Ruiniert." Er berührte kurz meine Taille. „Du trägst ein Kleid", sagte er in einem völlig willkürlichen Kommentar.

„Es ist Sommer", sagte ich genauso sinnlos. „Also wohin wirst du ziehen, wenn du das Apartment in New York verkaufst?"

„Ich denke, ich werde eine Weile was mieten. Vielleicht ein kleines Häuschen hier an der Küste. Kennst du einen guten Haussitter?“

„Wieso brauchst du einen Haussitter, wenn du dort leben wirst?“, fragte ich leise. Ich wollte ihn verzweifelt küssen. Ich wollte von vorn beginnen, auf der gleichen Seite. Als Partner. Ich konnte kein zweites Mal vom ihm weggehen. Nicht jetzt, da er geschieden war. Nicht jetzt, da er Geld verloren hatte, verletzt worden war. Er brauchte mich.

Und ich brauchte ihn.

„Sag du's mir“, murmelte er. „Außer du hast einen Freund oder so.“

„Kein Freund. Du?“

Er schüttelte seinen Kopf. „Nein. Auch keine Freundin.“

Ich lachte etwas. „Nun. Ich möchte mich um die Stelle als Freundin bewerben, nachdem sie frei ist. Meine Qualifikationen sind, dass ich dich liebe und vorhabe, dich nie zu verlassen.“

„Du bist angestellt. Aber ich muss dich warnen, dass ich ein harter Arbeitgeber bin. Anspruchsvoll.“

„Damit kann ich umgehen. Ich kann mit dir umgehen.“

Devin wollte sich nach vorne beugen, um mich zu küssen, aber er zuckte vor Schmerzen zusammen. Also traf ich ihn auf halbem Weg und drückte meine Lippen auf seine. Ich freute mich, ihm auf halbem Weg entgegenzukommen. Freute mich, ihm gleichgestellt zu sein, sein Freund, seine Geliebte. Gott, ich hatte ihn so vermisst. Sein Mund fühlte sich perfekt auf meinem an, als wären wir nie getrennt gewesen. Als ich einen Zentimeter zurückging, atmete ich tief ein, füllte meine Nasenlöcher mit seinem Duft.

„Kann ich sofort anfangen?“, fragte ich.

„Ich glaube, das hast du schon.“ Devin schob seine Finger in mein Haar und küsste mich erneut, sanft. „Das scheint nicht echt zu sein. Ich bin nicht etwa gestorben, oder?“

Diese Vorstellung brachte mich dazu, mich in die Seiten seines Hemdes zu krallen. „Nein“, sagte ich knapp. „Natürlich nicht.“

„Ich würde für dich sterben“, murmelte er. „Weißt du das?“

„Ich will keinen Mann, der für mich sterben würde, Devin.“ Ich legte meine Stirn an seine. „Ich will einen Mann, der für mich leben wird.“

„Das kann ich machen, Streifenhörnchen.“ Er lächelte mich gütig an. „Das ist alles, was ich wirklich tun möchte.“

kapitel sechzehn

WIR MIETETEN ALSO DIESES *HÄUSCHEN* an der Küste und ich heiratete ihn dort. In Anwesenheit meines Vaters und seiner Familie, Cat und Heath und Devins Eltern. Wir wollten sonst niemanden dabei haben, es war perfekt. Wir aßen Hummer, Blaubeersalat, Maiskolben. Lichterketten waren über den Tisch auf unserer Terrasse gespannt und es wurde viel gelächelt und gelacht. Tyrell rannte im Kreis herum, wobei er Blaubeeren in seinen Mund stopfte und mit einer Seifenblasenpistole wunderschöne Kugeln in die Luft blies.

„Also, wieso habt ihr geheiratet?“, fragte er mich in einem Ton, als fände er, ich wäre verrückt, während er auf meinen Schoß kletterte.

„Weil ich Devin liebe“, sagte ich zu ihm und drückte seinen zappelnden Körper an mich.

„Klar.“ Er rollte mit den Augen und bewegte seinen Kopf vor

und zurück.

Ich lachte. „Wieso fragst du dann?"

„Ich weiß es nicht." Er rutschte wieder von meinem Schoß und blies Amelia Seifenblasen ins Gesicht, welche danach schnappte. Tyrell lachte, als sie über Amelias Schnauze platzten.

Devin saß neben mir und streckte sich und küsste mich. Er schmeckte nach Champagner. Seine bernsteinfarbenen Augen sprühten vor Übermut.

„Was?", fragte ich ihn misstrauisch, aber lächelte nur zurück. Er sah sehr glücklich aus und das machte mich ekstatisch.

„Schau mal, was gerade gekommen ist." Er deutete auf die Einfahrt unseres Häuschens.

Dort stand mein Jeep, frei von Asche. Er sah so perfekt aus wie im Dezember. Nur jetzt fühlte ich mich nicht komisch, ihn anzunehmen. Weil ich auch ein Geschenk für ihn hatte.

„Danke." Ich gab ihm einen Kuss. „Du bist sehr süß."

„Du machst jetzt besser deinen Führerschein oder ich verkaufe ihn."

Ich streckte ihm die Zunge raus. „Ich habe auch ein Geschenk für dich." Ich sprang aus meinem Stuhl und ging ins Haus, um es zu holen. Ich hatte es im Fach über dem Kühlschrank versteckt. Ich stellte mich auf einen Stuhl und holte die beiden Schachteln heraus. Mein Hochzeitskleid strich gegen meine Haut. Es war nur ein einfaches trägerloses Nullachtfünfzehn-Kleid, aber ich fühlte mich darin wunderschön und sehr wie eine Braut.

„Fall nicht runter", sagte Cat, die gerade in die Küche kam.

„Ich komme klar."

„Gott, ich kann nicht glauben, dass du verheiratet bist. Du siehst wunderschön aus, Tiffany."

Ich drehte mich um und winkte ab. „Was auch immer."

Sie lachte. „Klugscheißer. Und um dir die Wahrheit zu sagen, ich wusste immer, dass du einen Älteren heiraten würdest. Du warst viel zu abgeklärt, um dich mit irgendeinem zwanzigjährigen Trottel zufrieden zu geben."

Offen gesagt ließ der Gedanke meine Haut kribbeln. „Ja, das wäre nie passiert. Dann wäre ich lieber für immer Single geblieben."

Cat lächelte. „Ich bin einfach froh, dass du glücklich bist."

„Ich auch. Sieh uns an. Wer hätte das gedacht?"

„Ich ganz sicher nicht. Wir waren vor ungefähr einer Minute noch verstaubte Kinder mit abgelegten Klamotten und Wundschorfen an den Knien."

Cats Haare waren glatt in einem hohen Pferdeschwanz zurückgekämmt. Weit entfernt von den Teenagerjahren, als sie stets ein verheddertes Chaos waren und die meiste Zeit Zweige darin waren. „Ha. Ich war nie staubig. Das warst du."

Mit den Päckchen in der Hand sprang ich vom Stuhl. „Du bist als Nächste dran."

„Sag das Heath. Er ist derjenige, der keinen Termin festsetzen will."

Als wir hinausgingen, waren die Männer um den Jeep in der Auffahrt versammelt. Cat und ich gingen hinüber, um uns anzuschließen.

„Das ist mal ein super Auto", sagte Randy. „Ich denke, du solltest deinen alten Herrn auf eine Fahrt mitnehmen."

Ich lachte. „Mein vorläufiger Führerschein ist in meinem anderen Kleid." Eigentlich wollte ich das erste Mal auf der Straße mit Devin fahren. Ich wollte mich auf eine besonders private Art bedanken. „Aber es ist definitiv super."

Devin hörte lange genug auf, Heath und seinem Vater Besonderheiten aufzuzeigen, um seine Hand nach dem Geschenk in meiner Hand auszustrecken. „Für mich?"

„Ja." Ich gab ihm die kleine Schachtel.

Er öffnete sie und seine Augen leuchteten auf. „Ein Cupcake. Verdammt, ja."

„Es ist ein Red Velvet. Dein Lieblingscupcake." Und ja, ich war kitschig genug gewesen, ein Herz darauf zu malen, indem ich über dem Zuckerguss Streusel in eine Ausstechform gestreut hatte. Was soll ich sagen? Ich war verliebt.

„Danke."

„Das andere kannst du dir für später aufheben." Ich hielt die größere Schachtel hoch.

„Oh oh. Ist das ein schmutziges Buch? Es ist Fifty Shades of Grey und ein paar Handschellen, oder?", neckte er.

„Nein!" Oh mein Gott, unsere Väter standen neben uns. „Sei an unserer Hochzeit nicht so merkwürdig."

Er lachte. „Entschuldigung."

Seine Gedanken waren jedoch bei Sex. Ich wusste es. So wie meine. Wir hatten seit dieser einen Nacht im Dezember keinen Sex und wir konnten unsere Hochzeitsnacht kaum erwarten. Seine Schusswunde war nun verheilt und auch wenn das ein Grund dafür gewesen war, zu warten, hatten wir es vor allem getan, weil wir zuerst Ehemann und Ehefrau sein wollten. Nach allem schien das einfach … besonderer.

„Ich glaube, ich brauche ein Bier", sagte Randy.

„Ich auch", stimmte Mr. Gold zu.

Devin lachte, aber sobald sie mit Heath zurück zum Haus

gingen, nahm er mir die Schachtel ab. „Ich sterbe vor Neugier."

Plötzlich würde ich nervös deswegen. „Vielleicht ist es ein dummes Geschenk. Ich hatte nicht wirklich Geld, also …"

„Hey. Ich bin mir sicher, dass ich es lieben werde." Er öffnete die Schachtel und seine Nasenflügel bebten. „Es ist dein Buch. An dem du in Richfield gearbeitet hast."

„Ja. Ich habs ausgedruckt. Ich wollte, dass du es als Erster liest." Ich versuchte, meine Gefühle auszudrücken. „Es würde ohne dich und deine Ermunterung nicht existieren. Also dachte ich, es könnte dir gefallen."

„Ich bin mir sicher, dass ich es lieben werde." Er fuhr mit seinen Fingern über den Papierstapel. „Das bedeutet mir viel." Seine Stimme war fest.

„Du bedeutest mir viel."

Devin trug einen Anzug und er sah sündhaft sexy aus. Er lächelte listig. „Zeigst du mir später, wie viel?"

„Deal."

N*ACHDEM ALSO ALLE GEGANGEN WAREN*, beschlossen Devin und ich, an den Strand hinunterzufahren. Wir hätten gehen können, aber ich wollte endlich meinen Jeep testen. Er warf eine Decke, die Überreste des Champagners und etwas Feuerholz hinten rein. „Sollen wir uns umziehen?", fragte ich.

„Nö. Lass unseren Hochzeitstag andauern. Es ist mir egal, wenn wir voller Sand werden."

Der Strand gehörte nur zu einem halben Dutzend Häuser und zwei davon waren zurzeit nicht vermietet, also war es eine fast sichere Sache, dass wir alleine dort unten sein würden.

Als ich mein Kleid hochzog und in meinen Jeep sprang, musste ich den Sitz ziemlich weit nach oben stellen.

„Möchtest du einen Kindersitz haben?“, fragte Devin.

„Sei leise.“ Ich drehte die Schlüssel und machte einen kleinen triumphierenden Schrei, als er startete. „OMG, das ist so cool.“

„Lächeln.“

Ich drehte mich um und Devin hielt seine Kamera hoch. Er machte ein Foto von mir. „Ich will es sehen. Sehe ich wie ein Zwerg aus?“

„Nein. Ganz bestimmt siehst du nicht wie ein Zwerg aus.“ Er rollte mit den Augen. Jetzt zeig mir deine Fähigkeiten, Mario Andretti.“

Ich hatte zwar keinen Führerschein, aber einen offiziellen Übungsführerschein, also konnte ich legal an den Strand fahren. Nicht, dass es Devin interessiert hätte, aber ich hatte herausgefunden, dass ich anscheinend gerne Regeln befolgte. Ich fuhr uns vorsichtig die Auffahrt hinunter, dann etwa eine Viertelmeile die Straße runter zu dem kleinen Parkplatz am Strand. Der Jeep hüpfte, aber insgesamt war es eine reibungslose Fahrt. Ich fühlte mich mächtig, wenn ich fuhr. Nicht mehr das kleine Mädchen, sondern eine Frau mit Pferdestärke.

„Ich liebe dieses Auto.“

„Ich liebe dich.“

Während ich parkte, drehte ich mich zu ihm. „Ich liebe dich auch.“

„Lass uns am Strand spazieren gehen, Tiffany Gold.“

Seine Worte ließen mich frösteln. „Wow“, flüsterte ich. „Das klingt fantastisch.“ Ich meinte, meinen Namen zu hören. Ich wusste, dass Cat vorhatte, irgendwann ihren Namen zu Ehren ihres Vaters als Doppelnamen zu behalten, aber für mich gehörte der Name Ennis zu zwei Frauen, die mich nicht gut genug geliebt hatten. Also störte es mich nicht, ihn zu verlieren. Tatsächlich liebte ich es, Devins Namen zu tragen. Er war meine Familie, was mich vollkommen machte.

Wir hielten Händchen, als wir ans Wasser hinuntergingen, und Devin trug die Decke. Er breitete sie aus. „Hier, setz dich hin und ich hole das Feuerholz."

Ich kickte meine Sandalen von den Füßen und setzte mich hin, starrte auf den Ozean, schloss meine Augen, um die salzige Luft einzuatmen und dem sanften Schlagen der Wellen ans Ufer zu lauschen. Devin kam zurück, grub ein Loch und schichtete das Holz auf. Innerhalb von Minuten hatten wir ein herrliches Feuer. Er setzte sich neben mich und trat seine Schuhe von sich. Er nahm einen Schluck aus der offenen Champagnerflasche und reichte sie mir.

Ein Schluck reichte mir. Ich leckte die sprudelnde Süße von meinen Lippen. Aber Devin fuhr mit seinen Händen in mein Haar und zog mich an sich.

„Lass mich das machen." Er saugte an meiner Unterlippe. „Mmm. Lecker."

„Das dachte ich auch gerade. Mein Mann ist lecker", murmelte ich. Ich bekam einen Nervenkitzel davon, ihn so zu nennen.

„Meine Frau ist leckerer." Er senkte mich auf die Decke hinunter.

Das Feuer knallte neben uns, Licht tanzte über ihm, als er in meine Augen hinunterstarrte. „Was sollte ich noch schmecken?"

Verlangen machte mich schwach, meine Brüste schwer,

meine Nippel hart. „Ich bin mir sicher, da fällt dir was ein."

Seine Hand lag auf meiner Taille, aber sie rutschte tiefer, über meine Hüfte, meinen Oberschenkel. Er zog mein Kleid etwas hoch, als er seinen Mund auf meinen Hals fallen ließ und mich küsste. „Deine Haut ist so glatt, so weich. Ich habe von dir geträumt, weißt du."

„Was mache ich in deinen Träumen?", hauchte ich, während ich mit meinen Händen über seinen Rücken fuhr, unter seine Jacke schlich, um mit den Nägeln über sein Hemd zu kratzen.

„Genau das Gleiche wie jetzt. Du siehst zu mir auf, während ich dich liebe." Seine Augen waren glasig und er setzte sich lange genug auf, um seine Jacke auszuziehen und sein Hemd aus seiner Hose zu zerren.

„Das ist echt." Ich wickelte mein Bein um seine Wade und schob meine Hand zwischen uns, sodass ich seine Erektion durch seine Hose streicheln konnte.

„Gleich ans Geschäft, hmm? Ich werde mich darüber nicht beschweren. Es ist schon viel zu lange her." Devin zog sein Hemd aus, schlüpfte aus seiner Hose und kickte sie in den Sand. „Kann ich dir dein Kleid ausziehen?"

Ich blickte mich um. Es war niemand in der Nähe. Die Lichter des nächsten Hauses schienen weit genug entfernt zu sein, dass die Bewohner unmöglich etwas sehen konnten. Und heute Abend wollte ich mit meinem Mann Haut an Haut sein. Ich nickte. „Ja." Ich setzte mich ein wenig auf, sodass er den Reißverschluss öffnen und es über meinen Kopf ziehen konnte.

„Heilige Scheiße", murmelte er, als seine Hände über meine Brüste fuhren, die aus dem trägerlosen BH quollen.

Näher würde ich an ein Dekolleté nie kommen. Er saugte

an der Schwellung meiner Haut. „Ich bewillige diesen BH und dieses Höschen."

Er streichelte mich zwischen meinen Beinen. Das nahtlose Höschen war ein tief geschnittener Tanga. Es stellte jeden Zentimeter meines Körpers dar. Aber man konnte es leicht zur Seite schieben, und als Devins Hand mich umschloss, hob ich meine Hüften und stöhnte genehmigend. Ich ließ ihn führen, mich überall küssen, jeden Zentimeter von mir liebkosen, zuerst mit dem Mund über meinen Nippeln, dann hinunter, um über meine feuchte Hitze zu streicheln.

Als er in mich glitt, stöhnten wir beide. Es war anders als das erste Mal. Immer noch vollständig, immer noch invasive, aber einfach, sofort befriedigend. Es gab kein Stechen, nur pures Vergnügen. Er stieß, während ich seinen festen Hintern packte und staunte, wie gut es sich anfühlte.

„Halt dich an mir fest", drängte er und rollte uns herum, sodass ich auf ihm war, ohne dass er meinen Körper verließ.

Für eine Sekunde lag ich einfach da, hart schluckend, erstaunt, wie weit ich für ihn geöffnet war, wie ich ihn tief in mir pulsieren fühlen konnte. „Oh, Devin", hauchte ich. „Oh Gott."

„Beweg deine Hüften, Baby."

Ich lag nicht flach auf ihm, aber ich saß auch nicht. Es war irgendetwas dazwischen, meine Handflächen waren auf der Decke zu beiden Seiten seiner Brust. Ich schaute einfach auf ihn hinunter, nicht sicher, wie ich das tun sollte. Devin packte meine Hüften und fing an, in mich zu pumpen.

„Ist das okay?", fragte er.

Es war praktisch das Beste, was mir je passiert war. Ich war so schockiert, dass ich nur mit einem tiefen Stöhnen antworten konnte. Die Empfindung stieg spiralförmig aus meinem Zentrum und ich bewegte meine Hände auf seine Brust, grub meine Nägel hinein, da ich seine Muskeln fühlen wollte. Mich festhalten wollte.

Als ich kam, erwischte es mich überraschend. Ich wölbte meinen Rücken, als Schauer des Vergnügens durch mich rasten. Devin war nicht weit entfernt. Er stieß fester und dann schloss er sich mir an. Das Zittern ging weiter und weiter, bevor ich mit wackeligen Armen auf seiner Brust zusammenbrach.

Devin küsste meine Schläfe. „Ich habe dich so sehr vermisst. Das hat sich unglaublich angefühlt. Du bist unglaublich."

Wir lagen dort auf der Decke, das Feuer neben uns, die Wellen im Hintergrund, sowohl Körper als auch Herz befriedigt.

Endlich zuhause.

Vielen Dank, dass du *Lebe Für Mich, das zweite Buch aus der Blurred Lines Serie gelesen hast!*

BLURRED

Für Immer Dein

Lebe Für Mich

Coming Soon in German:

Let Me In

Meant For Me

Breathe Me In

Weitere Bücher von Erin McCarthy

TRUE

Wenn ich mich verliere

Weil dir mein Herz gehört

Wohin du auch gehst

Weil du mich zum Träumen bringst

CLOSE UP

Heiße Versuchung

Sinnliche Berührung

Erregende Nähe

www.erinmccarthy.net/erins-deutsche-bucher

17560013R00167

Printed in Poland
by Amazon Fulfillment
Poland Sp. z o.o., Wrocław